长夜余火

《长夜余火1》内容回顾：

　　位于一座地下大楼内的盘古生物公司，为探寻旧世界毁灭的原因，寻找无心病发病的根源，成立了安全部。安全部旧调小组在到处隐藏着危险的黑沼荒野开启了第一次探险。

　　他们在沼泽地里遇到了畸变的怪物；

　　在钢铁厂废墟遇到了可以将意识上传到仿生芯片的机械修者；

　　在黑鼠镇遇到了异变的鼠人；

　　听到了远处传来的"嗷呜"声……

　　黑沼荒野危机四伏，他们克服重重困难，最终得到了沼泽1号遗迹的情报。

一分钟带你了解主角团

旧调小组，全名旧世界毁灭原因调查小组

商见曜 灰土之光

思维跳脱 脑洞清奇 常说的话"为了拯救全人类"

喜欢唱歌 会跳黄金海岸摇摆草裙舞 负责搞笑和活跃气氛

组长 蒋白棉

长腿御姐 高情商 听力有问题，戴着耳蜗 左臂为电鳗型生物义肢

"啊，你说什么？大声点！" "你在说什么？我听不见！"

龙悦红 小红

天选之子 自称霉运之子

公司统一婚配时唯一没有婚配上的人 梦寐以求的生活：一个老婆、两个孩子、每周三顿肉

"我爸姓龙，我妈名字里有个'红'字。"

小白 白晨

遗迹猎人 狙击手 脖子上缠着围巾

"也不是真正的遗迹猎人，更多是捡一捡荒野上散落的垃圾。"

想了解更多内容，请继续翻阅本书吧！

长夜余火 ②

爱潜水的乌贼 著

时代出版传媒股份有限公司
安徽文艺出版社

图书在版编目（CIP）数据

长夜余火. 2 / 爱潜水的乌贼著. — 合肥：安徽文
艺出版社, 2022.4
ISBN 978-7-5396-6420-0

Ⅰ. ①长… Ⅱ. ①爱… Ⅲ. ①长篇小说 – 中国 – 当代
Ⅳ. ①I247.5

中国版本图书馆CIP数据核字(2022)第037641号

CHANGYE YUHUO 2

长夜余火 2

爱潜水的乌贼 著

出 版 人：姚　巍
责任编辑：宋潇婧　李　芳
装帧设计：陈秋含　佘彦潼

··

出版发行：安徽文艺出版社　www.awpub.com
地　　址：合肥市翡翠路1118号　邮政编码：230071
营 销 部：(0551)63533889
印　　制：湖南天闻新华印务有限公司　电话：(0731)88387856

··

开本：710 mm×1000 mm　1/16　印张：19　字数：300千字
版次：2022年4月第1版　2022年4月第1次印刷
定价：42.00元

··

目 录
CONTENTS

第57章
交换情报

商见曜等人是在黑鼠镇外面见到23大队队长的，他三十来岁，穿着灰黑色服装，佩戴着多了两颗星星的名牌。

"王北诚。"他向蒋白棉伸出了右手。

蒋白棉同样伸手，虚握了一下："蒋白棉。"

"久闻大名。"王北诚笑着收回了手。

他的身高和商见曜差不多，五官轮廓属于英挺型，但整个人晒得很黑，呈现出一种灰扑扑的感觉。

"希望是好名声。"蒋白棉谦虚了一句，转而介绍起商见曜等人，"这是我们旧调小组的成员。"

王北诚一点也不倨傲，依次和白晨、商见曜、龙悦红打起了招呼。

然后，他重新将目光投向蒋白棉："说句实话啊，听说你申请组建新的旧调小组时，我们都很诧异。这是十分危险的任务，你完全没有必要这样做。"

听到"十分危险的任务"，龙悦红的脸色不由自主地白了一点。

蒋白棉则笑着说道："这是我个人的追求，在灰土之上，还是有一些理想主义者的。"

"有的时候，你非常让人羡慕。"王北诚半笑半叹道，"可惜，我们这种人，有妻子，有儿女，已经没办法任性了。"

两人的寒暄到此为止，蒋白棉开始说起自身的经历，希望对面的同事能从自己的讲述中获取有用的情报。

她先提了一下露宿野外第一晚听见嘶吼声，怀疑月鲁车站以北出现异常的事情，然后略微点了一句路遇黑沼铁蛇，顺利将它击杀之事——黑沼铁蛇的外皮就在吉普车车顶，一眼就能看见。但她跳过了与身穿军用外骨骼装置的荒野强盗战斗之事以及与水围镇相关的经历。

讲述完"前置剧情"，蒋白棉直接说起钢铁厂废墟之行，将哈瑞斯·布朗这秃头遗迹猎人提供的情报原原本本复述了一遍——除了字句可能不一样，内容上没有丝毫增减。

王北诚听得很专注，脸上礼貌性的笑容逐渐消失不见。

接着，蒋白棉将话题切到机械修者净法。最开始的时候，她如实转述了商见曜、龙悦红与净法的对话，重点强调了"他心通"这个疑似觉醒者能力的神通。

可讲到净法追赶上来，依靠"饿鬼道"能力控制住自己四人时，蒋白棉不着痕迹地隐瞒了商见曜的表现，只说自己判断出净法憎恨女性不是因为永生人技术有缺陷，而是由于他好色的本质和身体状态不匹配，导致心理出现了扭曲，然后故意借此激怒他，让他不受控制地开始施暴。接着，蒋白棉抓住这个机会，将左手食指插进了净法脖子上的某个接口，利用电鳗型生物义肢储备的高压电流，破坏了对方的主控系统和机体结构。

在这里，蒋白棉刻意修改了事实，没提当时因为担心净法有应急后备系统和冗余机体结构，所以只想着通过"金手指"入侵机械修者的内部信息网络，直接控制住对方。

然后，她略去中间过程，将后续结局嫁接到了这里——因为净法拥有应急后备系统和冗余机体结构，所以他在遭受重创后，依旧逃出了吉普车，没被当场摧毁。

"如果是我，哪怕率领的是一个战斗小组，也未必有你们做得好。"听完蒋白棉的描述，王北诚忍不住感慨道，"战斗型机器人加真正的人类智慧、加觉醒者能力，简直就是一台大杀器。"

"这也是被逼出来的，要不然就会被一个机械修者侵犯、施暴至死，这往哪说理去？"蒋白棉自嘲了一句，"摆脱净法后，我们就想着到黑鼠镇来，利用这里的无线电发报机，将获得的情报传回公司。途中，露宿野外时，遇到了两个奇怪的人，一个叫杜衡，自称古物学者、历史研究员，一个来自最初城，叫伽罗兰，自称道士……"

她的重点不是说这两个人有多奇怪，而是借此引出那次获得觉醒者的部分情报。之后，就是旧调小组抵达黑鼠镇，发现这里被屠戮一空，于是搜寻现场，发射紧急信号弹的事情。

蒋白棉没有隐瞒他们调查的结果，点出了鬣狗强盗团的嫌疑。

临近尾声，她说起了真实噩梦，但没有提商见曜依靠觉醒者能力自行挣脱出来之事，只讲运气不错，当时刚好是值夜交接班，龙悦红和白晨发现不对，及时摇醒了她和商见曜。

末了，她将真实噩梦与月鲁车站以北的异常联系起来，说了说自己的猜测。

"这确实和某种觉醒者能力有点像……"比商见曜等人大了近一轮的王北诚回忆所见所闻，犹豫着说道，"我年轻的时候，跟着行动群参与过一次大势力间的大宗交易，偶然遇见了一个叫作'拂晓晨星'的教派，他们既恐惧梦境又利用梦境。当时，和我交流的那个教徒是个觉醒者，自称'守梦人'，认为自己是在为人们免于被噩梦吞噬而战。他描述的一种噩梦情况和你们说得有点像。"

蒋白棉和商见曜等人分别对视了一眼，转而询问起王北诚："他没有向你展示过能力？"

"没有。"王北诚摇了摇头，"这可能和我比较警惕有关。"

蒋白棉想了一下，追问道："他们崇拜的是哪位执岁？"

王北诚已知道商见曜等人从机械修者净法那里得到了与执岁相关的情报，所以未做隐瞒，坦然回答道："是拂晓，执掌二月的神灵。他们称这位执岁是照入梦境的那道光。"

说到这里，王北诚看了一眼已经黯淡的天色："还有别的情报吗？"

"没有。"蒋白棉微微笑道，"说得我嘴巴都干了。"

王北诚顿时笑了一声："客气的话就不说了，天快黑了，你们找个地方扎营休息吧。我……我得尽快安排几个侦察班根据你们提供的情报外出打探消息，这不能浪费一点时间。啊，对了，睡觉的时候最好有值夜同伴的关注，这样一有异常，就能及时被唤醒。"

他没提这是否会睡得不自在。在灰土之上，类似的事情根本不是问题，每一个经验丰富的人都懂得生命胜过羞耻，胜过尴尬。

"放心，我们有经验。"蒋白棉挥了挥手，带着商见曜等人告别王北诚，回到了吉普车停靠处。

等找好地方，弄完帐篷，龙悦红终于按捺不住疑惑，开口问道："组长，你为什么要隐瞒军用外骨骼装置的事？"

隐去商见曜的秘密是他们内部的共识，不需要多说。

"这就需要讲太多了，没那个必要，说不定还得牵扯出水围镇的事情。"蒋白棉不甚在意地回答道。

"我们不是已经商量过，要汇报水围镇的事，但不讲具体位置，只提在野外遇上了他们的狩猎小队？"情绪波动较小的白晨略显好奇地追问道。

蒋白棉哈哈笑道："不用着急，这得等回到公司，按流程上报。告诉王北诚他们大队有什么用？反而平添泄露出去的风险。"

"这泄露了也没什么吧？"白晨不是太理解。

蒋白棉微微叹气，笑着用下巴指了指商见曜、龙悦红："你们来说一说内部员工对荒野流浪者的态度。"

负责警戒的商见曜没有遮掩："有点排斥，害怕吸纳过多的荒野流浪者导致各方面的配给减少。"

"是啊，虽然我们人力不是太足，但大家都觉得，反正现在也过得下去，之后的新生儿也会越来越多，没必要吸纳大量的荒野流浪者。"龙悦红看了一眼白晨，声音略有点小。

蒋白棉随即对白晨摊了下手："你听到了吧？如果只是零星地吸纳你们这种荒野流浪者中的佼佼者，利用你们的经验、见识和能力，内部员工们并不反对，甚至非常理解，但要是一下吸纳整个聚居点的荒野流浪者，大家就不是太能接受了。

"安全部的作战小组、行动大队虽然长期在外面活动，知道各个聚居点的情况，未必没有同情之心，但他们也是人，他们也有父母妻儿等生活在公司内部，同样会受到各种言论的影响。

"如果他们在董事会做出决定前，将水围镇的消息泄露给了亲戚朋友，让大家开始讨论这件事情，就很容易发酵出负面影响。"

白晨还是有点不理解："普通员工能影响到董事会的决定？"在她看来，这种高层是不会受底层舆论影响的。

蒋白棉闻言笑道："你现在还是更习惯荒野流浪者那套啊，不太适应公司内部的一些东西。盘古生物说小不小，但说大也不大，哪个董事会成员没点身为普通员工的亲戚和朋友？而且，内部的稳定也是非常重要的，这会直接影响到作战小组、行动大队的状态和立场。如果有各种负面舆论，就算董事会坚持要吸纳整个水围镇，在方案细节上肯定也将有所不同。是全部给予正式员工待遇，还是当作外围附庸势力处理；是做一定的拆分，直接派人去管理，还是像黑鼠镇那样，差别很大的。"

白晨不再言语，略微低下脑袋，仔细思考起蒋白棉的话来。在她的荒野流浪者经历里，上位者和势力强大者拥有绝对的话语权。

这时，龙悦红咕哝了一句："可我还是觉得这只是一方面的理由。"因为已经习惯，他自言自语的声音并不低。

"可能组长怕王北诚征用我们的军用外骨骼装置。"商见曜故意看了蒋白棉一眼，笑着说道。

蒋白棉眉毛微挑："我怕他？"

不等商见曜、龙悦红、白晨回应，蒋白棉"呵"了一声："我们之间没有隶属关系，他又没拿到临时战争授权，只是层阶比我高一点而已，但也没到管理级，我为什么要怕他？"

"也就是说，即使王北诚以行动大队队长的身份强行征召我们参与接下来的事情，我们也可以不用理会？"白晨还在适应盘古生物内部的细节性规则。

别说她了，商见曜和龙悦红种刚离开学校就加入安全部的员工，对类似场景下的权属问题也搞不清楚。

"没错。"蒋白棉笑着回答道，"我们是直属于悉虞副部长的特殊小组，即使是同样位于管理层的行动集群总监，若没拿到董事会给予的临时战争授权，也指挥不动我们。"

悉虞是安全部一位副部长，层级和行动集群总监相当，都是M1级——安全部的行动集群总监和副部长职位没有高低之分，纯粹是各自职责侧重不同，有的时候，行动集群总监也会兼任副部长。

商见曜、龙悦红对悉虞一点也不陌生，这不仅因为该女士是他们的上司的顶头上司，还因为对方名气很大——她是盘古生物内部少有的红河人种，无论姓名结构，还是瞳色、发色，都和绝大部分员工不同，另外，她是从安全部文职体系中逐步晋升上来的副部长，是特例中的特例。

安全部的文职体系不向新员工开放，除非是那种很有天赋、还未进入大学就被指定培养的人才，而悉虞就属于这种。

商见曜认真地听完，冷静地提出了一个问题："那部长能指挥我们吗？"

蒋白棉的笑容一下变得勉强："……可以。"

听到这里，白晨大致弄明白了安全部的职权架构，转而问道："如果王北诚一定要征召我们呢？强行征召。"

"我管他呢！"蒋白棉毫不犹豫地回答道，"到时候，直接就走，他还能把我拦下来不成？"

"你不怕他动用武力？"白晨追问道。

蒋白棉的表情顿时变得有点精彩，她认真地看了看白晨小巧的脸孔，难掩笑意地说道："你要记住，这是大势力军队，不是荒野流浪者组成的团队。就算王北诚真敢发疯，他下属的员工也不敢！

"无故攻击同事会有什么后果，安全部每一名员工都很清楚：轻则十年以上的囚禁加强制劳动，重则死刑，甚至放逐全家。"

"栽赃陷害、灭口保密，不行吗？"白晨提出了疑问。

"这可是罪上加罪。"蒋白棉侧头看了一眼商见曜和龙悦红，"主要是谁会陪王北诚这么发疯？我们出来拼命，忠于的是公司，是能给我们和我们家人提供安稳生活、物资保障的公司，他王北诚能保证这些吗？他又能额外提供什么？顶多也就是晋升的机会、战利品分配时的倾斜，但这和事情暴露后的严重后果相比，算得了什么？即使真有人利欲熏心，王北诚可以提供的机会又能有多少？能覆盖整个行动大队一百来号人吗？

"如果这里只有他和五六名心腹，那我确实需要担心一下，但几十上百个人都在这片区域，他拿头来栽赃陷害、灭口保密啊？一旦有那么几个人后悔，回去暗中举报，立功赎罪，整个事情就败露了，后果非常严重。更别提这发疯为的还只是一点意气，谁愿意干？"

白晨缓缓点头："确实，人多嘴杂，又没法只留心腹，把其他人都干掉。"

如果整个行动大队只剩几个人回去，那问题就几乎等于写在脸上。而且，几个人想对付近百号人，在双方武器没有代差的情况下，谁灭谁还不一定呢。

"就算是王北诚的心腹，也未必敢跟着发疯。"蒋白棉微微一笑道，"商见曜、龙悦红，如果我让你们当着很多人的面打王北诚一顿，你们敢不敢？"

龙悦红沉默了几秒，弱弱地回答道："打不过……"

"要是能打过，敢不敢打？"蒋白棉好笑地追问道。

这时，商见曜认真地点头道："敢！不需要假设，等回到公司，我就把王北诚打一顿！"

"呵……"蒋白棉嗤之以鼻。

回到公司再打，叫斗殴，一般就是秩序督导员调解几句，各回各家；稍微严重点关上十天半个月，罚一个月贡献点，而且，为了不让受罚者因此饿死，公司会人性化地把扣掉的贡献点平摊到一年内。

只要没把对方打出好歹，类似的斗殴最差结果就是被调换到不好的岗位，可在盘古生物内部，能比旧调小组危险的岗位几乎没有——危险程度相仿的也不多。

听着商见曜等人话赶话地说到这里，白晨忽然插嘴道："王北诚究竟做错了什么？"

为什么要认真地讨论要不要打他？具体该怎么打？

"呃……"蒋白棉陷入了沉思。

龙悦红这才发现，随着刚才的讨论，王北诚在他心目中的形象莫名地变得很差，几乎可以说是大奸大恶。

只有商见曜认真地回答道："他错在唱歌不好听。"

"你怎么知道？"白晨下意识地追问。

商见曜点了点头："我猜的。"

白晨又一次意识到和商见曜认真讨论问题是自己的错，因为永远不知道对方什么时候是开玩笑，什么时候是"犯病"。

"好啦好啦。"蒋白棉拍了下手，"该弄晚餐了。对了，等会儿商见曜先睡，看是否还会进入真实噩梦。"

吩咐完，她想了想，补了一句："说句实话啊，我还是挺怕王北诚知道我们有军用外骨骼装置的。一般来说，类似的高级装备，每个普通行动群可能只有几台，并且集中在某个大队的某个组，王北诚他们未必有。"

"你不是不怕吗？"龙悦红不明白组长为什么又改口了。

蒋白棉自嘲道："我是不怕他强行征用，但我怕他苦苦哀求。他们接下来的行动肯定比我们危险多了，于情于理都该把军用外骨骼装置借给他们。唉，我这个人心软啊。而且，等回了公司，这种装备也是要上交的，由高层统一分配，不可能属于我们。"

"那可以借啊。"龙悦红更加不解。

蒋白棉看了他一眼："这不是要防备意外吗？我算注意到了，这次野外拉练就没顺利过。碰到个看起来普普通通的强盗团，居然有军用外骨骼装置；走最正常的道路，居然遇到沼泽，有黑沼铁蛇的潜伏；去没什么价值的钢铁厂废墟训练，居然会碰上机械修者净法；到黑鼠镇借无线电发报机，居然会发生屠戮全镇这种事情；想着等公司派人过来，居然又遇上异常，陷入真实的噩梦……还有，月鲁车站以北，早不早晚不晚，居然就在这个时候发现了旧世界城市废墟……

"这总结起来就是，我们最近可能在走背运，谁知道后面还会发生什么意外，所以得把军用外骨骼装置留下，提升我们小组的实力。"

"对对对！"龙悦红深表赞同，白晨也忍不住轻轻额首。再怎么说，还是自己的性命更重要！

商见曜张了张嘴，正要说点什么，却被蒋白棉瞪了一眼："你就不用说了！"

蒋白棉旋即笑了一声："如果不是太重要的话。"

见商见曜没再开口，蒋白棉斟酌着又道："同时，我隐瞒军用外骨骼装置和水围镇的事情，也是在给商见曜打掩护。"

"啊？"龙悦红一脸茫然。

蒋白棉笑了笑道："这两件事情都是没法长久隐瞒的，回去都得写在报告上。现在隐瞒，王北诚他们即使有所怀疑，回去一问，也会恍然大悟——原来隐瞒的是这些事情，原来有这么点小心思。这样一来，他们就不会再想到我们还有别的秘密。两相印证之下，公司也不会怀疑了。"

"这样啊……"龙悦红觉得这似乎很正确，但一时又厘不清思绪。

白晨和商见曜则若有所思地点了点头。

接下来，一夜无事。

异常似乎已远离了这片区域。

等到天明，用过早餐，他们等来了王北诚的副手，被请到了黑鼠镇外面。

王北诚戴上了一顶灰黑色的贝雷帽，表情严肃地对蒋白棉说道："几个侦察班已反馈了消息，重点有两个。第一，鬣狗强盗团的成员和他们裹挟的附庸有十几个人在大前天晚上诡异死亡，找不出原因。这吓到了鬣狗，导致他在前天上午放弃附庸，只带了剩下的十二三个核心成员北上，前往新发现的那个旧世界城市废墟。第二，新发现的那个旧世界城市废墟距离此地不到50公里。"

"这么近？"蒋白棉略感诧异。

王北诚看了一眼西北方的天空："之前只说是月鲁车站以北，其实不是正北，而是偏西北方向，从这边过去也不是太远。"

"难怪……"蒋白棉听完，低语了一句。

难怪真实噩梦会扩散到黑鼠镇区域。

"我们得立刻出发了，你们有什么需要帮助的吗？"王北诚转而问道。

"没有。"蒋白棉真诚祝福道，"愿后会有期。"

"愿能再见。"王北诚挥了下手，开始召集队伍，往偏西北方向进发。

目送他们包括装甲车在内的各种车辆远去之后，蒋白棉长长地松了口气："我们也出发，往原定目的地。我终于不用在从旧世界城市废墟中弄来的第一手资料和两个新手的安全中纠结了！"

第 59 章
气氛调节者

就在蒋白棉感慨麻烦终于过去，可以踏上原定旅途时，一道略显低沉的雄浑男音响了起来："当蒋白棉说出这句话的时候，她并没有意识到事情远未结束，命运的波澜将推动着她走向截然相反的路口。"

蒋白棉愕然转头，望向商见曜："你怎么突然说这样的话？"

商见曜一脸认真："我心里刚好想到了这么一句，或许是感应到了冥冥中的天意。"

蒋白棉狐疑之际，龙悦红犹豫着说道："这话我好像在哪听过……对，之前的广播节目里！"

只是改了下人名而已！盘古生物娱乐部下属的广播站不是只做《整点新闻》，还有《睡前音乐》《故事杂谈》等栏目。

商见曜认真的表情瞬间收敛，露出了阳光般的笑容："你们不觉得那句台词配在刚才那种场景下特别有感觉吗？"

蒋白棉哑然失笑："还会配台词了？嗯……不错，看来大家心情都还可以啊。"

她目光一扫，看见白晨的表情有点迷茫。这个娇小的姑娘站在那里，不知道该怎么加入话题。

"是不是有点落寞？是不是觉得自己像个外人？"蒋白棉噙着笑意，直接问道。

白晨脸色变化了几下，本能地抿了抿嘴唇："本来就是外人。"

因为她还不是正式员工，而广播里的某些新闻是不能外泄的，所以，她现在住的那片待转正者区域没有架设相应线路，这就导致她在相关话题上有点听不懂。若非以前在某些聚居点见过用来下达命令的广播喇叭，在安全部所在楼层也听过整点报时，她都未必能理解"广播"两个字是什么意思——就像很多遗迹猎人都知道钢铁厂废墟有栋倒塌的楼属于广播电台，但并不清楚什么是广播电台。

"不能这么说，公司内部不少高级员工，甚至有些管理层，都是荒野流浪者出身。等你转为正式员工，就可以参加统一婚配了，到时候，都是一家人。"蒋白棉早有准备般宽慰道，"再说，你觉得是我们之间的情谊深，还是我和没怎么接触过的董事会成员间情谊深？共同经历过生死，我们就是异父异母的姐妹了，怎么能算外人？"

"我们呢？"商见曜插科打诨道。

"你们？"蒋白棉认真地思考了两秒，"暂时不能说异父异母的姐弟，万一之后统一婚配的时候，你们之中的谁谁谁和白晨凑一对了呢？"

白晨曾从加入盘古生物的荒野流浪者前辈那听说过统一婚配的事情，闻言忍不住在商见曜和龙悦红之间来回打量了几眼，表情似乎不是太高兴。

"我懂，你有点自卑。"商见曜仿佛理解了白晨的意思。

以白晨的经历、见识和涵养，这一刻脸部肌肉都略微有点扭曲，不知是该怒喷回去，还是该弄出点噪音，真是好气又好笑。

"你就算了吧，多心大的人才能看得上你？呃，如果你是个哑巴，双手双脚残疾，喜欢你的人可能会多一点。"蒋白棉毫不客气地嘲弄了商见曜一番。

对商见曜，她不是那么小心翼翼。通过这些天的相处，她已初步肯定，对方内心很强大，不会被类似的言语打击到。相反，对龙悦红就不能这么说。

身为一个组长，蒋白棉向来都懂得人和人是不一样的，对不同的人有不同的相处方式。这也是她在安全部广受欢迎的原因之一。

本来有点自卑的龙悦红也被蒋白棉的话逗笑了，心里刚冒出的些许阴霾瞬间消散一空。

这时，白晨侧过头，对龙悦红说道："不好意思，我刚才只是想象了一下你们是我丈夫的场景，感觉有点古怪，不太适应，没别的意思。"

"没事，没事。"龙悦红赶紧回应道。

蒋白棉则笑眯眯追问道："要是感觉不古怪呢？"

"那就找个机会和那人发展一下。"白晨随口说道。

"啊？"龙悦红一脸震惊。

商见曜和蒋白棉颇感意外地动了下眉毛。

白晨不知为什么突然有点想笑："这在灰土上是很常见的事情。看上了就尽量去追，尽快去追，要是等到第二天，说不定他或者你就因各种问题死了。组长，我一直以为你是个经验丰富的人，结果……"

"哈哈。"蒋白棉干笑了两声，"我重心不在这个方向。"

她旋即露出思索的表情："这是该记录下来的一点。这是旧世界毁灭后，灰土上因生存环境恶劣自然形成的一种人文风俗。"

经过这么一番讨论，白晨莫名地觉得自己和蒋白棉、龙悦红、商见曜的距离拉近了很多，真正有了生死相依的战友感。

她做荒野流浪者的时候，和不少人都经历过生死的考验，可那绝大部分都是被环境、形势逼迫的，双方根本谈不上有什么交情，等到脱离了危险处境，甚至还会互相打黑枪。所以，虽然之前和蒋白棉、商见曜等人已共同面对过多次危难，但她只是敬佩蒋白棉的素质，畏惧商见曜的能力，同情龙悦红的被迫成长，心理上和他们依旧保持着不小的距离。

就在白晨心生感慨之际，蒋白棉忽然又将目光投向她，嘴角含笑道："怎么样？是不是真正有团队一员的感觉了？"

看到蒋白棉明澈的笑容，白晨忍不住闭了下眼睛："组长……"

她没想到蒋白棉竟然能如此准确地把握住她的心理状态。

蒋白棉哈哈一笑，道："作为一名组长，除了要提升你们每个人的能力，还得时刻关注你们的心理问题。别看我平时主要在教导那两个新手，不，一个混蛋，一个新手，其实一直都在注意你的感觉和表现。在未来很长一段时间内，我们将共同面对数不清的危险，我们的后背需要对方来保护，我们的感情肯定比亲姐妹还要深。我之前说过，我做出的每一个决定都必须保证组员的生存安全。这句话不仅是对龙悦红、商见曜说的，也是对你说的。"

白晨抿着嘴唇，看着蒋白棉，许久没有说话。

"可惜组长你是女的，要不然我今晚就要……"说这句话的不是白晨，而是旁边故意捏着嗓子的商见曜。

白晨愕然转头，望向这个总是不按常理出牌的家伙。

"帮你配音。"商见曜诚恳地点了一下头。

"我没有这么想！"白晨脱口反驳道，一张脸明显有点涨红。

"就当是这么想的嘛。"商见曜努力劝说。

"闭嘴！"蒋白棉终于忍耐不住，好气又好笑地吼了一声，"你就不能正经一点吗？"

商见曜动了下眉毛："我大部分时候都很正经啊，小部分是在帮忙活跃气氛。还有偶尔一些时候，真的控制不住自己，我有医生证明的！"

他说得理直气壮。

"我谢谢你啊！"蒋白棉略有点咬牙切齿地回应。

经过机械修者净法之事，白晨、龙悦红现在都猜到了商见曜偶尔表现出的思维脱轨大概是因为什么，他俩都没有接这个话题，让它就这么略了过去。

道完"谢"，蒋白棉又埋怨了商见曜一句："真是的，你把人家白晨的感动都弄没了。"

白晨哭笑不得地看了组长一眼，不想继续这个话题——不要把感动这种事情挂在嘴边啊！多尴尬！

蒋白棉见气氛已调节正常，暗笑一声，挥了下手道："走，出发！"

因为已经来到黑鼠镇所在的丘陵地带，他们没再返回钢铁厂废墟，而是往偏东南一点的地方进发——那是目的地祈丰镇所在的方向。

秋季多雨，接近中午时，云层越来越厚，天色越来越暗，淅淅沥沥的雨水在荒野上下了起来。这雨不算大，却凭空编织出了迷迷蒙蒙的感觉，让负责开车的白晨视野骤然缩小。

没过多久，吉普车来到了一条颇为宽阔，看起来很深的河边。

它叫绿河，因河底总是长着某种绿色藻类生物而得名，是黑沼荒野内许多生物的母亲河。此时，绿河上那座本就年久失修的桥梁已从中断折，大部分坠入了水中。

"看起来像是被人炸断的。"蒋白棉仔细分辨，初步做出判断，"我们往下游去，走另外一座桥。"

她话音刚落，就看见从岸上一个桥墩后走出来一个人。

细密迷蒙的雨雾中，这个人穿着一件黑色的风衣，戴着一双同风衣一样颜色的手套，身高一米八左右，头发整齐地向后梳着。

他背着一把长长的、造型略显古怪的银色步枪，一手撑着黑色的雨伞，一手自然下垂，一步步走向了缓慢行进的吉普车。虽然还没看清楚对方的长相，但蒋白棉、商见曜等人忽然有了移不开眼睛的感觉。

本来想打方向盘的白晨也下意识地停止了动作，踩住了刹车。

没过多久，那人来到近前，露出一张黑发金眼、剑眉星目、棱角分明的英俊脸孔。他敲了敲驾驶座的窗户，微笑着说道："总算甩掉那个热情的怪物了。你们能载我一程吗？"

第60章
南辕北辙

"好啊。"

"可以。"

"没问题。"

"上车吧。"

白晨、龙悦红、蒋白棉和商见曜几乎同时说道，没有丝毫犹豫。

那名内穿深色衬衫，外披黑色风衣的年轻男子随即绕过车头，来到副驾驶位置，拉开了车门。

他笑容浅浅地对蒋白棉道："你可以去后排吗？"

"没问题，你坐，你坐。"蒋白棉热情地站了起来，让开了位置。

等到那名男子取下背后的银色步枪，坐到了副驾驶位置，她略微弯腰，讨好般笑道："怎么称呼你？"

黑发金眼的男子眉头微不可见地皱了一下："乔初。"

"真好听啊。"蒋白棉没有吝啬赞美。

"瞧瞧人家的名字，瞧瞧你的。"商见曜侧头打击了龙悦红一句。

龙悦红一点也不见怪，附和道："是啊，是啊。"

在他们的赞叹声中，蒋白棉拉开了后排的车门，对商见曜道："往中间挪一挪。"

话音刚落，她又改口道："不，你先下来，我坐中间。"

见商见曜不是太乐意，蒋白棉又强调了一句："我是组长！"

商见曜这才不情不愿地下了车，看着蒋白棉坐到后排中间。

而听到"组长"这个来自灰土语的名词后，黑发金眼的男子乔初下意识地扭头望了蒋白棉一眼。

蒋白棉似乎早已在等待，与他四目交接，嫣然一笑。

乔初没有多说，不紧不慢地收回了目光。

蒋白棉身体前倾，单手托住下巴，难以移开眼睛般欣赏着乔初的侧脸。

商见曜重新坐下后，发现因为位置关系，自己只能看见乔初的后脑勺，而且时不时还会被前面椅子上的靠枕挡住视线，他脸上顿时流露出了无法掩饰的失望表情。

乔初看了一眼前方断折的大桥，忽然开口问道："你们有吃的吗？"

"有！"白晨迅速侧身，打开了扶手箱。

"有有有！"蒋白棉收回托住下巴的手，慌忙地在衣兜里寻找食物，商见曜和龙悦红则直起身体转向后方，试图给乔初拿红烧牛肉罐头。

毫无疑问，白晨最快，她递给了乔初一小袋压缩饼干和一根能量棒。

"就这样吧。你们也吃一点，中午估计就不休息了，得轮流开车。"乔初接过食物，首领般下达了命令，而商见曜等人毫无异议。

就着水囊里的水吃完饼干和能量棒后，乔初放好物品，等待了一会儿，侧头对白晨道："该出发了。往西北方向的丘陵地带开。"

"好的。"用完午餐的白晨满口答应，却没有移开视线。

乔初伸出左手，拍了拍白晨的右臂，温柔地笑道："好好开车。"

"好的！"白晨受宠若惊，当即坐正了身体，发动了吉普车。

乔初转而望向后排，微微笑道："我要休息一下。你们注意周围的情况，到了那片丘陵地带再喊醒我。"

"好！"蒋白棉等人同声做出回答。

乔初没再言语，转回了脑袋。他脸上的笑容迅速消失，目光变得异常冷淡。然后，他从衣兜里拿出了一个天蓝色的盒子，"啪"的一声将它打开。

这盒子内装的是一面小镜子。

乔初凝视着镜中的自己，抬起右手，认认真真地整理起头发。反复审视之后，他缓慢收起镜盒，将脑袋往后一靠，闭上了眼睛。

等到傍晚，吉普车回到了黑鼠镇所在的那片丘陵地带。此时，王北诚的23大队早已远去。

不需要提醒，蒋白棉等人化身为闹钟，准时唤醒了乔初。

乔初看了一眼黯淡下来的天空："今晚就在这里休息，明早继续往西北方开。"

"好的。"白晨找到熟悉的扎营点，停下了吉普车。

接着，他们四人争先恐后地弄好了帐篷，点燃了篝火，从后备厢里拿出了几个军用罐头。

"你们物资还挺丰富的……"乔初坐在没关车门的副驾驶位置，悠闲地看着商见曜等人忙忙碌碌。

没过多久，商见曜小跑过来，主动请缨道："我去那边取水。"

乔初循着他指的方向，看了看干净水源所在的位置，想了几秒，道："不用了，我们的水能撑好几天。"

"嗯嗯，罐头还有一会儿才能热好，需要我给你唱首歌吗？"商见曜一点也没坚持，转而笑着问道。

乔初用怀疑的目光打量了商见曜两秒："不用。"

"那黄金海岸摇摆草裙舞呢？"商见曜追问道。

乔初眉头微皱道："不用，我想静一会儿，等罐头热好了再来叫我。"

"好的！"商见曜热忱地回应道，然后转身走向篝火位置。

乔初又一次拿出了那个天蓝色的塑料盒，"啪"地将它打开。看着镜中的自己，乔初表情生动了少许，低声感叹了一句："唉，真是麻烦啊！"

就这样，夜晚悄然过去，太阳又一次从黑沼荒野的东面升起。

用过早餐后，经过一番暗中的较量，蒋白棉终于利用组长的权威，抢到了开车的机会，而商见曜、龙悦红和白晨只能有点委屈地挤在后排。

乔初翻腕看了一下机械手表，依靠表盘上的指南针确定了位置。

"往那个方向开，一直开。"他指着偏西北的某个地方道。

蒋白棉没有质疑，开着吉普车，先行从丘陵地带绕了出去，然后直直地往乔初所说的方向狂奔。

随着时间的推移，周围的地形越来越平坦，泥土也越来越黑，道路越来越烂，到了最后，路上大部分是淤泥，较硬的路面越来越少。

这是在往大沼泽的深处进发。

而和白晨比起来，蒋白棉在这方面的经验稍显不足，两次差点让车陷进深不见底的淤泥内。她不得不让出驾驶座，回到了后排中间，白晨则认真而努力地驾驶吉普车，那神情如同期待表扬的小孩。

吉普车的速度毫无疑问放慢了很多，一直到中午，前行也没有超过三十公里，而周围的沼泽中逐渐有各种各样的植物长出。它们和正常的植物相比，颜色要么黯淡，要么鲜艳，看起来颇为古怪。

蒋白棉还记得自己组长的职责，随口提醒了商见曜和龙悦红一句："看到类似的畸变植物聚集，就说明已进入污染区，不过，这里的植物还不够奇形怪状，不够危险，污染程度应该不是太高。在这样的环境下，普通人也能活动，但如果没有保护装备，最好不要超过三天，而做过成熟型基因改造的人，可以坚持十天左右，不过，前提是有预先准备好的食物和水。"

乔初又一次扭头看了蒋白棉一眼，但又迅速收回目光，指着侧面道："往这边走。"

"可是……"白晨下意识地想提出自己的建议。

她选择的路线都是污染程度较低、适合车辆行驶的类型，如果贸然改道，说不定会遇上那种扩大了范围的沼泽，连车带人一起陷进去，沉到底部。

"往这边走。"乔初又强调了一遍。

"好。"白晨选择听从。

车子改道后，进入了白晨不熟悉的区域，这让吉普车的速度又放慢了许多——白晨需要边开边根据自己的经验判断道路情况。

大概二十五分钟过去了，车内众人吃完午饭，准备让蒋白棉替换白晨时，前方的场景骤然有了变化——看不到边际的深黑沼泽内，一根根粗大的藤蔓带着腐烂的泥土从底部钻了出来，形成了一片低矮的"森林"。它们颜色青黑，每一根都有普通蟒蛇粗细，表面长着数不清的微红尖刺。

这些古怪的藤蔓纠缠在一起，遍及吉普车前方肉眼可见的每一个区域，除了黑沉的沼泽本身，其他都成了它们的点缀——就连天空，都仿佛因为低矮"森林"的遮挡或者别的问题，变得阴沉、灰暗、压抑。

看到这壮观但可怕的一幕，不管是蒋白棉、白晨，还是商见曜、龙悦红，都产生了一种难以言喻的震撼。

震撼中，他们几乎同时有了一个疑问："我们为什么会到这里来？"

这时，乔初嘴角勾起，露出温柔的笑容："不用紧张。"

这声音、这话语一下打消了商见曜等人的疑问，让他们又迷恋地看向乔初。

乔初坐直了身体，开始认真地指挥起白晨怎么开，往哪里开。

看着窗外掠过的蟒蛇般青黑微红的藤蔓，蒋白棉左手五指动了一下。她本能般从衣兜内拿出纸笔，将眼前所见记录了下来。

商见曜时而看一看乔初的后脑勺，时而往外打量那些藤蔓，总有种它们孕育着极大危险的感觉。就在这时，他左臂感受到了轻轻的碰触。

商见曜下意识地转头，看见蒋白棉将手中的白纸往这边靠了靠。

他凝神望去，只见白纸上面如实地描述着当前的场景，而除此之外，还有几段奇怪的话语在最后："……大沼泽深处竟然存在这么一个畸变严重的区域，但神奇的是，我左臂的芯片告诉我，这里的辐射污染不算太严重。

"或许是随着时间的推移，污染已经减弱？那些藤蔓上长满了微红的尖刺，就像是刚吸满鲜血。

"我左臂的芯片告诉我，现在的方位和预定的目的地祈丰镇南辕北辙……"

第 61 章
画画

商见曜还在琢磨最后一句话的意思时，蒋白棉又飞快地写道："我们都没有感觉到异常，但芯片发现了不对，这说明……"

她没有写完，诡诡然收起纸笔，继续托住下巴，痴望乔初的侧脸。

商见曜收回目光，猜到了一点原因，但又不知道自己能做什么，该怎么做，因为似乎有什么力量在阻止他深入思考下去，不去想问题来自哪里，出在什么地方，他隐隐不希望由此打破某个美好的形象。

这股力量的源泉不在外界，而是发自他的内心。

世事已是如此艰难，何不让自己沉醉在美梦中？

"砰！"吉普车在乔初的指挥下，从多根青黑藤蔓的空隙间穿了过去，而这不可避免地撞到了其中一部分藤蔓。这些长着尖刺的微红的植物从玻璃窗上滑过，留下了数不清的、极为细微的划痕。

正在思维表层寻找对策的商见曜下意识地望了过去，在灰暗阴沉的环境下，他看见了自己倒映于车窗上的影子。

他心中一动，眼眸骤然变得幽深，他要对自己使用矫情之人的能力。如果有效，他将立刻变得矫情，所作所为会背离受影响后预设的逻辑。比如他不能忍受蒋白棉、白晨、龙悦红以退为进地要求离开，比如他非得在这种危机四伏的情况下把事情吵得明明白白……

而当这种矫情之人的能力产生作用时，情况就会出现变化，无论变化是好是坏，都将暴露出一些问题，这可以帮助商见曜回到现实。

几秒之后，商见曜的眼睛恢复了正常。他低头看了一下双手，又望了望车窗玻璃上倒映出的自己，幅度很小地摇了下头。

他的尝试失败了。矫情之人似乎和推理小丑不同，无法通过这种简单的、照镜子的方式影响到自身。

商见曜收回目光，又认真地思考起来，而乔初正专注于指挥白晨通过这片长满了可怕的藤蔓的沼泽，无暇他顾。

突然，商见曜嘴角一动，微微翘起。在这种压抑灰暗的环境下，他笑得就像是一个精神病患者。

十来秒后，商见曜的表情恢复了正常。他眉头微皱地想了想，眼睛逐渐发亮。他又一次看向车窗玻璃上倒映出的自己，嘟嘟囔囔道："蒋白棉是长腿，我也是长腿……"

蒋白棉闻言侧头，脸上尽是疑惑的表情。她抬手摸了摸左耳的金属耳蜗，用动作示意商见曜，她没有听清楚。

商见曜没有搭理她，自顾自地继续嘟囔道："蒋白棉很厉害，我也很厉害……"

乔初听到了商见曜的话语，但他一方面要辨别藤蔓的分布、道路的情况、沼泽的各种细节，分心乏术，另一方面又觉得这听起来没什么问题，就像是一个善妒的妃嫔在私下诋毁受宠之人。

龙悦红跟着望向商见曜，不明白商见曜要做什么。

龙悦红自己都搞不懂状况，那肯定就不会产生揭穿秘密、保护乔初的想法。

商见曜望着车窗玻璃上的自己，眼眸愈加幽深："所以……"

下一秒，他自问自答道："我们是一样的。"

商见曜脸上的表情迅速有了一些变化，微微扭曲着，仿佛在竭力压制什么。

"他刚才在说什么？"蒋白棉一边看着商见曜，一边询问起龙悦红。

"他说你是长腿，他也是长腿，你厉害，他也厉害，所以你们是一样的。"龙悦红拣重点复述了一遍。

蒋白棉下意识地张开了嘴巴，想回上一句，可旋即又闭了起来。过了几秒，她笑出了声音，对商见曜道："你这样有意思吗？"

见他们四个人内部都不认为商见曜刚才那番话语有什么大问题，毫不掩饰地在那里讨论，本就无暇分心的乔初更加不在意这段小插曲了。

就在这个时候，商见曜屁股离座，唰地前倾身体，抓住了乔初的肩膀。

乔初下意识地就要探手拔出腰间枪袋里的联合202，可他发现自己的右手怎么都抬不起来。

这不是因为没有力气，也不是因为商见曜抓住了他的肩膀，导致关节被锁住，而是他根本做不出这个动作，像是原本就不具备这方面的能力。

乔初背后顿时沁出了一层冷汗，他本能地扭头望向后排的商见曜："你要做什么？"

商见曜目光灼热地死死盯住他的肩膀，嘴角扯出了一个疯狂的笑容："我……要……你！"

蒋白棉嘴巴微张，不知该骂、该笑还是该阻止。

不明状况的龙悦红和白晨这一刻既诧异茫然，又仿佛在目睹天神下凡，不，魔鬼降临。

乔初表情扭曲起来，但脸部并没有涨红，仿佛已遇到过太多类似的情况。他那双金色的眼眸内忽然有微不可见的涟漪荡起。

乔初一边拼命地抵御商见曜将他往后排拖的力量，一边侧过脑袋，温柔地对白晨道："给他一个玩具。"

白晨不明所以，习惯性踩下了刹车。她茫然地打开扶手箱，拿出了几张纸和一支圆珠笔。

这个时候，商见曜已有点不耐烦，双手猛然改变了位置。

他左手捏住了乔初的脖子，右手握成拳头，就要砸向对方耳下位置，试图将对方击晕，瓦解对方所有的反抗。

几乎是同时，乔初的身体变得极为柔软，就像一条巨大的、人形的蟒蛇。他一缩一摆间，脖子诡异地从商见曜的掌中挣脱了出来，显得滑不唧溜。

紧接着，他嗓音温柔，语速极快地说了一句："画画不好吗？"

商见曜的动作瞬间停止，表情里透出了无法掩饰的疑惑和茫然。他随即望向白晨，从对方手中接过了纸笔，脸上的笑容一点点显现。

拿到纸笔后，商见曜迫不及待地坐了下来，以自己的大腿为垫子，画起了图画。他神情非常专注，整个人极为安静，如同一个沉迷于自己的爱好中的小孩。

乔初见状，终于松了口气。

他目光冰冷地扫了一圈，不含笑意地说道："原来你们之中还有觉醒者。很可惜，我也是。"

他双手已恢复了正常，右掌握到了联合202的枪柄上。这是他自带的手枪。

犹豫了几秒，乔初放弃了拔枪射杀商见曜的想法，微微一笑道："赞美我的仁慈和宽容吧，你接下来还有用处。你的痴迷我不接受，但可以理解，之前甚至有匹马追了我一百多公里。"

蒋白棉听得很入神，由衷地赞叹道："好厉害啊！"

"好厉害啊！"商见曜一边头也不抬地画画，一边重复蒋白棉的话语。

蒋白棉紧接着打听道："你来自哪里？"

"你来自哪里？"商见曜再次重复。

蒋白棉忍不住瞪了他一眼，想了几秒后，她"呵"了一声道："我有胸，你没有。"

商见曜正要重复，表情猛然又变得迷茫。默然了几秒，他重新专注起来，安静地继续画画。

这时，乔初已坐正了身体，沉声回答着蒋白棉的问题："这不是你该知道的。"

"我明白了。"蒋白棉不以为忤，笑得很甜。

乔初转而看向早就踩下刹车的白晨："继续。"

白晨毫无异议，于乔初的指挥下，再次在大沼泽深处的藤蔓内穿行。

在这个过程中，商见曜一直在画画，直到完成了一幅作品。然后，他才仿佛从某个梦境中醒来，诧异地看着那幅像小孩涂鸦般的图画。他抬起头，望了望乔初的后脑勺，沉默着没有说话。

时间一秒秒地流逝，他的状态又变得和龙悦红他们相近。不过，他没有忘记折好手中的图画，将它放入衣兜。

蒋白棉试图偷瞄他画了什么，但未能如愿。

又前行了几个小时后，青黑微红的藤蔓间突然飞出了一群指头大小、头部暗红的蚊子。

"晦气！"乔初见状，忍不住咒骂了一句。

白晨的身体本能地紧绷了起来。

一群，两群，三群，越来越多的巨型蚊子从不同的藤蔓间飞了出来，黑压压一片。这些头部暗红的狰狞蚊子聚集在一起，就如同弥漫过来的黑色烟雾，密密麻麻，遮住了天空。

在这样的场景下，它们仿佛来自地狱的大军，或是源于旧世界的诅咒。

"关紧窗，冲过去！"乔初沉声下达了命令。

第62章
隧道

蒋白棉、商见曜、龙悦红都听白晨提过畸变蚊群，知道这对没有准备的人类究竟有多么危险。

它们总是集体活动，飞行速度还不慢；它们能忍受一定程度的高温和低温；它们的体积相对很小，难以被子弹命中，就算遇到了神枪手，也会因为数量众多，分布太过密集，不惧怕损失——一个团队能够携带的子弹和普通炸弹，根本没法和这种蚊群比数量；它们平时以吸食植物汁液为生，也渴望鲜血，既有强大的生存能力，又具备极其恐怖的攻击性；它们没有头脑，不会惧怕，哪怕种群损失了一半以上，也会前仆后继地为鲜血而来；它们的叮咬自带毒素，能让人和动物身体麻痹，思维迟缓；它们的口器相比未畸变的蚊子，更加坚硬，更加锐利，可以穿透衣服纤维，插入皮肤……

对许多遗迹猎人和荒野流浪者来说，这就是能吞噬生命的地狱潮水，一旦遇上，即使人多势众，也很难幸免。当然，作为灰土上十分凶恶的生物，人类并不是没有办法对抗这种畸变蚊群，只是所有的办法都得依赖较为特殊的装备，比如火焰喷射器，比如特制驱蚊液喷洒枪，比如盘古生物的除草弹，比如一整套连有毒气体都能防住的生化服装，比如足够的燃烧弹，比如技术还不成熟的动力装甲，比如可以在爆炸核心创造大片高温区域的、来自旧世界的、数量极少的恐怖炸弹……

很可惜，这些东西，旧调小组一件都没有。

不过，值得庆幸的是，他们开的吉普车密封性较好，畸变蚊群不可能强行闯进来，而且，这辆车是电能型，不怕蚊群堵塞排气管道等地方，同时，畸变蚊群的口器也还没强到可以让橡胶轮胎漏气的逆天程度。

这于蒋白棉等人而言确实是一个好消息，但同样也有不好的地方：通风系统要么关掉，要么等着被畸变蚊群堵住。

这样一来，车内空气质量会迅速降低，直至无法忍受，商见曜等人必须在此之前，让吉普车冲出畸变蚊群的包围圈。

白晨有面对这种可怕生物的经验，在乔初下达命令的同时，她已关上车窗。她一边继续将油门往下踩，一边习惯性宽慰起车内的人："不用担心，这种畸变蚊群不会远离有大量植物的地方。只要我们通过了这片藤蔓区域，它们应该就会放弃。"

"左……"乔初点头的同时，指挥起前进的方向。

蒋白棉则若有所思地低语道："哪怕是畸变的生物，也有延续种群的本能啊，所以，这种蚊群才不会离开有大量植物的地方……这才是能满足它们生存的必要条件，人类和动物的血液只是一种吸引力非常大的美食而已。也是，旧世界都毁灭这么多年了，没有延续种群本能的畸变生物应该早就死光了。"

乔初没去理睬蒋白棉的自言自语，他比刚才更加专注地辨认被青黑藤蔓遮挡住的路面。

几秒后，行驶的吉普车和蜂拥过来的蚊群遇上了。

"啪啪啪！"那一个个头部暗红、指头大小的蚊子如同一架架微缩的轰炸机，以自身为炸弹，前仆后继地撞到了挡风玻璃上。

在商见曜眼里，这就像是生平第一次看见的暴雨，数不清的"水滴"拼命地砸向玻璃。但与雨水不同的是，这些"水滴"不会下滑，它们能够停在玻璃上。

"啪啪啪！"连绵到几乎汇成一股的急促声中，不管是挡风玻璃，还是两侧的车窗，都被黑色的巨型蚊子扑满了，那暗红的头部和狰狞的口器密密麻麻，看了让人牙酸。

白晨和乔初都看不见前方的路况，吉普车就像是在悬崖边缘脱缰的野马，根本不知会奔向哪里。

龙悦红的脸色飞快地变白，他想要努力自救，却又不知能做点什么。

蒋白棉和商见曜身体都紧绷了起来，神情间既带着担忧，又有点疑惑——生死狂奔下的保命本能和激素分泌似乎让他们又一次察觉到了当前处境的异常。

这时，乔初不再望着前方，而是低头看向手腕上那块机械手表。表盘上附有表示刻度的指南针。

"三点十二分方向。"乔初仿佛在脑海里建立起了一个沼泽深处的平面地图，然后依靠仪器人工导航。

白晨对时间刻度表示方向的方式并不陌生，只是之前看到的从来没有具体到这种程度，所以，她略微一愣后，立刻就反应过来，开始打方向盘。不过，在眼前尽是畸变蚁群的情况下，她没办法按照导航的指示精确行驶，这必然存在一个误差。

乔初并未在意，因为他也知道，没有辅助芯片和相应基因改造的人类，在车速不慢的情况下，不可能做到这样。他说得那么精确，为的就是让误差在可以接受的范围内。

就在这时，商见曜突然开口道："可以穿戴上军用外骨骼装置开车。"

乔初之前就看见了放在后备厢的军用外骨骼装置，略一思索就点头道："尽快。"

正常的军用外骨骼装置都有小范围内的定位能力，这往往集成在综合预警系统中，通过辅助芯片为穿戴者提供便利。

"我来吧。"蒋白棉自告奋勇。商见曜和龙悦红没有异议，立刻转身，从后备厢里将那台军用外骨骼装置拖了过来。在他们的帮助下，她很快就调整好了金属骨骼的长度，穿戴好了装备。

"好了。"系统自检完成后，她赶紧说道。

"停车。"乔初当即将目光从手表上收了回来。

白晨毫不犹豫地踩下刹车。滋溜一声，吉普车猛然停住，商见曜等人全部有了往前扑的惯性，还好被安全带固定住了，而密密麻麻覆盖在挡风玻璃上的畸变蚊群被甩出去不少。

至于没有安全带可以系的蒋白棉，因为穿戴着军用外骨骼装置，这种程度的惯性很容易就能抵消掉。

车子刚一停稳，白晨立刻就按开安全带，调整挡位，拉起了手刹。接着，她从扶手箱上爬向后排。蒋白棉那覆盖有黑色金属骨骼的双臂一伸，将白晨抱了起来，直接就放到了龙悦红那边。

然后，蒋白棉循着白晨过来的"道路"，快速爬到了驾驶座位置。

"啪啪啪！"头部暗红的畸变蚊群又一次前仆后继地撞向玻璃窗，密密麻麻地覆盖在上面。

身后有能源背包的蒋白棉没法后靠，只能前倾着重新发动了吉普车。她一边单手操作方向盘，一边给自己系上了安全带。

乔初又一次低下脑袋，辨别起表上指南针的变化，不断地报出需要前往的时间方向。

有了辅助芯片的蒋白棉开始精准操作，在眼前尽是黑色蚊群的恶劣环境下，她让吉普车险之又险地于沼泽上、藤蔓间穿行。

在众人精神高度集中的状态下，时间的流逝仿佛变得模糊，不知过了多久，在商见曜等人开始心慌气短时，前后挡风玻璃和两侧车窗上的巨型蚊子相继飞了起来。

很快，这些畸变的生物全部脱离了吉普车，恋恋不舍地向着后方飞去。

商见曜、龙悦红和白晨这才看见前方是纯粹的、无边的黑色淤泥，它们的表面没有任何植物，但时而有气泡冒出。

"两点二十四分。"乔初抬起脑袋，不再关注表上指南针的变化。

蒋白棉打过方向盘后，车内众人看见了一条往下的道路。它斜着深入沼泽，尽头有个深黑的大洞。

"开进去。"乔初下达了命令。

穿戴着军用外骨骼装置的蒋白棉没有犹豫，让吉普车驶入了那条道路。路面上黑色的泥土软烂，车轮陷进去了不少，但泥下更深一点的地方，似乎有更加坚硬的东西支撑，重量不轻的吉普车平稳了下来。

车子很快就开进了那个洞口，与此同时，蒋白棉打开了通风系统和车前灯。商见曜等人顿时大口呼吸起来，并透过玻璃窗，打量起周围的场景。

洞里一片黑暗，只有水珠滴答落地的声音间歇响起，而车灯光芒照亮的地方，岩壁、路面都相当平整，沾着一些淤泥。

"不像是自然形成的。"蒋白棉边开车边评价了一句。

"旧世界的下穿隧道。"乔初简单回应道。

蒋白棉轻轻颔首，想了几秒道："没有苔藓植物，有点怪异啊。它之前的环境不适合生物？"

乔初没再理她，只是淡淡地说道："一直往前开。"

隧道内本没有一点声音，但车子偶尔会碰到地面的裂缝或者凸起，于是，这里就间歇性荡起了哐当的声音，并往隧道深处一直传播。

在这种幽深的、怪异的安静中，商见曜他们没有说话，仿佛在前往世界的尽头。好几分钟过去，前方逐渐有了光芒，很快出现了一个拱形的出口。

头盔上自带护目镜的蒋白棉没有受光线明暗变化的影响，让车子冲出了隧道。外面的太阳已是西斜，落日的余晖照在大地上，仿佛为它镀了一层黄金。而在不远处，一栋栋几十上百米高的大楼鳞次栉比地屹立着，没有任何动静传出，也看不见尽头。它们沐浴着泛红的阳光，如同钢铁和混凝土铸就的死寂森林。

第 63 章
城市

在此之前，商见曜和龙悦红见过的最高的建筑是钢铁厂废墟里的几根烟囱，而它们显然没办法和如今看到的这一栋栋高楼大厦相比。

这倒不是说那几根烟囱就一定矮很多，而是从视觉效果来讲的。

无论是从哪个角度看，这些高楼大厦明显要胜过钢铁厂的烟囱，所以，各方面综合起来，它们完全可以当得上"庞然大物"这四个字。

最让商见曜和龙悦红震撼的是，这样的庞然大物不止一栋两栋，数量多到一时难以数清。

它们按照某些规律整齐地排列着，左边、右侧、前方，看不到尽头。

这一刻，商见曜和龙悦红就仿佛是两只老鼠，初次来到人类的国度，只能用仰望的姿态去观察。

夕阳之下，那一栋栋摩天大楼的外墙上，成千上万块玻璃闪耀着光芒，或如同黄金，或如焚烧的烈火。

商见曜和龙悦红的眼睛微微眯了起来，以对抗那略显刺目的反射光芒。

吉普车的行驶速度迅速放慢，不知是同样受到了震撼，还是基于本能，蒋白棉也开始防备。

车子行进之中，太阳在渐渐下落，那一栋栋高楼大厦表面或金黄或橘红的光芒逐渐褪去。没过多久，刚才还光彩夺目的楼宇一栋接一栋陷入了昏暗和灰沉当中，就如同褪去了颜色的旧照片。

整座城市的色调又一次暗了下来。

龙悦红张开嘴巴，想要说点什么，可完全无法用语言来表达自己的感触。

其实，他也不是没接触过比当前场景更加恢宏、形状更奇怪的建筑——盘古生物所在的地下大楼超过两千米高，如果换到地表来，早就因材料无法支撑而坍塌了。但龙悦红平时生活在地下大楼内，也不可能有机会从外面看见整体，自然无法感受到那栋建筑的雄伟。所以，眼前鳞次栉比的高楼大厦给他留下了无法磨灭的深刻印象。

"这就是旧世界吗？"商见曜的嗓音莫名地有点轻柔，仿佛在对自己发问。

"对。你们不是在教科书上见过相应的图片吗？"坐在驾驶座上的蒋白棉回了一句。军用外骨骼装置的综合预警系统让听力有一定障碍、需要耳蜗帮助的她清楚地听见了商见曜在说什么。

"照片和实景给人的感觉完全不同……"龙悦红看了一眼乔初的侧脸，小声嘀咕了一句。直到这个时候，随着情绪的平复和车子的靠近，他和商见曜才看见了更多的细节。

那些高楼大厦有的呈黑色，有的呈深蓝色，有的呈暗黄色，有的色彩鲜艳。但是，它们表面的玻璃幕墙和普通外墙要么很脏，看起来雾蒙蒙的，多有污迹；要么已经斑驳，甚至出现了缺损。

一些绿色植物从它们的缝隙里生长出来，顽强地拓展着自身的领地；各种飞鸟在落日的余晖里盘旋着返回到位于某楼层的巢穴。道路两旁，树木茂密的叶子已枯黄大半，风一吹过，飘落如雨。地上，落叶堆积，部分出现了腐烂迹象。

街边招牌有的砸落于地，有的斜挂在门口，有的缺少了好几个字。

一眼望去，商见曜和龙悦红看见了"足浴""发型""超市""小炒""烧烤""火锅""二妹""宠物""便民"等残存字样，但它们对应的店铺不是破败不堪，就是灰尘遍地，空无一人。

路上一辆辆车随意停放着，严重阻碍了交通，它们的外壳和玻璃表面尽是污迹。一切都是那样安静，只有风还在轻轻吹拂。

这座城市早已死去。

"有点不对啊……"蒋白棉直视前方的同时，利用军用外骨骼装置的综合预警系统收集着周围各种信息。

白晨还没来得及询问，乔初看着那一栋栋摩天大楼间透出的余晖，嗓音低沉地抢先开口道："快入夜了。在进入没有问题的安全房屋前，尽量不要说话。如果非得说，一定要控制音量。"

他随即压着嗓音，指了下左侧："拐进那道门。"

那是一个可供两辆车并排行驶的大门，中间有一个岗哨，将那道门平分开来，似一边进，一边出。可阻挡车辆的金属栅栏不知已倒在地上多少年，表面锈迹斑斑。

龙悦红下意识地望向大门，看见它本身的形状更接近教科书上的牌坊，由棕黄色石头组成的牌坊。

牌坊中间部分，金色文字已掉大半，勉强可分辨出其中两个字："……阳……苑"。

吉普车迅速穿过牌坊，驶入了大门里面。

这是一个由七八栋高楼围出来的区域，有杂草丛生的草坪，有漂着很多垃圾的肮脏水池，有用来挡雨的亭子，有一株株结着果实的树木。

"右拐，第一栋楼。"乔初对这里似乎很熟悉。

蒋白棉按照他的吩咐，从两辆废弃的轿车间的狭窄道路上通过，将车停在了外墙棕黄的第一栋楼外面。

"拿上部分食物，进一单元。"乔初率先下车。

商见曜和白晨毫不犹豫地跟着下了吉普车，然后从后备厢内抱了一堆食物出来。龙悦红慢了一步，没能抢到这个任务，只好跟在乔初、蒋白棉身后，进了最右边的那个入口。

这里铺有棕色的地砖，杂草霸占着缝隙，似乎已很久无人打理。

龙悦红通过门厅后，抢前一步，直奔那三部银黑色的电梯而去。他习惯性地按了往上的按钮，然后侧身请乔初先进入电梯。

可是，那按钮根本没有反应，没有丝毫光芒亮起。

龙悦红怔了一下才醒悟过来："没电啊！"

蒋白棉望了望那看起来颇为陈旧的电梯和没什么锈迹的按钮，再次说道："这不太对……"

这一次，无须她做过多说明，商见曜等人也看出了问题。

电梯、按钮、地砖的状态和杂草蔓延的情况，都不像是好几十年没有维护过，说只废弃了一年不到，更加贴切。

"难道之前有荒野流浪者住在这里？"白晨说出了一种可能。

下一秒，她自己否定了这个判断："不，荒野流浪者不会维护没用的东西。而且不是说这里是新发现的城市废墟吗？"

"不只是这样。"蒋白棉见乔初没有回应，补充道，"街上落叶的堆积程度，各个房屋的损坏情况，都似乎在说明一件事情——有人在不久前维护过这座城市。"

她顿了一下，说出了自己的猜测："也许，有人在定期维护这座城市。"

"智能机器人？人类逝去以后，智能机器人还在坚守着自己的职责？"龙悦红当即问道。

蒋白棉摇了摇头："不太可能。据我所知，旧世界毁灭前，真正的智能机器人技术才刚开始发展，类似产品还属于比较奢侈的东西，不太可能用来做这种事情，除非是机械天堂这种地方。嗯，这里比较特殊也不一定。"

听着他们讨论了一阵，乔初没有说话，转身走入了楼梯口。一直爬到六楼，他才停了下来，拐入右侧走廊，进了最里面那个房间。

这个房间的深红色大门半掩着，没有上锁，门把手表皮脱落，锈迹明显。通过大门后，背着银色步枪、别着联合202的乔初回头看着商见曜等人依次进来。

他脸上带着习惯性的微笑，但眼神非常冷漠："就在这里休息。睡觉的时候，一个人守在落地窗那边，监控隧道出口，另外一个人巡视房间，注意每个人的情况，一旦有异常出现，立刻将所有人喊醒。"

蒋白棉听得一阵好奇："你也知道真实噩梦的问题？这究竟是怎么造成的呢？"

"一种特殊的畸变生物,它叫梦魇马。只要你的梦境被它影响了,在里面死去就等同于在现实中死去。"乔初不甚在意地回答道,"我就是被它追了一百多公里。"

"为什么啊?"白晨从未见过哪种怪物会这么有耐心和毅力。

乔初没有回答,准备离开门边往房间内部走去。

这时,商见曜露出了难以掩饰的笑容:"我知道原因了!它爱上了他!"

龙悦红等人一阵沉默,没有发出一丝声音。

乔初微微皱眉,看了商见曜一眼:"你在群星大厅是用脑子还是用思维交换能力的?别以为现在没太大问题,等进入起源之海,你的症状会越来越严重,算了,你也没机会进入了。"

"你懂得真多……好厉害啊!"听完乔初的话语,蒋白棉由衷地赞叹道,"你究竟来自哪里?"

乔初想了几秒,正了正身上的黑色风衣,微微鞠躬道:"那我重新介绍一下自己——第八研究院特派员乔初。"

第 64 章

入夜

"第八研究院……"蒋白棉低声重复着这个名词，显然她之前并未听说过有这么一个组织。

白晨、商见曜和龙悦红同样如此，望向乔初的目光又多了几分崇拜。

来历神秘和实力强大一直都是让人着迷的有效元素。

戴着头盔的蒋白棉嘴唇翕动，似乎正在组织语言，想进一步询问第八研究院位于何处，继承了哪些科技，与旧世界是什么关系，为什么要派一名特派员到这个位于大沼泽深处的城市废墟来。

不等她开口，乔初转过身走向了右侧，只留下轻飘飘的一句话："脱掉军用外骨骼装置，节约用电。"

"好。"蒋白棉一口答应下来。这本来也是她想做的事情。

今天太阳能充电板积蓄的电量都给了吉普车，而现在已经入夜，虽然他们还有一块备用的高性能电池，但身在这么一座颇为诡异的旧世界城市废墟中，肯定得尽量让能源宽裕一点，有备无患。

在白晨帮助蒋白棉脱掉那台军用外骨骼装置时，商见曜和龙悦红打量起了目前所在的地方。

首先映入他们眼帘的是一块液晶显示屏，它比495层活动中心的显示屏大了至少两圈，挂在右前方的墙上，异常醒目。

"这可是好东西啊！"龙悦红感叹，跃跃欲试。

这要是能捡回公司，不，搬回公司，哪怕已经坏掉，也不知能换多少贡献点。虽然这多半是需要上交的物品，但公司也会酌情给予一定的奖励。

乔初走到了最右侧的窗户边，瞥了龙悦红一眼，道："刚才你们看见的那些楼宇，大部分玻璃窗后，都有这么一台显示器。"

龙悦红回忆起之前目睹的那一栋栋高楼大厦，脱口而出："这么多？"

他随即略感疑惑地询问起乔初："你为什么忽然说这个？"

旁边的商见曜笑着插嘴道："意思是，捡垃圾也要挑更有价值的捡！"

"这里是富矿。"白晨用荒野流浪者之间某个约定俗成的词语补充道。"富矿"代表的意思是该区域各种资源丰富，一定时间内不愁没有东西捡。

这种情况下，因为每次能携带的物品有限，所以得精挑细选才不辜负自己的探索。这就像进了一个金矿，肯定得往包里多塞黄金，而不是石头。

龙悦红仔细思索了一下，对商见曜的话深表赞同，继续仔细打量起周围的事物。

那块表面有多处污痕的液晶显示屏下方，是一组扁长的矮木柜，它看起来灰扑扑的，但勉强可辨认出原来是乳白色。矮木柜上放着一个翠绿色的水杯，两台插着电线的、手掌大小的电子设备，一个透明的长颈瓶。瓶中有约三分之一的脏水，上方漂着一些黑色的碎屑。

这就与蒋白棉先前的判断吻合。

如果这座城市自旧世界毁灭以来就无人维护，那瓶子内的水应该都蒸发殆尽了——窗户紧闭，房屋干燥，不像有雨水飘进来过。

正对着悬挂液晶显示屏的那堵墙是与矮木柜同款同色的茶几，上面摆放着一些脏脏的水杯，以及一包外壳深黑的抽纸。

茶几左侧有一个满是孔洞的垃圾桶，里面套着蓝色的半透明塑料袋；茶几靠门这边，是一组看起来很肮脏、不知原来是雪青色还是暗灰色的布制沙发；茶几与矮木柜之间有一张褪色的折叠矮凳，凳面偏粉红色，轮廓似乎是一只卡通形象的小猪；茶几右边则是一片比较宽阔的区域，乔初就站在那里。

乔初的背后是一排布满灰尘的木制栏杆，几面大型玻璃屹立于栏杆外侧，充当着墙壁。

商见曜和龙悦红并未在教科书上学过这种窗户叫什么，但刚才听乔初称呼它们为落地窗，觉得还挺形象的。

落地窗两侧，一边是带石制平台的洗手区，一边堆了几个棕红色的瓦盆。瓦盆内的泥土呈黄褐色，出现了干裂，而里面种的植物似乎早就灰飞烟灭，什么痕迹都没有。

商见曜和龙悦红的前方是一条过道，里面似乎还有几个房间。他们的左侧有张不大的圆桌，上方铺着绣了几朵花的桌布，桌布已变成暗灰色。围绕这圆桌，有四张漆面斑驳的普通靠背椅。其中一张出现了明显的裂痕，内部的木头看起来腐化严重。

圆桌对着的、靠近大门的这边，有一个半开放的房间，商见曜一眼就看见了和自家同款的电饭煲。同样是外壳涂层脱落，不少地方锈迹斑斑。

电饭煲旁边有两个疑似灶台的金属物品，其上摆着一大一小两口锅，大的呈铁黑色，小的外层粉红色，内里灰白色。除了这些，商见曜还看见了水龙头、金属洗手台和各种柜子。

根据自己的常识，他得出了这是厨房的结论。

"奢侈！"他身旁的龙悦红跟着望了过来，感慨了一句。

商见曜点头赞同："对啊，对啊。"

在他们的认知里，有厨房的房子是资深员工们才有可能分配到的，而有这么大一个厨房的房子，恐怕生活区的管理层才有。

说话间，商见曜抬起双脚，一步一步地悄然退去。

乔初的目光唰地望了过来。

这时，商见曜已退到了门口，抬头望向上方。

"605。"他念出了门牌号。

"你干吗？"龙悦红诧异地问道。

"每层有五个房间，每个单元有二三十层，每栋楼有好几个单元……"商见曜自言自语般说道，"像这么大的房间还有几百个。"

乔初显然没抓到商见曜思考的重点在哪里，说道："进来吧，随手关门。"

商见曜动作轻柔地关上门后，龙悦红才回过神来："这里有七八栋楼，周围还有更多的楼，这就是旧世界吗？"

商见曜没理他，蹲了下去，打开入口处右侧的木柜。陈腐的味道瞬间飘了出来，一排排各式各样的鞋子静静地摆放在木柜内。

"关上！"乔初捏了下鼻子道。

商见曜没去细看，猛地关上了柜门。

龙悦红又一次感叹道："奢侈！"

这什么人家啊，竟然有这么多鞋！

此时，落日已经沉到了地平线以下，天空反射着些许光芒。

商见曜等人透过落地窗，看见整座城市变得更加黑暗，而那一栋栋高楼大厦仿佛孤岛，正被越来越凶猛的如潮水般的黑色吞没。

他们的心似乎也在随之下沉。

突然，不远处的街区有点躁动，传出了"砰"的声音。

蒋白棉等人彼此对视了一眼，同时做出了判断：这是枪声！

刚才有人开枪！

他们还未来得及开口，围绕那片区域响起了嘶哑的嘶吼声。这嘶吼声迅速传播开来，四面八方迅速做出了回应，嘶吼声此起彼伏。

"嗷——"

"呜——"

这样的动静连绵不绝，并且都集中在枪响街区。刚才完全死寂的城市瞬间变得热闹。

一两分钟过去，嘶吼声平息下来，整座城市重新陷入了极端的安静。

早已脱掉军用外骨骼装置的蒋白棉微皱眉头，思索了几秒，道："是无心者吗？"

据她所知，很多城市废墟都有无心者逗留和徘徊，具体数量取决于当地生态系统和剩余物资。

乔初依旧背着那把银色的步枪，面朝落地窗，静静地注视着外面死寂的城市，说道："对。"

"之前从别的道路进入废墟的遗迹猎人遇上无心者袭击，开了一枪，引起了连锁反应？"蒋白棉努力还原着刚才的经过。

这一次，乔初没有理她，只是静静地站在那里，不知在看些什么。商见曜则转而说道："我们之前在荒野上听见的嘶吼声会不会就来自他们？"

"不可能，这种程度的声音怎么可能传得了那么远！"蒋白棉若有所思地回应道，"不过，我们听到的很可能是当时所在区域无心者们的嘶吼声，他们在回应最开始的那声嘶吼，而从方向上看，那声响彻荒野的嘶吼真的有可能来自这里……"

"从那嘶吼的力量，以及能激发无心者们的应和来看，那怪物恐怕很危险，非常危险！"龙悦红加入讨论，越说越紧张。

听到这番话，蒋白棉、商见曜和白晨的神情突然有些变化，似乎记起了当初不靠近危险区域的决定。这与他们当前的状态完全矛盾。

蒋白棉眼眸微动间，表情逐渐变得沉重，她下意识地望向乔初。

这时，乔初已转过身来，微微一笑道："既然已经来到这里，那只能先保护好自己。同时，再想一想最珍贵最想要呵护的究竟是什么。"

他那金色的眼眸失去了焦点，仿佛一片映照着阳光的深湖。

蒋白棉抿了下嘴唇，眼神又变得温柔："我明白了。"

商见曜等人随之恢复了讨论前的状态。

乔初收回目光，环顾了一圈道："先吃晚饭，然后轮流休息，等待凌晨。"

听完乔初的话，蒋白棉和商见曜同时开口："我……"

见同伴有话要说，他们又一起闭上了嘴巴，场面顿时陷入了怪异的气氛。

隔了几秒，蒋白棉笑了笑道："你先说。"

商见曜认真地点头道："我想先上个厕所。"

"就没点别的想法？"蒋白棉差点语塞。

商见曜没有思考，直接回答道："顺便巡视下其他房间。"

"巡视？用巡逻会不会好一点？"蒋白棉习惯性反问了一句。

接着，她满意地点头："去吧。"

话音刚落，她扭头望向龙悦红："在这种封闭性质的房间内休息，一定要记得确认内部没有任何异常。这不是单纯靠值夜就能解决的问题，因为类似的环境狭窄逼仄、障碍众多，逃不好逃，打也不好打，即使及时发现了情况，也会相当麻烦。"

说到这里，蒋白棉下意识地看了乔初一眼，对他在警戒方面的粗心大意颇为诧异。这位第八研究院的特派员是太有自信，不怕意外，还是纯粹没有相关方面的经验？

乔初没有看她，取下背后的银色步枪，拉了把还算完好的棕黄色椅子到身前。他随即走至陈旧的茶几旁，从漆黑的抽纸盒内抽出好几张纸巾，转身擦拭起积尘严重的椅子。

龙悦红见状，一时不知是该跟着商见曜去搜查房间，还是帮乔初清洁物品。

"这次记住就行，坐吧。"蒋白棉没有为难他。

龙悦红条件反射般坐到了沙发上，结果那原来不知是什么颜色的灰扑扑的沙发表面先是猛然下陷，接着就嗤啦一声撕裂开来。这让龙悦红没能坐稳，差点就陷入沙发内。

蒋白棉收回温柔的目光，看了一眼这个灰头土脸的下属，低笑出声："小心一点，这里都是七八十年前甚至更久远的古董。而且，那些灰尘里不知有多少细菌和病毒，虽然你做过基因改良，不是容易生病的体质，但也得小心啊。"

"是，组长！"龙悦红就像以前很多次一样，站了起来，高声回应。

"组长……"乔初目光淡漠地低声重复了几遍这个名词。此时他已弄干净椅子，坐了下来。

龙悦红和白晨开始收拾起沙发、茶几，商见曜则回到客厅与餐厅的交界处，往房间深处那条不长的过道走去。

此时，随着夜晚的来临，房间内已是一片昏暗。客厅区域还好，落地窗很大，即使外面没有月亮，星光也照进来了少许，这让蒋白棉、龙悦红等人勉强能看得见彼此的脸孔，而进了过道，商见曜就只能粗略分辨一些物品的轮廓。

商见曜反手拉开了身上迷彩背包的拉链，从里面取了一个外表有颗粒状突起的银色电筒出来。他并不是每次都会将电筒挂在武装带上，偶尔也会将它放进安全部标配的背包里。

借着电筒发出的橘黄色光芒，商见曜看清楚了前方的景象。

过道左右两侧各有一扇棕红色的木门，但并不对称，式样也有所区别。左边那扇更靠近入口，上方有厚重玻璃，看不清里面的场景，右边那扇几乎抵到了尽头，把手呈黄铜色，某些地方长着绿锈。而尽头的墙壁上，最左侧还有另外一扇棕红色木门。

商见曜先走向了过道左侧那扇门，因为它最近。在这个过程中，他取下了冰苔手枪，防备意外。

用拿电筒的手掌拧动把手，推开大门之后，商见曜没急着进去，在外面用电筒照了好一阵。他看见里面有洗手台，有类似于教科书上叫马桶的东西，有一扇似乎可以移动的玻璃门，有被分割出来的、装着淋浴头的区域。

"厕所。"商见曜低语了一句，迈步走了进去。

在这一眼就能看清每个角度的地方，他时而跳起来望望上面的通风口，时而蹲下去检查马桶与洗手台间的窄小空间，害怕那里藏着一个人。

最后，他只在一些阴暗的地方发现了点青苔和几只蚂蚁。检查完毕，他走至马桶前，掀开了盖子，里面已经没有水。

商见曜又很有科学精神地依次试了试马桶不同位置的按钮，发现它们都失去了作用。他直起身体，夸张地抽动鼻子，深吸了几口气。

"没什么味道。"几秒后，他得出了结论，表情看不出是庆幸还是遗憾。

接下来，他试了试淋浴头，确认果然没有水。

完成这些检查后，商见曜陷入了沉思，不知在想些什么。过了一阵，他将冰苔手枪放回武装带上，探掌拔出了洗手台下水管处塞着的金属过滤器。

它太过腐锈，差点被商见曜拔断。

将这件物品放在旁边后，商见曜单手一撑，跳了起来，稳稳站在了洗手台上，一脚踩着一边，极为平衡。他随即用下巴夹住电筒，脱掉裤子，瞄准了下水口。解决完生理问题，他又跳了下来，将那个金属过滤器塞回了原位。

外面的客厅内，乔初听到动静，皱起眉头，捏了下鼻子，龙悦红和白晨相继露出了复杂的表情。

蒋白棉没听见这些动静，认真地分配着压缩饼干、能量棒等食物。

商见曜出了厕所，礼貌地关上了门，然后一手持枪，一手拿着电筒，走到了过道尽头。此时，他右手边有扇门，左前方也有扇门，他用手枪和电筒比画了一下，决定选择左边。在打开那扇门的时候，他同样小心翼翼。

里面最引人注目的是一张比较宽的床，床上铺着疑似浅绿色的肮脏床单，床头摆着两个同款枕头。

床头右边有个矮柜，矮柜往右是一排抵到天花板的、涂着乳白色油漆的、破破烂烂的高柜。床头左边有一张桌子，上面摆放着一块不小的液晶显示屏，以及一个用黑色金属铸就的箱子。

液晶显示屏附近，还有商见曜认识的鼠标、键盘和一个表面呈蜂窝状、底部深蓝的东西。

这桌子再往左是墙壁和很大的窗台，窗台上铺着疑似被老鼠咬出了很多洞的棕色毯子，毯子上还有一个小木桌。

商见曜拿着电筒，从床尾与墙壁间的过道走向了那个窗台。他弯下腰，仔仔细细找了一阵，遗憾地自语道："没有老鼠屎……"

这句话回荡在房间内，似乎还带着点疑惑。

商见曜随即走到放液晶显示屏的桌子前，用持枪的手依次拿起不同的物品。作为盘古生物高等教育电子系的毕业生，他不难认出眼前是台电脑。他努力扭过脑袋，看了一眼身后的迷彩背包，放弃了将大件物品塞进去的想法。

最后，他拿起了那个表面呈黑色蜂窝状的东西。它比手掌稍大一点。

结合自己的专业知识，以及在活动中心小型交易市场的见闻，商见曜很快确认这应该是一个小型音箱，能放歌的音箱。

他迅速拔掉了音箱的线，将这件物品完全抽离了电脑。用旁边的床单弄干净音箱后，他取下身后的迷彩背包，将它塞了进去。

他不确定音箱是否还能用，甚至觉得可能已经不能用，但没关系，他会修，只要能找到合适的、完好的零件做一些替换即可。

重新负上迷彩背包后，商见曜再次一手持枪，一手拿着电筒，检查起房间的各个角落和不同物品。他很快绕到了另外一侧，先弯腰看了看床底，再拉开了床头柜。这矮柜共有上下两个抽屉，他第一次打开的是上面那个，内里的东西琳琅满目，但散发着陈腐的味道。

"超薄……阿司匹林……白加黑……"他一件件物品翻看，又将它们放了回去。他接着拉开了下面那个抽屉，里面空空荡荡的，什么都没有。

商见曜凝视了几秒，收回目光，直起身体，走到了大概是衣柜的地方。

打开柜门后，他看见了黑色夹克，白纱连衣裙，以及其他说不出款式的衣服。它们整齐地挂在那里，除了味道有些难闻，似乎与当年没什么区别。

商见曜之所以认识连衣裙，是因为盘古生物内部有些女性很喜欢。

这是一种不实用的东西，在几乎所有能源都被导向内生态区，只留很少一部分给生活区的环境下，长衣长裤是最好的选择，也很方便工作。只有那些经济上稍微宽裕的女性，才会用贡献点交换布料，按照某些管理层亲属身上的裙子样式，自己做那么一条。这是她们十分珍贵的物品之一，只有看年终汇报表演、参加某些集体活动、与恋人到各种角落散步时才会穿。

商见曜下意识地伸出手，触向那件白纱连衣裙。

或许是挂衣架的横杆早已腐朽，又或许是它本就处在脆弱的平衡状态中，商见曜刚碰到连衣裙，横杆就"哗"的一声滑落，许多衣服落到了下面的木板上。

商见曜默然注视了几秒，收回了拿着冰苔手枪的手。他继续检查起衣柜内各个抽屉，没发现什么值得注意的东西。

很快，他离开了这个房间，进入走廊右边那个。

这个房间更加小，只有一张不怎么宽的床、一排乳白色的衣柜和一个放着台灯的书桌。那床上铺着的床单呈蓝色，上面有许多金色的小星星，比隔壁那套可爱多了。

不过，它上面同样有很多污迹。

商见曜一个地方一个地方地搜查，最后他俯身至枕头边，用电筒来回照着。

不知过了多久，商见曜将电筒放至床上，调整好位置。他随即伸出一只手，在光柱照到的枕头边缘捻起了一根长长的毛发。

白色的毛发。

第66章
凌晨

"我发现了点东西。"商见曜拿着那根长长的白色毛发，快步走回了客厅区域。为了让乔初、蒋白棉他们看得清楚一点，他掉转电筒，往自己的手上照去。

那道偏黄的光柱略微发散开来，映得商见曜脸孔阴森无比，吓得龙悦红差点跳起来给他一枪。

"看我的手！"商见曜似乎早就预料到了龙悦红的反应，补了一句。

龙悦红缓慢地吐了口气，移动目光，望了过去。偏黄的光柱中，细微灰尘飞舞，白色毛发轻轻摇晃。

"在哪里找到的？"蒋白棉开口问道。

商见曜指了指挂液晶显示屏的墙壁："这个卧室的枕头上。"

"只有一根？"蒋白棉追问了一句。

"理论上是这样，除非它能吞噬同伴，自我进化。"商见曜认真地回答道。

"现在的基础课学这种东西？"蒋白棉随口问了一句，她似乎正分心思考其他问题。

安静旁听的白晨拉了拉脖子上的陈旧围巾，推测道："旧世界毁灭时留下的？"毛发在类似的环境下不是那么容易腐烂。

"没道理只留了这么一根。"蒋白棉说出了自己的疑惑，"而且，我们不是有个初步的判断吗？这座城市会有某种程度上的定期维护。这个房间内的一些情况也在印证着这一点，就像刚才，我们在餐厅和厨房发现了老鼠活动的痕迹，但除了咬痕、抓痕，它们什么都没留下。"

"这越听越恐怖啊！"龙悦红忍不住嘀咕道。

一座早已死去的城市，竟然还在定期清理杂物，维护自身！

在不清楚原因的情况下，这比广播节目里的鬼故事还要吓人！

"老鼠也许是被这里活跃的无心者们吃掉了，他们也是需要食物的。"白晨说出了自己的猜测。

蒋白棉"嗯"了一声："有可能。但无心者会帮老鼠打扫卫生吗？他们只剩下生存本能了。"

"这有什么不可能！他们不都还会唱歌吗？"商见曜关掉了手中的电筒，认真地说道。

蒋白棉白了他一眼："你管那种嘶吼叫唱歌？再说，即使他们还有一定的清理环境的本能，他们也应该是经常维护，而不是隔很长一段时间再弄。虽然我没在其他地方的无心者身上见过，但先当他们有吧。总之，他们没有过多的思考能力，只会按照本能行动。"

从街道、楼宇和房间内的情况看，这里有很长一段时间没维护过了。

商见曜据理力争："人类都有偷懒的本能。你一般多久打扫一次房间？"

蒋白棉一时语塞，看了一眼乔初，道："我也就是在荒野执行任务的时候比较随意，这是合群的一种表现。在公司时，如果自己做饭，每天都会清理，且每天不止一次；吃食堂的话，三天一次清理，一月一次大扫除。"

自他们讨论开始，一直没有说话的乔初忽然问道："你们是盘古生物，还是联合工业、橘子公司、未来智能的？"

"我们是盘古生物的。"蒋白棉如实回答道。

乔初摸了摸横在膝上的银色步枪，微微点头道："不用讨论那根毛发，这不是什么大事。吃饭，休息，等待凌晨。"

"好的。"商见曜等人放弃讨论，各自找了位置坐下，就着水囊内的净水，吃起了压缩饼干和能量棒等食物。

填饱肚子之后，蒋白棉站了起来，走至餐厅区域的窗户前，望了望下方杂草丛生的草坪。

她本打算直接说出需求，可看了一眼乔初后，又变得有点不好意思："我下去方便一下。"

"这里的厕所可以直接解决。"商见曜一副跃跃欲试的样子，似乎想把自己发现的方法分享给同伴。

"不用了，影响休息。"蒋白棉婉拒了他的好意。

坐在椅子上，仿佛正闭目养神的乔初睁开眼睛，道："可以到601室那边的角落。"

蒋白棉本能地摇头："这种诡异的地方，还是小心一点比较好。较为浓重的气味如果不加掩盖，并且与自身距离较近，很可能引来不必要的麻烦。"

"没关系。"乔初坚持自己的意见。

蒋白棉不想反驳，选择了听从。

白晨跟着站了起来："我和你一起去。"

"正好互相帮忙警戒。"蒋白棉轻轻颔首，露出了笑容，"就算你不想去，我也得拉着你去。"

龙悦红夹了夹大腿，望向商见曜，道："等会儿一起去？"

"好。"商见曜颇有点遗憾地回应道，"既然乔初都说没关系了，我们完全可以更轻松一点，比如站到栏杆上，拉开窗户，直接对着外面……"

"停！"龙悦红阻止了商见曜跳跃的思维，或者说突发的奇想。

这么一段插曲过去，龙悦红和白晨各自占据了沙发一头，蜷缩起来，准备休息。乔初依旧坐在那张椅子上，闭着眼睛，不知在养神，还是已经睡着了。

商见曜盘腿坐在了落地窗前的栏杆上，望着隧道方向，监控起黑暗城市中的动静。蒋白棉没端榴弹枪，拿着一把冰苔手枪，于客厅来回走动，时刻注意着睡觉的人身上是否有异常出现。

过了几分钟，一道充满恐惧的惨叫声在某处响了起来。

在这异常安静的夜里，在这死寂般的城市废墟中，惨叫声远远传开，还没睡着的龙悦红听得头皮发麻，战战兢兢。

紧接着，枪声接二连三响起。

"砰砰砰砰砰！"这一连串响声仿佛被点燃的爆竹，很快燃毕，归于沉寂。

隔了一阵，商见曜借着微弱的星光，看见附近一条巷子内蹿出一道人影。

这人影佝偻着，动作更像猿猴。

他身上乱七八糟地穿着些衣服，绑着些布料，飞快地向商见曜等人所在的这栋楼靠近。然后，他沿着满是落叶的街边向另外一头奔去，时不时熟练地攀爬到高处，又轻巧跃下。

看到这样的场景，商见曜感觉即使自己做过基因改良，接受过系统性的训练，也很难完成类似的动作，毕竟改良的主要方向不在这一块。

这时，高空云层移动，月光倾泻了少许下来，商见曜勉强看清楚了那道人影的样子。

那应该是一名男性，黑发又多又乱又脏，但不是太长，还没到肩头。

似乎察觉到了商见曜的注视，这人影猛然扭头，望向楼上。

商见曜眸中顿时映出了一张茫然的脸孔。

无心者！这是一名无心者，正当壮年的无心者！

商见曜没有闪避，睁着眼睛，和那无心者隔着距离静静对视。终于，那无心者收回了目光，继续向远处的高楼进发。

商见曜脸上渐渐露出了笑容，似乎获得了什么决定性的胜利。

突然，他又看见了一道人影。

这人影同样佝偻着身体，速度比刚才那个无心者要慢不少。

商见曜一眼望去，看见了满是皱纹的干瘪的脸孔和一头乱糟糟的白色长发。

这道人影一闪而过，钻入了左侧巷子——这是商见曜的视线死角。

接下来两个多小时内，商见曜又看见了好几名无心者。蒋白棉同样也注意到了这一点，她对这里的无心者数量感到疑惑。之后，白晨、龙悦红醒来，接替了他们的职责。

等到商见曜被龙悦红从梦中叫醒，乔初已离开椅子，站到了落地窗前。

"快凌晨了。"乔初平静地说了一句。

他旋即将目光从黑暗的城市废墟收回，眼神冷漠、嗓音温柔地吩咐道："帮我穿戴军用外骨骼装置。"

　　没过多久，他就在蒋白棉、白晨的帮助下，穿戴好了那台军用外骨骼装置，启动了系统。

　　拿上那把银色步枪后，体表覆盖黑色金属骨架的乔初走到落地窗边，指着几个街区外的一栋建筑道："我们的目的地是那里。"

　　商见曦等人循着他指的方向望了过去，看见了一栋与周围所有建筑都有不短距离的大楼。它似乎还有附属的大型院落。

　　此时此刻，它正静静地屹立在黑暗的城市废墟中，内部没有一点光亮，仿佛早就已经死去。

　　几秒后，乔初转过身体，边迈步走向门口，边沉声说道："出发！"

第67章
夜晚的城市

拿上剩余的食物后，一行五人离开605室，沿楼梯下至一层。

"开车过去吗？"蒋白棉看了一眼停在边上的吉普车。绑在车顶的黑沼铁蛇外皮是那样显眼，以至于没人注意太阳能充电板。

"动静太大。"乔初摇了下头。

蒋白棉本想说这是电能车，只要关掉模拟的音浪，几乎不会有太大的动静，谁知穿戴着军用外骨骼装置的乔初突然小跑起来，并丢下了一句话："跟上！"

蒋白棉没再言语，和商见曜、龙悦红、白晨一起，端着各自的武器，小步跑向了出口。

此时，高空云层较多，只能看见稀稀拉拉的几颗星星，月亮则偶尔露出少许脸庞，洒下淡淡的光芒。

黑暗是这个城市废墟的主色调。

在极端安静的死寂环境下，商见曜等人没开电筒，小跑着通过主路，进入了对面街道。

在这个过程中，他们总有种自己快被幽深夜色吞噬的感觉，周围的废弃轿车和道旁的树木影影绰绰，仿佛其中藏着怪物。

面对这样的情景，旧调小组自然而然地按照平时的训练散开了队形，拉开了一定的距离。

蒋白棉紧跟在乔初身后，龙悦红靠右，白晨偏左，商见曜拖在最后。

他们的速度始终保持在一定范围内，这样不至于因为奔跑而忽视对四周环境的观察和警戒。

跑着跑着，商见曜突然改变了方向，斜着冲进了左侧街边某个敞开的房间内。蒋白棉等人应激反应，就地一滚，各自找了辆废弃轿车做防御工事。

乔初也停了下来，转身望向商见曜。军用外骨骼装置的综合预警系统告诉他，周围没有任何异常。不过，他还是抬起了那把造型颇为特异的银色步枪，防备意外。随即他借助综合预警系统，观察起商见曜周围的环境。

虽然当前是光芒非常黯淡的夜晚，但乔初有辅助设备，在较远距离下，他也能看清楚左侧街边的情况。

那里和其他街道一样，并排的、靠外的房间几乎全部打开着，里面要么破烂不堪，要么异常陈旧，唯一的共同点是看不到任何生命。

上面的招牌有的掉落于地，碎成了几块；有的斑驳褪色，字迹模糊；有的字样缺失，只剩部分；有的斜着垂挂，将落未落。

而商见曜冲进的那个房间，招牌还挂在上方，蓝色的底，依稀能看到两个白字：……维修……

这个时候，商见曜已取下电筒，在那个偏窄的房间内照来照去。他迅速打开各种柜子，找出了一些小型仪器和工具，连同有包装和没包装的各种元件、电线一块，塞入了迷彩背包内。

重新负上背包，挂好电筒后，商见曜端着狂战士突击步枪，小跑着回到了街上。

戴着头盔的乔初见状，几个大步奔了过来。以他的经验，一旦追随他，必然会按照他的吩咐做事，除非他表现出主动攻击的意图，否则没谁会擅自行动，就算有不解或疑惑，也顶多是询问和提供建议。

在这一点上，蒋白棉、龙悦红和白晨表现得足够正常。

到了商见曜面前，乔初沉声问道："为什么擅自脱队？"

商见曜坦然回答道："脑子一抽。"

乔初眼睛一眯，护目镜上，商见曜的身影瞬间以相对抽象、接近靶子的状态浮现了出来。这是应他抬起银色步枪这个动作自然启动的精确瞄准系统。

默然几秒，乔初缓慢地吐了口气，放低了枪口："继续前往目的地。"

虽然他的声音不大，但蒋白棉等人一直注意着这边的情况，听到这句话后，他们就迅速离开躲藏处，回到了队伍里。

五人又一次按照刚才的队形和姿态，向着街道尽头的三岔路口奔去。

这座城市废墟里，夜晚的风有些冷，吹得龙悦红仿佛回到了盘古生物大楼，回到了盘古生物熄灯之后的场景。

快拐向左侧道路时，他忍不住抬头看了一眼天空。

自来到地表，他第一大心愿是看见真正的天空，第二大心愿是看见照耀一切的太阳，第三大心愿是看见教科书上展示过的星空。现在，他已完成了第一和第二大心愿，只有第三大心愿迟迟无法实现。

最近很长一段时间天气异常，夜晚总是多云，只偶尔能看到几颗星星和部分月亮，而这完全称不上星空。

不知道什么时候才能看见真正的繁星……龙悦红刚收回目光，就看见乔初和蒋白棉几乎同时侧身抬手，瞄准一个地方，扣动了扳机。唯一的区别是，蒋白棉抽出了联合202，没用榴弹枪。

"啪！""砰！"两道略微不同的声音相继响起。

随着银白电光一闪，右边街道中段，一棵行道树上，一道人影直直坠了下来，"哐当"砸在了废弃轿车的顶部，他的衣服破烂，部分身体裸露。

鲜血迅速渲染开来。他手里拿着的粗陋霰弹枪被弹飞了出去，"当"的一声落到了路面。

"一个无心者。"蒋白棉只凭左臂，就将榴弹枪稳稳端住了。她的夜视能力显然比普通人强。

白晨下意识地问道："要把那把枪捡回来吗？"

"枪就不用了，那把枪一看就是某些荒野流浪者自己做的，没必要。"蒋白棉摇了下头。

旧世界已经毁灭很多年，不少枪已没法使用，不少尺寸的子弹已消耗殆尽。而有一定生产能力的各大势力，于近几十年内，逐渐做起了内部的标准化武器——虽然这可能也是以过去的武器为参照，但减少了很多种类。最初之所以仿制旧世界武器，那是为了最大限度地利用物资。

这样一来，很多遗迹猎人、荒野流浪者获得的枪支要么坏了没法修，要么慢慢找不到合适的子弹，他们不得不一方面加大搜寻废墟的力度，或者购买大势力走私出来的军火，一方面尝试自制武器和子弹。

对荒野流浪者来说，霰弹枪无疑是一个很好的选择，需要的设备相当简单，许多荒野流浪者聚居点都有。这样的霰弹枪落在无心者手上，说明很可能已经有遗迹猎人或者荒野流浪者被猎杀了。

"要不要搜身？"白晨又追问了一句。

"不用。"使用了军用外骨骼装置电磁武器的乔初边回答边转过了身体。

白晨不再坚持，一行五人继续向着预定的目的地小跑而去。

又拐过一条街道后，乔初忽然放慢了步伐。蒋白棉也抬手下压，示意商见曜、龙悦红和白晨停住。

借着月光，商见曜看见前方有一辆灰扑扑的黑色废弃轿车。轿车旁边，席地坐着一个人。

这人长着一张国字脸，穿着所谓的旧世界正装，上半身靠在车门位置，眼睛紧闭着，不知是生是死。

"吴守石！"蒋白棉认出了这名男子。

这是之前他们在荒野上遇到的遗迹猎人，对方和他的同伴将月鲁车站以北发现新废墟的消息告诉了旧调小组。

此时此刻，只有吴守石自己一个人，而且生死不明。

"还有生命迹象。"蒋白棉根据感应到的电信号做出了判断。

乔初观察了一阵，跟着说道："他在睡觉。"

听到"睡觉"这个词，蒋白棉瞳孔略微放大，她迅速抬起右手，就要向吴守石所在的位置开枪。不过，她瞄准的不是人，而是轿车玻璃。

就在这时，商见曜已抢先一步，对着吴守石背靠的轿车来了个短点射击。"哒"的一声，一面玻璃窗直接破碎了。

吴守石眼珠微动，似乎就要醒来，但这个时候，他的表情突然扭曲，整个人抽搐了两下，之后彻底没有了动静。

"他死了？"龙悦红愕然问道。

"从理论上来讲还有抢救的机会。"蒋白棉话是这么说，但一点也没有上前的想法，同时，她边戒备四周，边移向一辆废弃的轿车。

白晨同样如此，并且出声提醒道："那匹恐怖的梦魇马可能已经回来了。"

龙悦红吓了一跳，努力睁大眼睛不让自己睡着。乔初没有说话，利用综合预警系统，专注地寻找起周围可能存在的敌人。

商见曜看着前方的吴守石，忽然开口说道："你们会在街上睡觉吗？虽然我会……"

"那匹梦魇马能强制人入睡？"蒋白棉瞬间明白了商见曜想表达的意思，"可是，我们之前遇到它的时候，它没表现出这一点。"

她和商见曜从真实噩梦中醒来后，没再莫名其妙地睡着了。

"要么它一次只能让一个人入睡，面对数量较多的目标时，会选择放弃一部分；要么……"商见曜抬头看了一眼穿戴着军用外骨骼装置的乔初。

之前乔初一个人面对梦魇马也顺利地活到了现在。

商见曜顿了一下又道："要么这里还有别的怪物，能强制人入睡的怪物。"

听到这句话，龙悦红身体一阵发凉，只觉周围的黑暗里藏了很多东西。

"我去看看还能不能救活，你们注意我的情况。"紧接着，商见曜以光明正大的理由走向了吴守石。

他刚前行两步，城市废墟某处突然响起了苍凉粗哑的嘶吼声："嗷呜！"

这声音响彻云霄，让人战栗。

第 68 章
检查

苍凉粗哑的嘶吼声还在回荡之时，城市废墟的不同地方相继响起了类似的声音。它们不是那么响亮，但此起彼伏，同样令人头皮发麻。而最为恐怖的是，在商见曜等人百米开外的地方，就有数不清的多道嘶吼声连成了一片。

这个时候，高空中的云似乎被这样的动静震散了不少，那轮偏黄的月亮短暂地露出了半个脸。淡淡的光芒散落，照在了街道尽头那一栋栋几十上百米高的楼宇上。

在浓郁的夜色里，那一面面窗户映照着月光，显露出了数不清的人影。

他们的样子根本无法看清，唯一能确定的是，他们似乎都在望着商见曜、蒋白棉等人，而且身体略显佝偻。

商见曜他们几乎是下意识地做出了反应，各自采取不同的行动，就近找了一处障碍物遮挡，就连龙悦红也因为经历了好几次类似的事情，竟没有慢上多少，训练的效果在此刻得到了很好的体现。

云层飞快移动，月亮又被挡住了绝大部分，街道尽头的那些楼宇再次没入了深沉的黑暗之中。

过了一阵，见没有任何袭击发生，穿戴着军用外骨骼装置的乔初率先离开了躲藏处。不过，他没有回大路中间，而是直接来到了铺着暗红色石砖的左侧街边，这里有叶子尚未掉光的树木遮挡来自高处的月光，可以让街道尽头突然传来的射击无法瞄准。

同样，蒋白棉、龙悦红和白晨也相继靠近了乔初。

商见曜抬头看了一眼天空，见月色和星光愈加微弱，他猛地扑出躲藏处，连续做了两个翻滚，来到吴守石身旁。然后，他拖着这具尸体，弯着腰背，飞快钻进了左侧街边一间敞开的屋子。

屋子外面的招牌斜着垂落，坏了一小半，只能看见"小吃集团"四个灰土文字。房屋里面，一张张长方形的桌子排成两列，被尘埃弄得灰扑扑的。

商见曜没管脏不脏，直接将吴守石放到了其中一张桌子上，然后按照蒋白棉教过的急救知识，解开他的上衣，做起按压。

"看来没用了……"蒋白棉不知什么时候已跟了进来，看着商见曜做完了全流程。

没给商见曜开口的机会，她习惯性吩咐道："检查下他的身体，看看有什么线索。"

穿戴着军用外骨骼装置的乔初走到敞开的门口，紧抿着嘴唇，看了两秒："不用了，尽快前往目的地。"

蒋白棉回首望向乔初，诚恳地说道："如果能弄清楚这位遗迹猎人的遭遇，找到他睡在街边的真正原因，应该可以让我们在后续行动中规避掉大量危险。这里真的很诡异，怪物的可怕程度超乎我的想象。还有，无心者的数量也是，他们究竟靠吃什么存活下来的？"

虽然无心者群体拥有繁衍的本能，不至于因为个体的死亡而导致群体逐渐消失，但他们同样是生物，同样需要足够的食物——在失去了农业和工业支撑的城市废墟里，他们仅靠捕食同类、老鼠和虫子，根本没法维持这么大规模的群体。

生态环境是会逐渐失衡的。

"可能这座城市的物资储备非常充足，无心者有生存本能，他们会主动寻找这些东西。"白晨也进了房屋，猜测其中的原因。

至于储备的食物有没有过期，会不会变质，无心者不会考虑那么多，他们几乎没有脑子。

"也许。"蒋白棉没有否定。

毕竟她也不知道这个城市废墟在旧世界属于什么地方，万一有在别的废墟发现过的粮食储备库呢？而且，无心者这么一代代繁衍下来，完全有可能进化出生吃大米、面粉的能力。

龙悦红听着两位女士的讨论，忍不住开口道："这里无心者极多，情况又诡异，我们还是撤退吧？出去的路上随便搬点东西都称得上大丰收了！"

他说话的时候，眼睛是望着乔初的。

乔初没有理睬他，只是催促了商见曜一句："快点。"

他似乎接受了蒋白棉刚才的说法，觉得有必要调查一下吴守石的遭遇，要不然，对他来说，同样也会遭遇危险。

说完，乔初认真地拍打起身上沾染的灰尘。

商见曜拿着电筒检查了一遍，在吴守石身上没有发现任何明显的伤害，但对方的脸孔扭曲着，仿佛看见了什么极端恐怖的事物，或者遭遇了什么极端可怕的事情。

这和秃头猎人哈瑞斯·布朗描述的月鲁车站以北那些诡异死去的人很像。结合乔初的说法，商见曜可以初步判断，吴守石是受到梦魇马的袭击而死亡的。至于那个怪物身在何处，距离此地有多远，他无从知晓。

他旋即脱光了吴守石的衣服，寻找着不明显的痕迹。

"手腕有一圈皮肤比周围部分白，说明之前戴过表，但现在可能掉在某处了……没有近期的注射针孔……可惜，这里没法验血，难以确定有没有吸入麻醉气体……"蒋白棉靠拢过来，帮助商见曜很快完成了检查。

接着，她直起身，表情略显凝重地看向乔初、白晨和龙悦红："大概率是被类似梦魇马这种能力强制入睡的。不能肯定的是，这究竟是梦魇马做的，还是别的怪物做的。"

"不是梦魇马。"乔初非常肯定地说。

蒋白棉点了下头："嗯……你知道梦魇马的嘶吼声是什么样子的吗？"

乔初张了张嘴，似乎想要模拟，但又觉得太过羞耻，最终放弃了这个打算。

此时，商见曜也站直了身体。他拿着电筒，认真地问道："是这样的吗？"

话音刚落，他学起了刚才最响亮最可怕的那道嘶吼声，一点也没有尴尬为难的样子。当然，这一次，他有控制音量。

"不是。"乔初毫不犹豫地摇头否定。

蒋白棉略微皱起了眉头："看来这个城市废墟里最恐怖的怪物不是梦魇马。"这就是她刚才那个问题想要确定的事情——梦魇马是不是发出巨大的嘶吼声，引来阵阵响应的那个。

"那是这样的吗？"商见曜连续模仿了之前听到的各种嘶吼声。

"都不是。"戴着头盔的乔初忍不住问道，"你就不能直接学马叫吗？梦魇马的嘶吼声和普通的马叫本质一样，略有区别。"

商见曜看了乔初一眼："没见过马。"

说完，他转过身，弯下腰背，开始检查吴守石的衣服口袋。他最先翻出的是一枚黄铜色的徽章，徽章的正面有五官模糊的人脸和一把刀、一杆枪的图案，背面镶嵌着小小的芯片。

商见曜之前已经见过类似的东西，知道这是猎人公会的徽章，随手就交给了蒋白棉。

蒋白棉未去读取芯片里的内容，直接将它收了起来。吴守石之前完成的任务和本次探索里的遭遇几乎不会有任何关联。

商见曜找出的第二件物品是一块蓝白格的手帕。这手帕看起来很旧，表面有点起球，但折叠得整整齐齐。

商见曜抖开手帕，没发现什么线索，又把它原样折好，塞进了吴守石胸前的口袋内。

他翻到的第三件物品是用锡纸包着的半块黑色巧克力。这巧克力有明显的融化又重凝的痕迹，但竟然找不到被咬过的地方。

商见曜正在翻来覆去地看这块巧克力时，白晨突然开口道："应该是平时想吃了就舔一舔，或者放嘴里含一含。"

她说得非常平淡，似乎对类似的事情早已司空见惯。

商见曜边微微点头，边回了一句："你要吗？"

"在这个城市废墟里，没必要留着。"白晨摇了下头。这里能找到的物资肯定很多。

商见曜没再问别人，继续搜查起吴守石的衣物。

他找到的第四件物品是一张同样折得整整齐齐的纸。纸上的文字颇为工整：

"欠阿刚两次报酬，可折算为一大袋压缩饼干；

"欠张瘸子半碗油；

"欠奥朗克一把手枪，十发子弹；

"欠小光一顿肉；

"欠如香一个牛肉罐头和一朵花……"

商见曜飞快地看完，重新将这张纸折好，放到了自己衣兜里。

"你不会想帮他还账吧？"蒋白棉看得有点诧异。不过，无论商见曜做出什么事，她都不会太奇怪。

商见曜没什么表情地回答道："如果遇到他的同伴，就把这张纸和猎人徽章归还给他们。"

蒋白棉幅度很小且速度较慢地点了下头，没再多说什么。

商见曜搜出的第五件物品是吴守石裤兜里的十二枚硬币。从它们的花纹和造型看，应该属于旧世界。

"旧世界的硬币还能用？"龙悦红瞄了一眼，诧异地问道。

"可以，但不看面值，只看是什么金属，重量有多少。"白晨简单解释道。

那十二枚硬币里，七枚是银白色的，五枚是金色的。商见曜看了一阵，将它们放入了迷彩背包的小夹层内。

接下来，除去衣服、裤子和鞋，他只找到了吴守石那把黑色的手枪。

"乌北7，还有五发子弹。"商见曜略作辨认，将这把枪挂到了武装带上。子弹的口径是7.62毫米的，和他们出发时准备的那些都不相同。至于吴守石第一次遇见他们时背的那把自动步枪，不知去了哪里。

搜查完，商见曜将衣服又给吴守石套了回去。

"走吧。"乔初见没有什么线索，不太有耐心地催促道。

蒋白棉等人没有反对，跟着他走出了街边这间房屋。

　　商见曜走在最后，抬头看了一眼，突然跳了起来，将金属做成的门拉了下来。哗啦的声音里，这间房屋被封闭了。

　　"这有什么用？无心者会开门，到时候这就是他们的食物。"乔初忍不住说了一句，然后沉声道，"跟上！"

　　商见曜没再做出别的举动，跟在队伍后面，继续端着枪，在深沉的夜色里往城市废墟某处小跑而去。

夜色浓厚，位于队伍右侧的龙悦红越前进，越有些胆战心惊。

其实，刚从605室离开那会，他并不是那么害怕，因为还没有遭遇任何称得上危险的敌人或者怪物——偶尔出现的无心者甚至连动作都没来得及做就被小组轻松解决了。

这让龙悦红觉得如果让他上去对付敌人他也行，而事实也是如此。携带两把手枪、端着突击步枪、做过基因改良的他，真要面对无心者，哪怕对方同样有武器，他只要克服紧张，也能干净利落地解决两三个。

当然，在热兵器战斗里，大意和疏忽能让一个成年人被小孩干掉，龙悦红自问若是遭遇无心者袭击，也不是那么肯定单对单必然能赢，只不过若敌人就是这样，不会给他带来太大的心理压力。

等到目睹了曾经亲切交谈过的吴守石在睡梦中诡异地死去，而自己等人连凶手的踪迹都发现不了，龙悦红开始紧张和焦虑。

蒋白棉之前告诉过他，战争中的心理创伤，主要不是来自亲手杀死对面的敌人，而是身旁的熟人、朝夕相处的战友就在你面前被子弹命中，死得凄惨无比。

这不仅会带来强烈的悲伤和痛苦，还会让每一个人都不由自主地去想下一个会不会是我，会难以遏制地紧张起来，会做噩梦，会出现暴躁、焦虑、注意力难以集中的现象。

此时此刻，龙悦红觉得自己有点这方面的症状了。同样，对凶手的情况不明会加深恐惧感。

安静的城市废墟内，传入龙悦红耳朵的只有他们五个人小跑的脚步声，除此之外，什么动静都没有。四周的黑暗深处、两侧的楼宇里，仿佛有一张狩猎的罗网被默默地撑开。

就在这时，龙悦红听到了组长急促高亢的声音："小心！"

因为在这次野外拉练中已经经历过不少危险局面，龙悦红对蒋白棉有了相当高的信任，闻言没有犹豫，条件反射般扑向了路旁一辆灰红色的废弃轿车。

几乎是同时，蒋白棉也跃了起来，并于半空转身，抬起了握着联合202手枪的右手。

"砰！"左侧街边的建筑物三楼，一面玻璃窗应声而碎，窗旁的人影摇晃着往后倒。在微弱的月华和星光照耀下，那人影的牙齿畸长，眼睛浑浊，一看就不是正常人类。

紧跟着，哗啦的声音响起，那栋建筑不同的楼层上，一面又一面玻璃窗被打破，一道又一道人影显露了出来。

云层移动，月光洒落，照亮了这一切。

那些人影头发乱糟糟的如同鸟窝，脸庞瘦削，汗毛粗长，衣服虽不是太破烂，但被随意地套在一起，穿衣者似乎纯粹只是为了御寒。

他们全部佝偻着身体，有的眼睛充血；有的手里拿着闪烁寒光的菜刀；有的握着俗称"蟒蛇"的某种左轮手枪；有的一身黑色，仿佛融入了黑暗，难以被发现。

这都是无心者！

其中一个身材高大，略显佝偻，脸上胡须浓密，根根坚硬。他端着一把霰弹枪，快速后拉护手，对着蒋白棉扣动了扳机。

"砰！"数不清的弹丸倾泻而出，笼罩了目标所在的那片区域，但蒋白棉早已落地，一个翻滚就躲到了某辆废弃轿车的车头后面。

另外一边，穿戴着军用外骨骼装置的乔初直接跳了起来。他单手端着那把银色的步枪，在精确瞄准系统的帮助下扣动扳机，发射出了一枚仿佛缠绕着银白电蛇的弹丸。

他携带的竟然是高斯步枪。

"砰！"拿霰弹枪的那名无心者额头位置顿时出现了一个血色孔洞。他眼神骤然涣散，向后倒了下去。

与此同时，乔初抬起了架着榴弹发射器的金属手臂，瞄准人影显露最多的那面破窗，扣动了扳机。

街道的左侧，扑向路旁的商见曜还没来得及站起，一道人影就打碎了二楼窗户，跳落到他的身后。

这人影同样略显佝偻，穿着一套不够合身的、很是陈旧和油腻的蓝色工装，手里拿着一把闪烁着银白色光芒的大型扳手。他刚一落地，就要挥出右臂，将扳手砸到商见曜的头顶，而背对着他的商见曜似乎还没有察觉。

突然，这人影的右臂僵硬在了那里，怎么都挥不出去。作为一名靠本能生存的无心者，他仿佛缺失了这方面的本能。

商见曜没有转身，只是掉转了突击步枪的枪口，通过肩膀上的空间，向后来了个点射。

"砰！"他身后那名无心者倒下了。

这个时候，不远处的龙悦红也发现头顶处跃下来一名无心者。他脑袋有点空白，遵循着本能，向着无心者抬起了狂战士突击步枪。

"砰砰砰！"他疯狂射击，几乎打空了一个弹匣，完全展现了手里的突击步枪为什么外号叫"狂战士"。而那名无心者身在半空，无从变向，整个身体被打成了筛子。

步枪空响声中，龙悦红回过神来，赶紧更换弹匣。

就在这个时候，他瞄见自己左边不知什么时候跃下了另一名无心者，拿着外号"蟒蛇"的左轮手枪的无心者。

那名无心者距离同侧的商见曜七八米，和龙悦红则只有两米不到。龙悦红的瞳孔骤然放大，本能地试图躲避，可又似乎来不及。那名无心者已瞄准了他，只剩扣动扳机这个动作。但是那名无心者怎么都没法按下手指，就像基因里缺失了这个动作一样。

"砰！"他的脑袋被命中，红的白的洒了一片。

龙悦红下意识地望过去，看见商见曜笑着对自己挥了挥手，看见公路对面的白晨将步枪枪口从这边移开。他还没来得及松口气，就听到了轰隆一声巨响。

乔初发射的榴弹落入了相应的房间内，翻滚出赤红的火球。周围的玻璃窗应声而碎。还未发动攻击的那些无心者似乎受到了震慑，同时远离临街窗户，退到房间深处，消失在了黑暗里。

"先离开这里！"蒋白棉见状，跑出躲藏处，高声喊道。

这里各种电信号太多，她完全没法确定究竟藏了多少无心者和怪物。而且，比起旷野，这里能干扰她感应的障碍物也很多，以至于那些无心者离开路旁房间后她基本就失去了感应。

商见曜、龙悦红等人充分相信组长，立刻冲出了障碍物，沿街边奔向这条路的尽头。

而乔初也用掉头奔跑的动作说明了他的想法。

一直跑出当前街道，抵达前方十字路口，他们才有种脱离包围圈的感觉。松了口气后，大家相继放慢了步伐。

龙悦红抓住这个机会，给狂战士突击步枪换了弹匣，并用上弹器将打空的那个补满。

"这里的无心者也太多了吧！"蒋白棉回头看了一眼刚才那条街道，皱眉道。

商见曜等人跟着望去，只觉那边黑暗里人影浮动，他们似乎在将街边的尸体拖走。

"都是经过几代繁衍的无心者，不像是刚感染了无心病的遗迹猎人和荒野流浪者。"白晨给出了自己的判断。

这些无心者使用武器的能力很强，眼睛只是浑浊，没有那种毫无理智的疯狂，同时，他们会主动更换装备，添加衣服，不会穿得破破烂烂，但可能会各种衣服混穿。

"快到目的地了。"乔初看了一眼前方，催促蒋白棉等人。

旧调小组结束讨论，跟着穿戴着军用外骨骼装置的乔初在黑夜里继续前行。他们小跑百米后，旁边巷子里突然出来两个人。

一名是女子，二十来岁，黑发棕瞳，穿着军绿色的迷彩服，五官还算不错，但给人一种冰冷淡漠的感觉。一名是男性，三十上下，同样为黑发和棕瞳。他戴着顶有破洞的毛绒帽，手里端着一把自动步枪。

蒋白棉和穿戴着军用外骨骼装置的乔初最先反应过来。乔初正要做出应对，却被蒋白棉抢先一步，挡在他前方，大声招呼道："如香！"

她已认出，那名女子是吴守石的队友，名叫如香。

安如香听到这声招呼，才发现不远处有一队人。她先是警惕，想要寻找障碍物躲避，可眼神很快就变得柔和，不由自主望向乔初。她旁边的男子同样如此，就像是遇到了倾慕已久的某个人。两人快步靠了过去，来到乔初的旁边。

乔初戴着头盔的脸看不出有什么表情，但始终没有理睬他们。

安如香随之望向蒋白棉："你们？"

他们最近遇见的有军用外骨骼装置的队伍只此一家，别无分号，所以印象非常深刻。

蒋白棉看了一眼商见曜，回过头来道："是我们，没想到这么快又遇上了。"

她顿了一下，表情严肃起来："我们刚才还碰到了吴守石。"

听到吴守石这个名字，安如香先是一愣，继而脸庞扭曲。

这名字似乎是一把无形的小箭，射中了她心灵某个地方，刺激得她行将从美梦中醒来。她挣扎了一阵，急促地问道："他……他在哪里？"

听到安如香的问题，蒋白棉提前预防，回头瞪了商见曜一眼，示意他不要说话，然后抿了下嘴唇，对安如香道："我们遇上他的时候，他正睡在路边。

"我们刚准备去叫醒他，他的脸突然扭曲了，身体也跟着抽搐了几下，然后没了动静。

"他……他就这样死掉了。"

说到这里，蒋白棉忽然觉得自己描述的听起来像是天方夜谭，她顿时有些忐忑，连忙补了一句："我这么说你相信吗？不，我的意思是，你要相信我们。"

坦白讲，如果不是亲身经历，亲眼看见，她也不会相信这种事情，毕竟能力如此诡异的畸变生物，在灰土上也是少之又少，而她调到安全部不到三年，出过的任务说少不少，说多也不多，以前遇到的畸变生物都属于还算常见的类型。

安如香那张冷淡漠然的脸早在蒋白棉开始描述的时候就有了变化，她的表情逐渐复杂，难以掩饰。

蒋白棉虽然解读不出对方的微表情代表什么意思，但直接感受到了那种强烈的、浓郁的、无法克制的悲伤。

她没见过安如香几面，可之前就已经判断出对方属于非常内敛、感情绝不外露的类型，而现在，她第一次看见了安如香的表情，失去控制的表情。

安如香深吸了两口气道："我相信。因为我们进入这个城市废墟后，遇到过类似的事情。如果不是亲眼看见，我相信你们也编不出这样的经历。"

她嗓音低沉喑哑，仿佛在竭力压制着什么。

跟在她身边的那名男子则一副悲伤与恐惧交杂的表情。

蒋白棉"嗯"了一声，没有说节哀的话语，她转而问道："你们究竟遭遇了什么？"

安如香抬手擦拭了一下眼角，神情重归淡漠："我们开着车，从大沼泽深处的一条道路进入了这个城市废墟。

"我们没打算探索这里藏着什么秘密，只准备在废墟边缘搜刮一番，找些有价值的物品回去。

"就在我们弄到一堆物资时，小光，我们的一位队友忽然睡着了，他在搬运一箱厚衣服的过程中，晕倒般睡着了。我们以为他是突发了什么疾病，没有第一时间唤醒他。

"结果，当我们确认他只是睡着后，他闭着眼睛的脸孔一下扭曲了起来，似乎遇到了什么极端恐怖的事情。然后……然后……他就死了。"

蒋白棉本想说一句"强制入睡看起来一次只能针对一个目标"，可看了看安如香的眼睛，又强行遏制了说这句话的冲动。

安如香继续说道："小光死后我们吓坏了。我们并不害怕和无心者、怪物们正面战斗，但这种不知道原因、不知道该怎么防备、不知道下一个会轮到谁的袭击，真的让人恐惧和崩溃。

"我们当场决定撤离这个城市废墟，反正收获已经足够。

"谁知道，我们就像被鬼迷了心一样，强烈地认为前方街道拐角处有什么东西异常珍贵，必须拿到。

"我们就那样过去了，看见了一名无心者。

"她是女性，年龄在十七八岁到二十五六岁之间，你们知道，无心者的年龄纯粹靠外貌很难判定。

"她比我们寻找物品时遇到的两个无心者穿得更加整齐，衣服也不是那么脏，脸庞收拾得也还算干净，但眼睛依旧浑浊，充满血丝。嗯，她穿的是一套白色的、已经干瘪的羽绒服。

"那个时候，我们觉得那个异常珍贵、必须拿到的东西就在这名无心者身上，于是加速靠拢过去，准备射击。

"谁知大量的无心者出现了，他们似乎就埋伏在附近。

"这是一个陷阱！"

说到这里，不管是安如香，还是她旁边那名男子，都难以自控地露出少许恐惧之色。

"然后呢？"蒋白棉没去做判断和猜测，追问了一句。

安如香又做了几次深呼吸："埋伏的无心者出现时，我们那种被鬼迷了心的感觉直接就消失了，不再觉得那名特殊的无心者身上有什么异常珍贵、必须拿到的东西。

"幸运的是，只有部分无心者有枪，有枪的无心者中，还有一部分是拿枪当铁棍用的，这大概是因为枪里没有子弹。总之，我们躲得还算及时，没在第一波枪击里死掉，接下来就是一场激战。

"原本我们以为会在解决掉多个无心者后死在那里，但上天眷顾了我们，一名披红色袈裟的机械修者不知为什么、也不知从哪里突然就冲了过来，并且极端暴虐地袭击了所有女性无心者。我感觉得到，他对我也充满恶意。"

蒋白棉终于忍不住，脱口而出道："净法！"

这名机械修者修好了自己，并且来凑这次新发现的废墟的热闹了！

"你认识他？"安如香愕然问道。

"打过交道。"蒋白棉简略地回答道。

没阻止她们交流的乔初在旁边安静地听着，似乎也想获取有用的情报。

安如香没有多问，回归正题："有了那名机械修者的加入，我们找到了逃跑的机会。守石主动断后，他掩护我们离开。我们约好了会合的地点和时间，结果，呵呵，他总说自己是一个守时的人，这一次却肯定要迟到了……"

这时，商见曜上前几步，认真地说道："可能是因为他没有戴表。"

安如香愣了一下，忽然笑了起来："是啊，他那块宝贝一样的表在我们遭遇埋伏时，表带断裂，掉在了地上。"

笑着笑着，安如香抬手抹了下眼睛。

隔了好几秒，她嗓音愈加暗哑地说道："当时天还没黑，我们先找地方躲藏了一阵，等到各种动静平息，我们才绕了一圈，赶紧往会合地点赶，结果还没到就遇上了你们。"

"之前那些枪响不是你们弄出来的啊？"蒋白棉若有所思地叹了口气。

她随即骂了自己一句："真是的，我这两天怎么老是疏忽大意，思维不够严谨。可能是因为乔初说制造真实噩梦的是一匹梦魇马，所以我思考的方向就局限在了畸变的怪物上。

"从安如香他们的遭遇看，这个城市废墟内很可能存在畸变的无心者，而且还是非常特殊、能力诡异、外界少有的那种。

"能强制人入睡的除了怪物，还有可能是畸变的无心者。"

她这句话是对白晨、龙悦红等人说的，同时也算是提醒一下安如香，让他们小心类似的畸变生物。

白晨点了下头道："在最初城和它的附属势力里，称这种无心者为高等无心者。"

龙悦红听得又是一阵恐惧。

安如香听完蒋白棉和白晨的对话，吸了口气道："我该说的都说了，相信对你们会有一定的启发和作用。现在可以告诉我守石在哪里了吗？"

蒋白棉转过身体，指向来时的街道："从这里过去右拐，街道右侧唯一关上门的房间内。不过这条街道比较危险，无心者很多，你们最好绕一下。"

"谢谢。"安如香和那名男子同时回应道。

这时，商见曜又上前几步，拿出了那张折叠得整整齐齐的纸："他身上的。"

"他的猎人徽章。"蒋白棉也摸出了吴守石的遗迹猎人徽章。

安如香伸手接过，展开那张纸，将它凑至眼前，就着还不算微弱的月华扫了一遍：

"欠阿刚两次报酬，折合一大袋压缩饼干；

"欠张瘸子半碗油；

"欠奥朗克一把手枪，十发子弹；

"欠小光一顿肉；

"欠如香一个牛肉罐头和一朵花……"

安如香的嘴角扯动了一下，可嘴巴却紧紧抿着没有张开。这让她的表情变得颇有点怪异，眼睛和眼睛周围似乎有什么东西在反射月华。

蒋白棉等人没有开口，安静地等待她恢复情绪。

隔了一阵，安如香吐了口气道："谢谢。剩下的物品不用给我了。"

说完，她侧过脑袋，对旁边的男子道："阿刚，我们去找守石。"

"好。"那名男子沉声回答。

安如香没再逗留，也没有和蒋白棉他们告别，她快步奔向了更远处的街道，打算绕路，避开危险。

"刚才最重要的情报是：强制入睡一次应该只能针对一个人。"蒋白棉收回目光，提醒了组员们一句。

这时，戴着头盔、全身覆盖黑色金属骨架的乔初突然问道："净法是谁？"

"一名机械修者，同时也是觉醒者……"蒋白棉、龙悦红等人争先恐后地将先前获知的与净法相关的情报告诉了乔初。

末了蒋白棉强调道："他付出的代价是色欲增强，并因为意识上传到了仿生芯片上，他成了机械生物，失去了满足那方面欲望的能力。他的心理变得极度扭曲，非常仇视女性。"

"仇视女性……"乔初重复了几遍，不再多问，指了指前方道："继续往前绕过去就是目的地了。"

商见曜等人又一次拿着武器小跑了起来。

进入另一条街道的安如香突然放缓了步伐，疑惑地抬手揉了揉太阳穴。

"怎么了？"她身旁的男子颇为奇怪地问道。

安如香表情凝重地回答道："你没觉得有问题吗？刚才……刚才我们竟然没有警戒之心，甚至想跟随在那个穿戴着军用外骨骼装置的人旁边。那一刻，我都忘记守石了，只想讨好那个人。"

　　安如香身旁的男子眉头逐渐皱起："是啊。我……你知道的，我喜欢的是女人。刚才我居然在想……想……如果是他，好像也不错……

　　"这也太诡异了吧！"

第71章
提醒

戴着破洞毛绒帽的男子说着说着，突然有点控制不住自己的声音："他不会是畸变生物吧？"

他对之前的遭遇记忆犹新，内心充满恐惧。一旦发现相应的迹象，他就难免往类似方面去想。

"他明显有足够的智慧，肯定不是无心者，而且还长着人类的模样。"安如香毫不犹豫地否定了同伴的猜测。

"万一他就是个怪物，只是我们感觉他像个人呢？你想想，先前那个高等无心者，什么都没拿出来就让我们认为她身上有异常珍贵的、必须获得的物品。"戴破洞毛绒帽的男子语速略快地反驳道。

安如香无从解释，认真地思考了一下，道："确实有这个可能。不过还有另外一种可能——他是一名觉醒者，能力之一为魅惑。"

戴破洞毛绒帽的男子仔细想了想，道："你这么一说，我觉得还真有可能是。呵呵，觉醒者在我心里和畸变生物差不多，不，他们比绝大部分畸变生物都更加可怕，更为诡异，应该说和我们这次遭遇的差不多。"

绝大部分畸变生物更接近黑沼铁蛇和黑鼠镇的居民，身体某些部位发生畸变却带来了另一部分能力的增强。

听到同伴的话语，安如香忍不住回想起这次的遭遇。

在事情已过去好几个小时后，以她的经验和心志，她竟然还有点无法走出，

那就像是一场怎么都没法醒来的真实噩梦。

安如香吸了口气又缓慢吐出，回头望向来时的街道，道："他们会不会也是被魅惑了？我记得在荒野上第一次遇见他们的时候，他们只有四个人，没有那个疑似觉醒者的男子。要不要提醒他们一下？"

戴破洞毛绒帽的男子当即摇头道："这太危险了！"

安如香沉思了几秒后，道："他们把守石的情况告诉了我们，把最重要的物品也还给了我们，而且还把守石的尸体放到封闭的房间内，避免无心者发现后将他吃掉……

"这对我来说，是一份沉甸甸的人情，是价值很多东西的'事物'。"

"你不也把情报分享给了他们吗？"戴破洞毛绒帽的男子竭力阻止，"你不想想，那个人穿戴着军用外骨骼装置，就算他不是觉醒者，也能轻松解决掉我们！"

安如香点了点头："放心，我不会冒险的，我还要把守石的尸体带回去。这还没过去多久，他们距离我们不是太远。我打算就在这里高声喊几句，至于他们能不能听到，听到之后能不能明白自己的处境，就不是我能控制的事情了。"

"在这里喊？"戴破洞毛绒帽的男子环顾了一圈，"好，我帮你喊，喊完立刻离开。"

安如香转过身体，挂好黑色手枪，将双手拢成喇叭状，凑到了嘴边。下一秒，她尖厉高亢的声音响了起来："他有魅惑能力！小心被他控制！"

龙悦红端着狂战士突击步枪，边警戒对应区域，边小跑到队伍左侧。

听完安如香的讲述和蒋白棉、白晨的讨论，他对这次的探索更加害怕了。无论是强制入睡、真实噩梦，还是难以抗拒的陷阱，都有点超过他的承受能力，让他本能地认为这不是他能够应付的事情。

如果不是见识过商见曜的推理小丑和机械修者净法的饿鬼道，龙悦红觉得自己现在可能已经崩溃了。

无法遏制的恐惧不断在龙悦红心里滋生着，他忍不住审视起这次的行动。

为什么要冒这么大的风险？组长不是说过，在我们真正适应灰土生活、积累了足够的经验前，不会带我们去太过危险的地方吗？帮乔初确实应该，只要他能对我的印象好一点。可……可是，这到底值不值得？我还没结婚呢……小跑中，龙悦红望向最前方那穿戴着军用外骨骼装置的身影，内心陷入了强烈的挣扎。

看着看着，他突然悲从中来：我做了基因改良才一米七五，长得也一般，各科成绩只是中等，还被分配到了安全部最危险的小组，堪称霉运之子，乔初怎么可能看得上我？算了，还是主动放弃比较好。

放弃……龙悦红眼神逐渐迷茫，仿佛抓到了什么不对的地方又说不出来。

这时，风中传来了断断续续的声音："魅惑……小心……控制……"

这声音很尖厉，但因为隔了一段距离，显得非常不清楚。

蒋白棉随即放缓脚步，微侧脑袋道："这在喊什么？"

"我只听到'小心'。"商见曜一本正经地回答道，"看来有谁在为我们献上美好的祝福。"

下一秒，风中又有声音传来："魅惑……小心……控制……"

这次，响起的是高亢的男声。

"控制……"白晨竭力分辨着。

队伍最前方的乔初脸色微变，沉声说道："不能再耽搁了，快走吧。"

"好。"蒋白棉无法拒绝。

一行五人又小跑了起来。

龙悦红位于队伍左侧，脑海里始终有一个声音在盘旋："小心……控制……

"小心控制？

"小心控制……"

他悚然一惊，隐约察觉到现在的情况有点不对劲。他下意识地回头，望向队伍里和他关系最好的商见曜。

小跑间，他看见商见曜嘴巴咧开，回了自己一个灿烂的笑容。

商见曜是什么意思？龙悦红尝试理解商见曜的想法，但没能成功。他转而回想一路行来的点点滴滴，试图找到与问题相关的蛛丝马迹。

两三分钟过去，他们绕过一栋建筑，看见了沉没于黑暗中的目的地。

那是一栋上百米高的楼宇，自带很大的庭院，里面极其安静。因为还有两三百米远，商见曦等人无法看清楚庭院大门处横放于地上的匾额究竟写着什么。

就在这时，最前方的乔初突然停下了脚步。紧接着，他身体后仰，于金属碰撞声中，倒在了地上。

蒋白棉等人愕然看着这一幕，下意识地就要靠拢过去，他们想确认到底发生了什么。几乎是同时，那台军用外骨骼装置发出了哔哔哔的声音，它所有的辅助关节齐齐晃动起来。

乔初的身体随之有了动静。

这个时候，蒋白棉似乎察觉到了什么，端着榴弹枪，她向侧面一株行道树上方扣动了扳机。

"轰隆！"一团火球急速膨胀，火光照出了被点燃的树冠和一道跃入街边楼房的身影。

那是一只猫型动物，身长足有一米，体表似乎没有毛发和皮肤，血红色的肌肉直接暴露了出来。它的尾巴仿佛来自蝎尾，覆盖着褐色硬壳，长有倒刺；它的肩膀位置，一丛丛白色的骨刺如同装饰；它的头顶好像有四只耳朵。不管怎么看，它都不是普通的动物。

那怪物跃进了二楼一个房间，避开了爆炸的榴弹，然后，它飞快奔跑，脱离了蒋白棉的感应范围，消失在了街边楼宇的深处。

此时，乔初已恢复正常，他重新站了起来。

他看了一眼怪物消失的方向，沉声说道："我刚才睡着了。还好这台军用外骨骼装置的叫醒功能不错。"

"那是强制人入睡的怪物？"白晨立刻反应了过来。

"看样子就是畸变生物。"蒋白棉做出了判断。

乔初没尝试追赶那猫型怪物，指着目的地道："我们过去。"

商见曦最先表态，他大步跑向了那自带庭院的高楼。

蒋白棉等人赶紧跟了上去。

"要给它取个名字吗？"跑动中，商见曜突然问道。

"谁？"蒋白棉有点茫然。

"刚才那只怪物。"商见曜认真地说道，"叫它鬼猫吧。"

"好难听啊。"蒋白棉下意识地否定道，"叫安眠猫！"

说话间，他们到了目的地——庭院大门前。

借助略显微弱的星光和月华，他们看清楚了那个横放在地上的黑色匾额。匾额由石头制成，看起来不是太脏，就像经常受到雨水冲刷或者被谁维护过。它表面的金字没有一个脱落，皆是灰土文。这些文字组成了一个龙悦红从未听说过的名词——城市智网控制中心。

"这是什么地方？"龙悦红脱口问道。

蒋白棉略微解释了一句："在某些城市里，自来水管道、天然气管道、电线、光纤这些杂七杂八的东西统合在了一起，形成了一个庞大的智能管网。控制这个管网的，就叫城市智网控制中心。"

"那……我们为什么要到这里来？"龙悦红愈加疑惑。

这时，穿戴着军用外骨骼装置的乔初漠然说道："这个城市废墟周围，有个水电站还在运行。这个城市废墟内，许多线路也有被维护，保持得很好。我们需要做的，就是进入控制中心重新给城市通电。"

"为什么要通电？"蒋白棉下意识地问道。

乔初沉默了两秒，道："为了打开一个实验室的所有的门。"

第72章
沮丧

　　蒋白棉看了商见曜等人一眼，重新望向乔初道："那个实验室在哪里？"

　　戴着头盔、无法被人看见脸上表情的乔初还没有做出回答，那道粗哑苍凉的嘶吼声又一次响彻云霄："嗷呜！"

　　这一次，商见曜等人可以清楚明白地听见，传出那道嘶吼声的地方就在不远处，就在城市智网控制中心后面几条街道外。

　　那道嘶吼声是那样的高亢，那样的响亮，震得商见曜等人耳朵嗡嗡作响，脑袋一阵眩晕。

　　它仿佛来自每个人内心深处，来自无法抹去的恐怖记忆。

　　它让龙悦红双腿难以自控地抖动起来，让白晨下意识地拉紧了围巾，用力的程度就像要勒死自己。

　　蒋白棉的身躯轻微战栗着，似乎在用尽全身的力气对抗那种恐惧。

　　商见曜身体略微缩起，就像一个孩子。不过，他迅速就恢复了正常，不，也不算正常，他露出了笑容，一副兴致勃勃的模样。他的思维仿佛跳过了"恐惧"这个词，来到了"兴奋"点上。

　　当然，这更多也是因为那道粗哑苍凉的巨大嘶吼声已停息，只剩余音和废墟各处此起彼伏的嘶吼声回荡不休。

　　这个时候，乔初低笑了一声："那个实验室就在刚才那嘶吼声传出的地方。"

　　听到这句话，蒋白棉等人悚然一惊，浮想联翩。

传出巨大嘶吼声的神秘实验室，旧世界毁灭后依然运行到现在的水电站，定期就会被维护一遍的城市废墟，今天还能使用的部分电线和设备，能强制人入睡的猫型怪物，能制造真实噩梦、导致各种严重后果的梦魇马，疑似高等无心者的出现，没有辐射污染却怪物众多的沼泽深处……这些信息连在一起，真相似乎近在咫尺又极为可怕。

蒋白棉惊恐之余，竟有点兴奋。这就是她组建旧调小组的原因之一！

"不知道那个实验室的研究和旧世界的毁灭有没有关联……"蒋白棉自言自语般说了一句。

乔初没有理会这个问题，迈出了覆盖着黑色金属骨架的双腿："该去通电了。"

蒋白棉追了上去，语速颇快地问道："你有这里的布局图吗？"

"先去地底机房合闸，恢复这栋大楼的供电，然后到十七楼电网中心完成城市通电。"乔初似乎早已弄清楚这个城市智网控制中心的情况。

蒋白棉、商见曜等人没再多说，跟着穿戴军用外骨骼装置的乔初通过大门左侧，进入了庭院。

这里非常宽敞，绿化得也很好，各种废弃轿车整齐地停在了相应位置，没有堵塞道路。

一丛丛或高或矮，或蓬松或杂乱的深绿色植物散落于周围，影影绰绰，如同藏在黑暗中的怪物，让本就害怕的龙悦红身体愈加紧绷，他似乎随时都会做出应激动作。

以他自身的想法，小组根本就不该进入城市智网控制中心，不该恢复这里的供电，不该去尝试打开那个神秘实验室的所有大门。

先不提这是否会给灰土上本就脆弱的人类社会带来新一轮灾难，龙悦红觉得他们几个人就不可能扛得住那个神秘实验室和诡异废墟蕴含的危险。他一点也不想牺牲，不想变成八十个月薪水的抚恤金。

城市智网控制中心所在大楼前方，有一处水池，水质浑浊，上面漂着不少杂物，但又没有意想中的多。

在微弱的月华和星光照耀下，龙悦红突然看见水里有黑影一闪而过。

"有东西！"他惊惧地用狂战士突击步枪瞄准了那里。

乔初回头看了他一眼："一条普通的鱼。"

龙悦红顿时松了口气，但由此带来的刺激终于点燃了他心里积压的恐惧之情。

"不，不普通！无心者都不吃鱼吗？我……我不想进去！我放弃！我回吉普车那里等你们！"他一口气说出了内心所有的抗拒。

这一刻，他竟然觉得乔初也不是那么有魅力。

戴着头盔的乔初先是愣了一秒，旋即眯起了眼睛。

他无声地抬起了覆盖军用外骨骼装置的手臂，用那把造型怪异的银色步枪瞄准了龙悦红。

蒋白棉和白晨同时张开嘴巴，准备阻止，却又有点犹豫，她俩不知要不要现在动手，内心似乎陷入了剧烈的争斗。

乔初没给她们反应过来的机会，准备扣动扳机。

突然，他发现自己的手指没法往后拉！除此之外，他的手指可以往任何方向灵活运动。

他缺失的似乎只有扣动扳机这个动作的能力！

乔初的目光下意识地越过龙悦红，落到了更后面一点的商见曜身上。

商见曜身体略微弯着，仿佛在大口地喘气。

他眼眸深暗地回应了乔初的注视，颇为艰难但很是认真地说道："我妈说过，就算再喜欢一个人，也不能纵容他的坏毛病。"

当蒋白棉向安眠猫发射榴弹，制造出不小爆炸声时，城市废墟某处，有着多个雕塑的广场上，穿着黄色僧袍、披着红色袈裟的机械修者净法停下了手中的动作，回头望向声音传出的地方。

他的前面摆着好几具破烂不堪的女性无心者的尸体。

没过多久，传出爆炸声的方向，响彻云霄的嘶吼声又一次响起。

随着电子义眼内的红光闪烁，机械修者净法放弃了周围的尸体，向着声音传出的方向大步奔去。

黑暗的城市废墟里，某条街道、某栋房屋内，穿着深黑色长袍，披着深黑色长发、嘴边留着一圈胡须的中年美男子杜衡疑惑自语道："没在这里？"

他话音刚落，爆炸声从不算太远的地方传了过来。

杜衡对此没有太大的反应，但很快，粗哑苍凉的嘶吼声也在那个方向响起。

"难道在那边？"杜衡思索了一下，走向了楼梯。

废墟内，街边一个店铺中。

金发碧眼的道士伽罗兰正躺在一张柔软的黑色皮制靠背椅上昏昏欲睡。可惜，她没能睡着，接二连三的爆炸声、嘶吼声把她吵醒了。

"唉，修为还是不够啊，师父都能做到在工厂旁边安然入睡……罢了罢了，既然醒了，那就随遇而安地过去吧，不知道途中能不能遇到便车。"伽罗兰文绉绉地自责了一句。她现在就连自言自语，用的都是灰土语。

然后，伽罗兰慢悠悠起身，向着嘶吼声所在的位置一步步行去。

城市废墟另外一边，有不少器械的广场上，一个由五辆车组成的车队正停在那里。

那五辆车中，有一辆是灰绿色的装甲车。装甲车旁，一个戴着灰绿色贝雷帽的壮年男子看着这次的收获，满意地点了下头。

"立哥，这才多久我们就装满了所有车辆。要不兄弟们到处找一找？看有没有还能开、还能修的车子，争取一人一台？"一个剃了光头的男子靠拢过来，欣喜地说道。

被称为立哥的鬣狗林立环顾了一圈，他目光缓缓地从十二三个核心成员的脸上扫过，他看见大家都满怀同样的喜悦和兴奋。

鬣狗林立鼻子很挺，额头有些凸起，长相算是比较有特点。

"也可以。"林立颔首赞同了光头男的建议，"主要是这次还没找到能有效提升我们实力的武器，或者可以从大势力手中换取好东西的技术资料。得为之后做准备啊，黑鼠镇背后肯定有一个大势力，我们必须在他们弄清楚事情经过前做好应对。"

他正要再补几句，爆炸声和嘶吼声相继在同一个方向响起。

静静地听了一阵，鬣狗林立笑道："那边看来有点好东西啊。我们过去瞧一瞧，有机会就动手，没机会就找别的。"

这是他们这个强盗团一直以来的风格，就像嗅到腐肉，赶来却又不冒险靠近，只在远处等待机会的鬣狗群。

"是，立哥！"他的核心成员们原本正要轮流睡觉，闻言皆是很有精神地站了起来。

听到商见曜的话语，乔初的嘴角微不可见地动了一下。

直到此时，龙悦红才察觉到乔初想杀自己。霍然间，他之前假想的所有美好同时分崩离析，他回到了现实。

"他……他……"龙悦红惊恐地发现，乔初根本就不是同伴，不是值得追随、有大魅力的人。

这一路行来，自己竟跟猪油蒙了心一样。

这太诡异了！

龙悦红话还没有说完，乔初金色的眼眸内，一圈圈似虚似幻的涟漪浮现了出来。

已决定动手阻止乔初的蒋白棉忽然产生了强烈的沮丧感：

自己明明想要把商见曜、龙悦红和白晨带离危险区域，却反而引着他们来到高危废墟；

一次本该普通寻常的野外拉练竟发展到现在这个程度，这是组长的失职；

曾经的梦想因为一次失误不得不放弃，身体也差点崩溃……

这样的自己还是死了算了……

这一刻，蒋白棉彻底心灰意冷，放弃了挣扎，只想等死。

白晨、龙悦红和商见曜也有同样的反应，皆是沮丧到不愿意做任何事情，不愿意说哪怕一句话。

乔初没做攻击，转而收起银色步枪，目光冰冷、嗓音温柔地说道："放心吧，都过去了。"

　　深陷灰暗沮丧世界的龙悦红等人仿佛听到了天使的安慰。

那种突如其来的沮丧很快消失不见，蒋白棉等人迅速恢复了正常。

龙悦红虽然依旧恐惧，不想再深入城市智网控制中心，但他觉得为了天使一样的乔初，还是可以冒一下险的。

乔初因为要穿戴军用外骨骼装置，早已将机械手表取下放入了衣兜里，不过，这不影响他知道现在是几点几分几秒，因为兼显示屏功能的护目镜上会显示相应的时间。

他看了一眼护目镜的右下角，默算了一下使用魅惑能力后他将要发生异变的时间，赶紧催促道："我们去地底机房。"

这一次，商见曜等人不再有异议，跟着这位第八研究院的特派员，绕过水池，来到城市智网控制中心所在大楼的前方。

这里的门由玻璃制成，不知什么时候已经打开，或者说从旧世界毁灭起就没有关过，总之，里面宽广幽暗的大厅直接显露了出来。

乔初没急着进去，利用综合预警系统，他在外面观察了十几二十秒。然后，他略微弯腰，"当当当"地冲向了电梯间。

蒋白棉等人紧跟于后，他们始终保持着战术队形。

在这个过程中，大厅内只有金属骨架与地面碰撞的声音，以及不算沉重的脚步声。

很快，他们抵达了电梯间。

这里左右两侧各有三部灰黑色的电梯。当然，它们都无法使用，因为没有电。

乔初的目标不是电梯，而是旁边的安全通道。

朱红色的木门已有点腐烂，此时正静静地关着，不知它有没有上锁。

白晨正要抢前几步帮乔初开门，她心里忽然产生了某种奇怪的认知：在那扇门后，有某种异常珍贵的、必须拿到的物品！

这让她不可遏制地有了强烈的渴望和冲动，她想要立刻打开门，冲到预定的位置，拿起那件物品。

不只是她，乔初、龙悦红等人也有类似的感受，都迫不及待地靠近门口。

蒋白棉眉头微微皱起，大声喊道："你们还记得吴守石队友描述的事情吗？"

她指的是高等无心者创造诱惑、设置陷阱的事情。正是因为记得这件事情，她才没有完全被蒙蔽心智，能够在一定程度内对抗那莫名其妙的糊涂认知。

她的双脚跃跃欲试往前，她的身体已摆出冲锋的姿态，但她整个人还是牢牢钉在原地，没有迈出一步。

她的话语唤醒了乔初等人的少许理智。他们短暂拉回了思绪，没直接开门。

这时，最后方的商见曜已跑了过来，但他没有继续前行，而是停在了蒋白棉的旁边。

"我觉得那里有能拯救全人类的秘密。"他认真地说道，"但是，这种秘密肯定都位于层层保护下，里面藏着很多危险。"

一时间，蒋白棉竟不知该翻他白眼，还是夸奖他一句。

"我们要小心，不能鲁莽。"商见曜循着这个思路，想了两秒。然后，他跳到一部电梯前，借助金属的镜面和窗户处照入的月华、星光，看见了自己不够清楚的影像。

与自己对视之中，商见曜开口说道："蒋白棉是长腿，我也是长腿。蒋白棉很厉害，我也很厉害。所以……"

他眼眸不知什么时候已变得幽深，嘴巴张开，低低自语了一句："所以，我们是一样的。"

在这个过程中，乔初原本想要阻止，但一方面要对抗那莫名的、强烈的渴望，他分心乏术；一方面又觉得商见曜能弄出点不一样的变化，打破当前的局面，他有些期待，所以，他最终选择了做好准备，冷眼旁观。

欺骗完自己，商见曜侧过脑袋，望向蒋白棉，他的眼眸愈加幽黑。

蒋白棉心中骤然产生了一个强烈的念头："虽然我很渴望门后那件物品，想要得到它，但我绝对不能表现得这么迫切，不能直接说出来，否则这会让我很丢脸！"

念头一闪间，蒋白棉半转过身体，轻轻跺了一下脚，道："你们要去你们去，我不去。"

商见曜跟着转向同一个地方，也轻轻跺了一下脚，道："你们要去你们去，我不去。"

看到这一幕，白晨、龙悦红又觉诡异，又觉愕然，又觉好笑。一时之间，他们心中那种强烈的渴望都被冲淡了不少。

还在矫情状态下的蒋白棉瞪了商见曜一眼："你为什么要学我？"

"你为什么要学我？"商见曜从眼神、语言到微表情都模拟得惟妙惟肖。

这个时候，蒋白棉身上的矫情状态退去了。回想刚才那一幕幕场景，她忍不住笑出了声音："你想用笑死我们这种方式对抗那莫名其妙的认知和渴望？"

"你想用笑死我们这种方式对抗那莫名其妙的认知和渴望？"商见曜跟着哈哈笑道。

乔初看得嘴角微动，下意识地就想沉声警告，他要让他们严肃一点。

这是在城市废墟的智网控制中心内，这里到处都存在危险，这里死寂得让人毛骨悚然，怎么能打打闹闹，大声说笑？

蒋白棉想了两秒，忍着笑意道："我头发很长，你头发很短。"

"我头发很长……"商见曜复述到这里，忽然说不下去了。他的眼神又重归正常。

"抓住这个机会。"他立刻说道。

蒋白棉猛然醒悟，趁着那种莫名其妙的渴望还没来得及再次侵蚀自己，快步来到了朱红色木门前。

"闪到两边去。"她一边吩咐白晨、龙悦红等人，一边探掌握住了锈迹斑斑的金属把手。

等了几秒，蒋白棉猛地拧动把手，推开了大门。没有任何间隔，她鱼跃兼翻滚，躲到了电梯旁边。

"砰砰砰！"

"哒哒哒！"

连续的枪响从楼梯的下方与上面传来，子弹风暴般笼罩了安全通道入口处那片空间。若是龙悦红等人鲁莽地开门，估计他们现在已经被打成了筛子。

乔初被那种强烈的、诡异的渴望控制，完全忘记了使用军用外骨骼装置自带的综合预警系统。

枪响声中，蒋白棉取下武装带上挂着的战术手雷，准备扯掉拉环，将它扔向安全通道大门处。她计算好轨迹，想借助墙壁的反弹，让手雷落往楼梯下方。

就在这个时候，枪击停止了。

蒋白棉默默将战术手雷挂了回去，一手端着榴弹枪，一手握着联合202手枪，专注地感应起安全通道内的各种电信号。

"上方的无心者已经撤走了，下面受到干扰，信号不是那么清楚，但最多只剩下两个……"很快，蒋白棉给出了信息。

此时，那种有珍贵的东西藏在安全通道内，必须尽快拿到的莫名的认知和渴望已消失不见，乔初完全恢复了正常。他仗着有军用外骨骼装置，有综合预警系统，一个翻滚，进入了安全通道内。

通往地底机房的楼梯深处，一道身影正看着上方。

这是一位女性，外表看起来还算年轻，五官较为端正，但眼睛白多黑少，相当浑浊，满是血丝。她身高一米六五上下，套着一件干瘪的白色羽绒服，从上到下，收拾得比其他无心者要干净不少。

她静静地站在黑暗深处，如同游荡于夜间的幽灵，正注视着想要杀死的目标。如果不是有综合预警系统，乔初根本看不清她的样子。

抢在乔初发射榴弹前，这名无心者单手向下一按，直直蹦了下去，消失在楼梯深处。

"是吴守石他们遇见的那个高等无心者吗？"蒋白棉靠近入口，询问了一句。

乔初轻轻颔首道："嗯。"

"呼——果然。"蒋白棉吐了口气。

这时，龙悦红劫后余生般感叹道："还好无心者没什么智商，要是刚才他们直接射击，不等着我们开门，我们至少死了一半。"那朱红色的对开木门可挡不住子弹。

在遵循本能的无心者眼里，障碍物似乎只能是障碍物，必须等着他人弄开。

"现在不要说这种话，不吉利。"白晨侧头看了龙悦红一眼。

听到"幸运""倒霉""不吉利""命运"等词语，龙悦红总是特别敏感，闻言他紧紧闭上了嘴巴。

乔初看了前方黑暗的楼梯一眼，沉声说道："下去吧。"

他顿了顿又吩咐道："你们走前面。"是时候发挥诱饵的作用了。

第74章
地下走廊

"好。"商见曜一马当先，端着狂战士突击步枪，越过乔初，走向了通往地底机房的楼梯。

这时，他身前横出了一条手臂。"我走最前面。"蒋白棉沉声说道。当然，她再怎么压着嗓音，音量还是不小。

"我是觉醒者。"商见曜很坚持，表情认真而严肃。

"怎么？拯救全人类先从保护我们开始？"蒋白棉低笑了一声，"你能提前感应到袭击者吗？"

商见曜点了下头："能！"

蒋白棉未曾想过会得到这样的答案，后面的说辞一下堵在了喉咙口。隔了几秒，她才憋出一句话："范围多大？"

"十米。"商见曜坦然回答。

蒋白棉悄然松了口气："那我能感应的范围比你大。这种环境下，肯定是越早发现袭击者越好。所以，我走前面。"

说到这里，她笑了笑："这不是不让你承担责任，而是术业有专攻，专业的事交给专业的人做。如果有一天我们小组遇到更加危险的情况，而你的能力又是最适合破局的，那我会毫不犹豫地将你派出去。"

商见曜不再言语，点了下头，他主动后退一步，让开了位置。

蒋白棉调整了下枪带，将榴弹枪挎好，然后一手改握冰苔手枪，一手空了出来。楼梯间是一个非常狭窄的环境，能够躲避的空间有限，所以绝对不能犯错。

基于这样的考虑，蒋白棉暂时放弃使用比较容易卡壳的联合202手枪和很容易波及自身的榴弹枪。

虽然她对那把联合202手枪经常养护和校准，自问不太可能出问题。但当前环境下，不怕一万，就怕万一。真要倒霉透顶，遇上了卡壳，想闪避都没地方闪避了。当然，她的榴弹枪也是挎在了最容易取用的位置。只要那些无心者敢在楼梯下方聚集，她就敢选取弹道，将他们一锅端掉。

至于自己这边，肯定会提前下达匍匐的命令。而空着的那只手，是为拿电筒做准备的。

蒋白棉能感应到敌人的电信号，却看不见黑暗环境下的楼梯。这里就连微弱的月芒和星光都没有。

拿着电筒，蒋白棉略微猫着腰。看着前方偏黄的光芒，她沿楼梯一步步往下走。她没敢走得太快，怕遇到袭击后来不及做出反应。

等到商见曜、白晨、龙悦红依次进入楼梯，她回头提醒了一句："我一说趴，你们就立刻趴下。"

她这是担心无心者远远地往上面发射榴弹，或扔手雷。虽然后面的乔初在综合预警系统和精确瞄准系统的帮助下，有很大可能可以提前打爆榴弹，但也得防备弹片的溅射。

如果对方的榴弹、手雷属于有毒气的类型，蒋白棉就没别的办法了，她只能让大家憋着气，冲回一楼。到时候，除了白晨，其他人都可以依靠基因改良者的体质，撑到使用随身携带的、公司生产的泛用型生物解毒剂，而乔初的军用外骨骼装置自带毒气过滤系统，不在考虑范围之列。但最终有没有效果，她也没法肯定。

要是那群无心者连温压弹都有，蒋白棉只能自认命不好。

不过，她倒是不太担心后面两种情况，因为她觉得无心者没法较好地维护枪械和弹药，而自旧世界毁灭后，几乎没人来过这里，这次虽然来了几批人，但也没那么多装备。

想到高等无心者的怪异，再想到他们可以使用各种武器，蒋白棉就一阵牙疼。

听见蒋白棉的吩咐，龙悦红下意识地回应道："是，组长！"

这很有中气的声音顿时回荡于楼梯间，层层往下，嗡嗡作响。

龙悦红这才醒悟过来，发现自己又犯了一个错误。

"不错！"

"很好！"

"很有精神！"

蒋白棉、白晨、商见曜几乎同时夸赞道。

乔初冷漠地看着这一切，他打开了军用外骨骼装置自带的电筒，用光柱示意前面四人不要耽搁时间。

蒋白棉想了想，确定不再有需要特别提醒和强调的事情，遂打着电筒，拿着冰苔手枪，一步一步地踩着楼梯往下。

这里的风有些冷，右侧墙皮已脱落，左边的扶手黑漆斑驳，金属栏杆锈迹斑斑。在偏黄的光柱的照耀下，楼梯这么一圈圈深入黑暗的地底，他们仿佛在进入某头巨兽的口中。

这让龙悦红的紧张和害怕不可遏制地又增加了一些，脑海内翻涌出各种各样的念头，他再次怀疑起这次行动的必要性。

一层层下行中，楼梯间无比安静，仿佛整个世界都已经死去。

如果不是还能听见同伴们轻微的脚步声，龙悦红觉得自己可能已经被这样的环境和气氛弄得精神崩溃。而就算是这样，他也感觉时间过得异常缓慢。

不知过了多久，吊在队伍后方的乔初突然开口道："就是这里。"

"呼——"龙悦红顿时松了口气。

走楼梯的这段路程没被袭击真是太好了！

脱离了这狭窄封闭的楼梯，其他地方至少有奔跑、翻滚、跳跃的空间，大家能有效做出躲避。

"竟然没趁这个机会袭击我们。"白晨自言自语。

蒋白棉下意识地回应道："无心者应该不是在阻止我们进入地底机房，他们没这个动机和智商，除非这里是他们的巢穴。

"而作为狩猎者，发现猎物太过强大，难以解决时，最好的选择是在暗中观察，等待机会，并召唤同伴过来援助。

"这都不知是第几代无心者了，他们在狩猎上不会缺乏类似的本能或者说智慧。"

龙悦红听到了最关心的内容，颇为担忧地环顾了一圈："也就是说，他们躲在周围的黑暗里？"

"是啊，是啊。"商见曜笑着附和道，"一旦谁表现得紧张，表现得懦弱，不够警惕，他们就会以他为目标。"

龙悦红悚然一惊。这不就是指我吗？

他瞬间装作克服了恐惧，精神高度紧绷起来，不让自己露出一点破绽。

"好了，门后一片区域内确定没有电信号。"蒋白棉停在这里，可不是单纯为了说话，"不过，我们还是按流程来，小心一点。"

他们随即掩护的掩护，准备火力压制的准备火力压制，毫不松懈。

接着，蒋白棉有所控制力度地猛然一撞，将通往地底机房的安全通道大门直接撞开。而她借着反弹之力，一个转身，躲到了旁边。

确认没人袭击后，他们才重新按照战斗队形，冲出楼梯间，进入地下某层。

电筒的光柱摇晃间，他们看清楚了这里的布局。

当前位置是一个十字路口，往前往右往左都有走廊，而走廊两侧分布着不少房间。

"地底机房在哪边？"蒋白棉询问乔初。

乔初环顾了一圈道："我也不确定。"

紧接着，他补了一句："你们先直走，探一探路。如果有，直接告诉我；要是没有，就回来换一个方向。"

他几乎没做思考，像是早就这么决定了。

蒋白棉等人没觉得这有什么问题，按照刚才的队形，进入了正前方那条走廊。

这时，乔初跨前两步，强调了一句："到了尽头，不要急着拐去别的地方，先汇报情况。"

"没问题。"商见曜似乎在代替蒋白棉做出回答。他甚至笑着挥了下手。

"好的。"蒋白棉重新将注意力放在了前方。

一行四人，在电筒光的照耀下，沿着走廊，往这层楼的深处走去。

他们的两侧，房间有的敞开，有的紧闭。房门有的为木制，有的由灰蓝色金属铸成。里面时而能见到方桌、长桌、椅子和各种机器。但没有一个房间的面积和样子看起来像是供电机房。

走着走着，蒋白棉突然抬手，往侧面一个房间内开了一枪。

"砰"的一声，一道人影跟跄着从另一扇门闪入了正前方那条走廊。

随着电筒的光柱扫去，商见曜等人看见了一个穿着白色衬衣的背影。

这背影右臂偏肩膀位置，鲜红的血液迅速渲染开来，显然此人已经中枪。不过，他的速度丝毫没有变慢，在蒋白棉等人开第二枪前，蹿出了他们的视线。

"他的伤有点不对劲。"白晨收回目光，说了一句。

"哪里不对劲了？"龙悦红慌忙问道。

白晨看了蒋白棉一眼："冰苔手枪的威力虽然比不过联合202手枪，但也不是太小，打在人身上，不该只有这么点伤。"

蒋白棉轻轻颔首："难道经过几代繁衍的无心者，肌肉进化到了这种程度，可以有效减少子弹的射击或撕扯？"

"不确定是不是这个原因，但之后得注意一些，不能误判他们的伤势。"白晨表情严肃地提醒道。

"希望他们的脑袋也足够硬。"商见曜笑着回了一句。

龙悦红默默记下了这个要点。

旧调小组继续往前，途中再没遇到无心者。

很快，他们抵达了走廊尽头。蒋白棉用电筒照起右边敞开的房间，想确认里面有什么。

而最先映入他们眼帘的是一个人！

一个佝偻着身体、戴着深色线帽、穿着黑色呢绒长裙、满脸皱纹的老妇人。

老妇人露在帽子外的头发已经全白，双手托着一个红蓝布料裹成的褴褛。她抬起脑袋，用浑浊的眼睛望着蒋白棉等人，一词一顿地说道："你们、吵到、小冲、了！"

第75章
待产者

这位老妇人看起来就算没有一百岁，也超过了八十岁，仿佛从旧世界一直活到了现在。

于这座早已死去的城市内活到了现在！

而且，她眼睛浑浊，目光凶恶，如同野兽，有着最典型的无心者特征。

一名无心者居然开口说话了，哪怕非常艰难，一词一顿，那也是在开口说话！

这是具备人类智慧的表现！

一时之间，蒋白棉既感觉惊慌、恐惧，又产生了强烈的兴趣。她的理想之一就是弄清楚无心病的发病机理和传播规律。

就在这个时候，那名戴着深色线帽、穿着黑色呢绒长裙、满脸皱纹的老妇人向前走了两步。她怀里的襁褓随之往外转了四分之一圈，由对着胸口，变成了正面朝上。

蒋白棉、龙悦红等人下意识地望了过去，借助电筒光芒的照耀，看清楚了襁褓内究竟有什么。

映入他们眼帘的是一个小小的、白森森的头骨。头骨下方似乎还连接着更多的白色骨头，但因为红蓝襁褓的遮挡，它们只是若隐若现。

这是一具婴儿的骸骨。那名老妇人抱着这具骸骨已不知多少年！

这一刻，蒋白棉感觉心脏被一只名为"恐惧"的手紧紧捏住，即将停止跳动。她、龙悦红、白晨、商见曜都立在了原地，脸色青白，身体僵硬，无法移动半步。

突然，蒋白棉用眼角余光望过去，看见商见曜的神情瞬间恢复了正常，甚至变得非常严肃。

商见曜没去理睬那名老妇人，而是望向蒋白棉，认真地问道："为什么不开枪？"

"为什么不开枪？"蒋白棉咀嚼着这句话，似乎抓到了什么不对的地方。也就是一两秒的时间，她醒悟了过来。

在这么危险的地方，在这么压抑的环境中，自己不可能去分辨周围的无心者有没有袭击意图，但一旦感应到电信号或看见身影，她立刻就应该开枪，将隐患消弭于未发。而刚才自己明明已提前感应到电信号，看见了老妇人的身影，自己居然没有条件反射地抬手开枪，任由对方向前走了两步。

这说明了什么？

想到这里，蒋白棉悚然一惊，瞬间将注意力从老妇人身上收了回来。几乎是同时，她感应到了另外一股电信号，一股正高速靠近自己等人的电信号。而她的目光望去，那个地方根本没有人影。

蒋白棉不再被恐惧困扰，她毫不犹豫地抬起握冰苔手枪的右手，向预判的方向扣动了扳机。

"砰"的一声枪响，白晨、龙悦红眼前出现了诡异的一幕——老妇人和恐怖婴儿尸骨全部消失不见了，就像从来没有出现过一样。

在电筒光柱的照耀下，他们看见那个房间的深处，几张桌子拼了起来，上面躺着一个穿红色短款防寒服的女性。

这女性黑发凌乱披着，一绺绺的，显得油腻。她眼睛浑浊，布满血丝，目光异常凶恶，仿佛只剩下兽性。这是一名无心者。

她那件洗得发白的短款防寒服没有拉上拉链，就那样敞开着，露出了高高鼓起、长着明显汗毛的肚子。她的下半身没有穿裤子，只有一床破破烂烂的棉被略微遮挡。

她的双腿后缩分开，摆出了一个普通人都会觉得有点奇怪的姿势。

龙悦红对此有点茫然，而参加过多次聚会，吃过多次圣餐的商见曜一眼就看出了那名无心者正在生孩子！

无心者同样有繁衍的本能。

蒋白棉手枪里子弹奔去的方向，有一名男性站在那里。他穿着白色的背心，皮肤呈古铜色，身上部分地方汗毛非常浓密。他的头顶，黑发多有打结；他的脸上，胡须连绵；他的眼睛，同样浑浊，目光凶狠无比。

旧调小组刚才看见的场景，遭遇的老妇人，竟然是幻觉！

蒋白棉那一枪并没有击中男性无心者，他似乎提前感应到了危险，双脚用力跃了起来。

"砰砰砰！"商见曜、白晨反应过来，同时将枪口抬起，扣动了扳机。

那名男性无心者抢先一秒，一脚蹬在走廊墙壁上。他强行改变身体的位置，反弹往上，双手抓住天花板破洞的边缘，用力一拉，将自己甩了进去。

"砰砰砰！"商见曜和蒋白棉没有停止，向着上方连续开枪。

而那名无心者总是能提前躲避，就像他有某种奇妙的预感。

他们旁边的龙悦红虽然反应慢了一点，但并不是什么都没做，他端着突击步枪，精神高度紧绷地监控着房间里面的女性无心者。他没有开枪是因为他现在也看出了对方似乎在生孩子。

这个时候，眼眸微动的白晨突然转身，将枪口对准了房间里面待产的女性无心者。她一如既往地沉静，脸上没有任何的怜悯之色。

下一秒，房间内的天花板突然掉落，砸向了白晨的头顶。

那名穿白背心的男性无心者紧跟着跃下，扑向了那几张桌子上的女性无心者。他的背阔肌鼓了起来，往外扩张，几乎快撑开背心的束缚，他的样子如同一只完全展开了翅膀的蝴蝶。

白晨则仿佛早有预料，在天花板砸落前，她已滚向了旁边。

蒋白棉在白晨转向一旁时就已明白她的想法，此刻，她没有浪费机会，抬手扣动了扳机。

"砰"的声音里，一枚黄澄澄的子弹飞过短短的距离，打在了男性无心者左肩偏下的位置。

因为他及时弯下腰背，避开了可能被打中的心脏位置。而子弹撕扯出的伤口也没有蒋白棉预料的那么大，那异于常人般的肌肉似乎有效地进行了抵御，降低了伤害。

经历过多次战斗的蒋白棉没让诧异影响自己，紧接着她又开了一枪。这一次，子弹命中了那名男性无心者的大腿后侧，鲜红的血液飞溅而出。

"扑通"一声，那名男性无心者倒了下去。

简陋木床上的女性无心者挣扎着望了过来，发出了一声尖厉的悲鸣。悲鸣声中，蒋白棉看见那名男性无心者的身体飞快崩溃，变成了一摊蠕动的血肉。

这血肉散发出难以想象的恐怖气息，蒋白棉、商见曜、龙悦红和白晨的双腿瑟瑟发抖，虚弱无力，似乎难以支撑。他们有快有慢地跪了下去，紧紧蜷缩着身体，再难做出别的反应。

在这个过程中，蒋白棉、商见曜、白晨异常努力地与那种能击溃所有人的恐怖对抗。

但他们没有成功，只是延缓了弯腰的速度。这让他们不可遏制地感到绝望。

就在这个时候，商见曜脑子一抽，无法自控地跳了起来。紧接着，他盘腿坐下，表情异常严肃，仿佛在思考什么哲学问题。

蒋白棉心中一动，艰难地问道："你……在……想……什么？"

商见曜轻轻颔首，认真地回答道："我在想，为什么幻觉中我会觉得乔初没那么大魅力。"

第76章
幻境交流

听完商见曜的话，蒋白棉一下把握住了重点。是啊，我也觉得乔初的魅力不是那么大了。

虽然他确实很英俊挺拔，但也达不到让人看上一眼就神魂颠倒的地步，而且为人冷漠，性格极差，相处久了不仅不会增添好感，反而日生厌恶。

这一切感受，之前只是模糊地藏于蒋白棉内心隐秘处，偶尔能浮上心头，现在却如同潮水退去、沙石直接暴露于沙滩般清晰地浮现于她的脑海。

她自言自语般说道："根据芯片指示，难怪我一直觉得有什么不对，本能地在努力武装自己和尝试与乔初拉开距离。"

旁边的白晨同样听见了商见曜的话，表情连续变化了几下后，道："我越回想越觉得诡异。我们怎么会那么想讨好乔初，跟着他来了这个无比诡异、无比危险的城市废墟？"

这里有高等无心者，有畸变的恐怖生物，有难以理解的定期维护机制，有异常神秘的实验室，有发出震天嘶吼的未知事物，比白晨去过的任何一个城市废墟都要可怕。

"是啊，是啊。"龙悦红频频点头，"我性取向多么正常的一个人，竟然偶尔会觉得，如果是乔初，好像也不错，呕……"

他说着说着，泛起了恶心。

"你怀孕了？"商见曜也不知是认真还是玩笑地问了龙悦红一句。

不等对方回应，他自顾自地继续说道："这也许是某种能力。"

蒋白棉"啐"了一声："你是想说龙悦红有怀孕的能力，还是乔初有魅惑的能力？魅惑，对，应该是这样。

"而所有的能力必然是有限度的，只要没成为执岁，能力范围、目标数量、魅惑程度这些都是存在上限的。

"啊对，我记得之前想去楼下方便时，乔初怎么都不让，只准我们在同一单元同一楼层的另外一间房里解决，还有，刚才他说，到了走廊尽头，不要急着拐弯，要先汇报情况。这说明，他这个能力范围不会超过三十米。

"而目标数量这一块，显然不是只能针对一个人，不，一个生物，进入相应范围的都会自动被魅惑？"

听完蒋白棉的分析，龙悦红、白晨等人愈加感觉惊悚，深刻认知到了之前种种行为的反常之处，而他们那个时候竟然觉得理所当然，就跟被鬼迷了心窍一样。

"可怕，真是可怕！"龙悦红刚感叹出声，突然又察觉到一个问题，"咦，我们刚才不是还觉得非常恐惧，连身体都打不直吗？"

怎么现在开起了讨论会？

商见曜一本正经地回答道："因为之前看见的、感受到的，都只是幻觉。一旦没将它们放在心上，忽略过去，也就不会受到影响了。"

"幻觉？"龙悦红这才回想起商见曜之前已经提过这件事情。

他一下有点惊慌，连忙问道："我们要不要先脱离幻觉？要是那些无心者趁机袭击怎么办？"

"也是。"蒋白棉抬起拿电筒的手，想给自己来上一耳光唤醒自己。她认真地思索了一秒，觉得这可能会有点痛。她决定还是往那摊蠕动的血肉上开一枪，让制造幻觉的那名无心者难以再维持其能力发挥的效果。

就在这个时候，他们看见那摊血肉突然变成了一个挣扎着要站起来的男性无心者。

与此同时，他们听到了"当"的一声轻响。那名女性无心者试图爬起来，用不知从哪里摸出来的锋利匕首来袭击旧调小组众人，但她还没有离开简陋的木床，就因下身的疼痛倒了回去，连匕首都掉到了地上。

她的表情变得异常扭曲，上半身强行撑了起来，她将双手探到了破破烂烂的棉被里。

很快，她从两腿间抱出了一个湿漉漉、脏兮兮的婴儿。婴儿的肚脐上还连接着一条泛白的肉色脐带。

"哇——"清亮的哭声随之响起，在房间内回荡。

本该直接射击的蒋白棉、商见曜等人拿着枪，竟没有一个扣动扳机。

那名女性无心者很快弄断脐带，将婴儿抱在了怀里。然后，她半侧过身体，将婴儿与闯入者们的视线隔开。

她的表情又凶恶又警惕，浑浊的眼睛不知什么时候已变得湿润，神情竟带上了几分哀求之意。

"哇——"

"哇——"

"哇——"

婴儿哭声不断。女性无心者连连弯腰鞠躬，嘴里不断发出"呜呜呜"的声音，仿佛在请求什么。

旧调小组四人陷入沉默，没有回应，但也没有开枪。

隔了几秒，商见曜侧过脑袋，望向蒋白棉："组长……"

没等他说完，蒋白棉长长地叹了口气，对那名女性无心者道："你们走吧。"

紧跟着，她念头一动，也没管对方能不能听懂，指着前方道："能给我们再制造一次幻觉吗？"

说话之间，已将枪口转向地面的她上前几步，一脚踢飞了那把匕首。

商见曜等人跟着进了房内，但没表现出任何攻击意图。

那名女性无心者怔了一阵，不知是听懂了蒋白棉的话语，还是在为离开创造更好的条件，真的又一次发出了低沉的嘶吼。

商见曜等人的眼前随之出现了一株株绿色的树和一辆辆废弃的轿车。他们就像是被凭空转移到了外面的街道上。

"果然，一回到现实，我就会自动觉得乔初太有魅力了，想要跟随。"蒋白棉感受了一下内心的变化，表情凝重地说道。

"如果是自动魅惑，为什么那两名无心者没有受到影响？"白晨提出了自己的疑惑，"乔初不是说过，就连梦魇马这种非人类生物都会爱上他吗？"

商见曜立刻强调道："这是我说的。"

白晨这才发现自己有点被商见曜绕进去了，忙改变了说辞："我的意思是，就连梦魇马这种非人类生物都被乔初魅惑了，何况无心者？"

"可能是因为那名女性无心者正在生小孩，乔初所有的情感都在这方面。"龙悦红猜测道。

蒋白棉点了点头："这么看来，乔初的魅惑是有强度上限的，所以，他一路上没敢表现得太恶毒，太有敌意，这是害怕魅惑失效啊。"

不等其他人开口，蒋白棉转而说道："不能浪费时间了，现在主要是得想出一个回到现实后不被魅惑影响的办法。我们现在还没离开相应的范围。"

商见曜当即回应："我来试试。"

"好。"蒋白棉最期待的也是这位觉醒者能玩出什么花样来。

商见曜旋即侧头，望向白晨："把镜子借给我。"

白晨虽然疑惑，但还是拿出了随身携带的巴掌大的镜盒，递给了商见曜。

商见曜打开镜盒，看着镜中的自己，眼眸逐渐幽暗："你喜欢乔初，很多人都喜欢乔初，你没法得到他，所以……"

商见曜的表情瞬间扭曲，变得极为阴森。他迅速回答了自己的问题："所以只能杀掉他。我得不到，别人也不能得到。"

这两句话，商见曜说得杀气腾腾，异常坚定。

蒋白棉嘴巴微张，看得无话可说。

"还能这样？"龙悦红脱口问道。

他对商见曜莫名奇妙地多了点恐惧，害怕对方哪一天也会这么欺骗自己，让自己去做什么恶心的事情。

白晨同样看得有点呆住，直到商见曜将镜子还给她，她才下意识地问道："为什么不对我们使用能力？"

"幻觉中只能影响自己。"商见曜笑容明显地回答道，"等脱离了幻觉，我会依次对你们使用能力，让你们没法阻止我。"

"曜，连思维的出发点都变了。"蒋白棉没再多说，害怕不知哪句话就点醒了商见曜，让他不再被推理小丑的能力影响。她抬起右手，往记忆中的木椅位置开了一枪。

"砰"的声音里，旧调小组四人同时脱离了幻觉。

这个时候，那名男性无心者和那个婴儿已消失不见，只留下了一些蔓延到房间另外一个出口的血迹。

那名女性无心者站在那个出口，还未远离。

见商见曜、蒋白棉等人清醒过来，眼睛浑浊的她又一次弯下了腰，仿佛在对他们鞠躬。然后，她转过身体，奔跑着离开这个房间，消失在了对面的走廊内。

"恢复能力很强啊！"蒋白棉偶尔也会像商见曜一样偏离重点。

这个时候，商见曜走到她旁边，开口说道："组长，你看——

"你喜欢乔初，很多人都喜欢乔初，你没法得到他，所以……"

蒋白棉的表情变化了几下，她最终恶狠狠地说道："所以我得把他打晕拖回去！"

商见曜没有表示赞同，也没有反对，他用相同的办法让白晨和龙悦红对乔初也产生了攻击欲望。

当然，他们的攻击欲望来源都不一样，一个是想强行追求，一个是因自卑心理产生了扭曲。

完成前置准备后，商见曜拍了下突击步枪的侧面，笑着说道："我们现在的组合就可以叫'失恋阵线联盟'了。"

蒋白棉白了他一眼，强调道："等会儿不能让乔初靠得太近，他也是觉醒者，肯定还有别的能力。他一出现在走廊入口，我们立刻开枪。嗯，每个人针对不同部位，形成交叉火力网。"

"好。"商见曜等人小声地回应道。

又检查了一遍，蒋白棉拿起挂在武装带上的对讲机，摁住按钮道："我们已经到走廊尽头，遇见了一个高等无心者和两个普通无心者。那个高等无心者正在生孩子，没有过多攻击我们，她直接逃离了这里。"

隔了几秒，对讲机内传出了乔初冰冷的声音："你们等着我过来。"

结束通话，蒋白棉收起对讲机，向商见曜等人点了点头。她没再言语，率先离开房间，回到了走廊上。

商见曜、白晨、龙悦红鱼贯而出，他们恢复了之前的战术队形。

不需要蒋白棉额外吩咐，他们都知道接下来该往哪个方向射击——这是训练时的重点之一。他们早已掌握。换句话就是：这样的战术队形下，怎么形成交叉火力网。这是有前例可循的，他们不需要再讨论谁射击哪里，站在不同的位置就有相应的负责范围。

在电筒偏黄的光柱照耀下，走廊入口处，穿戴着军用外骨骼装置的乔初走了进来。

龙悦红难以遏制地有点紧张，身体微微战栗了起来。

"这……"乔初借助综合预警系统，敏锐地发现了这一点。他眉头微皱，放缓了脚步。

蒋白棉见状，不再等对方进入预定的射击范围，她当机立断，抬起右手，沉声喝道："开枪！"

与此同时，她瞄准了乔初被金属头盔罩住的脑袋。如果对方往上跳跃，躲避射击，冰苔手枪的子弹将稳稳地钻入对方缺乏足够保护的脖子内。那里是军用外骨骼装置的薄弱之处、要害之地。

"砰"的一声，蒋白棉率先扣动了扳机。

她旁边的白晨、商见曜一直在等待命令。此时他们各自端起了武器，分别往乔初的左臂和胯部开枪。

他们也都想好了目标躲避时的对策。一旦乔初往旧调小组右边，也就是乔初自身左侧躲避，那白晨的步枪子弹很大概率会击中他胳膊和肩膀交界处没有覆盖装甲的地方，甚至还有可能擦到脖子；如果乔初选择团身翻滚，那商见曜的突击步枪短点射将摧毁他柔软的腹部。

龙悦红虽然紧张，但也算是经历过不少事情了，已然对组长的命令有了条件反射，竟一点也没耽误地完成了任务。

"砰砰砰砰砰！"他向着乔初右臂位置，来了个长点射。

而在蒋白棉抬起右手时，乔初就反应了过来。他一边抬起端银色步枪的右臂，让覆盖金属骨骼的那一面往外，挡住脖子前方，一边将左臂横在了下腹位置，同样把黑色的金属骨骼朝向了商见曜等人。在这个过程中，他双腿用力，带动辅助关节，跳向了右边过道。

紧接着，"当当"的声音在溅开的点点火星里响起，回荡在极端安静的楼内。蒋白棉手腕微动，像是早就预判到了乔初闪避的轨迹一般，拉出了一条火力线。

就在这个时候，军用外骨骼装置能源背包下的几个孔洞内，喷出了多股白色气体。它们推着乔初斜斜往上，然后陡然加快速度。乔初巧妙地避开了蒋白棉打来的一发发子弹。

"乒"的一声，乔初单手撑在天花板上，反弹进了右侧走廊，消失在了商见曜等人的视线中。

"乒！"他撞到的那块天花板脱落，砸在地上，碎成了数百片。

"可惜啊！"蒋白棉忍不住发出了一声叹息。要是没有军用外骨骼装置，他们刚才就可以将乔初击成重伤，想干吗就干吗。

右侧走廊内，乔初连续翻滚了两圈，背靠墙壁停了下来。

他一边利用综合预警系统监控着周围的动静，一边抬起左手抹了抹下巴。他的手背迅速被一道血痕染红。

"怎么会……"乔初借助军用外骨骼装置自带的电筒，低头看了一眼。他的语气里带着明显的不解和疑惑。

根据他的经验，因他魅惑而来的好感，至少还得一天才能衍变成扭曲的占有欲和充满攻击性的"爱慕"，谁知对面四人这么快就发生了转变。他们又不是野兽或者仅剩本能的无心者。

自语中，乔初探手拿出了天蓝色的镜盒，"啪"地打开了盖子。他随即望向镜中，只见自己弧度优美的下巴处多了一道血淋淋的伤口。

这是被跳弹擦中的痕迹。

"怎么敢……"乔初瞳孔放大，语气里充满了无法掩饰的愤怒。他吸了口气，怜惜地看了一眼镜中的自己，然后将天蓝色的盒子收了起来。

靠医用绷带封住伤口后，乔初目光冰冷地望向蒋白棉等人所在的走廊。他思考了两秒，放弃了复仇的想法。他转过身体，往走廊的尽头行去。他没有忘记此行的目的是找到地底机房。

而且，他利用商见曜等人的目的也初步达到了，试探出了这里有一个能让他魅惑能力失灵的高等无心者或者畸变生物。他一直都很清楚，这栋大楼内有很多危险的生物，之前他就是在这里遇到了那匹梦魇马的。

"军用外骨骼装置真难对付啊！"龙悦红见没能杀掉乔初，颇为失望。这是他不知第几次感慨军用外骨骼装置的强大了。

白晨也轻轻叹了口气，似乎很是遗憾。

蒋白棉点了下头，看了一眼拐角处："我们往那边走。"

这是乔初所在位置的斜对角。

"不去追他了？"龙悦红诧异地问道。

商见曜笑着看了他一眼："你是想试一试他的觉醒者能力有多么诡异吗？"

这么追赶过去，在墙壁众多的楼宇内很难保持好距离，不进入觉醒者能力的影响范围。就连蒋白棉感应电信号的能力，在这样的环境下，也是大打折扣的。

"也是。"龙悦红想到商见曜的推理小丑能力，毫不犹豫地放弃了追赶乔初的想法。

蒋白棉"嗯"了一声："我们的目标是尽快绕到楼梯间，返回一楼。"

她语速很快地解释道："乔初的目的是找到地底机房，让这栋大楼恢复供电，然后前往电网中心，给整座城市废墟通电。这也就意味着，他短时间内必然会离开地下楼层，之后还会离开这栋大楼，前往那个实验室。"

"既然明白了这一点，那就应该想到：不管是在一楼电梯厅、楼梯间，还是在能监控这片区域的高点，都能很好地狙击乔初。我们没必要在这地形复杂、障碍众多、有无数诡异的无心者的地方停留。"

白晨、商见曜和龙悦红对此都没有异议，他们立刻拿着武器，拐向了右侧过道。

"组长，你说乔初的觉醒者能力有哪些啊？"只有电筒光芒晃动的黑暗环境里，龙悦红边警戒四周，小心翼翼前行，边开口问道。

"我正想说这件事情。"蒋白棉轻轻颔首道。尽快弄清楚这方面的问题，能有效规避之后遭遇乔初时的一半危险。

"魅惑？"白晨提出了最明显的可能。

商见曜补充道："让别人疯狂地喜欢画画？"

他记得在吉普车上，正要对付乔初的他，被对方用一张纸、一支笔、一个反问就打发了。

"不。"商见曜旋即否定了自己的说法，"应该是创造喜好，或者点燃狂热……"

"这方面你有经验，你说了算。"蒋白棉没有争辩，转而说道，"之前他想杀龙悦红的时候，我们似乎都变得异常沮丧，什么都不想做。"

"让人沮丧？这是第三个觉醒者能力了……他付出的代价是什么呢？那魅惑能力简直强大得可怕。"龙悦红刚说完这句话，突然醒悟过来，"我们为什么能这么自然地讨论乔初的魅惑能力？等等，我为什么会想要杀死他，将他做成标本收藏？"

"你好变态啊。"商见曜瞥了龙悦红一眼。

"还不是你……"龙悦红猛地顿住，"你的推理小丑的能力失效了？"

蒋白棉若有所思地点了下头："看来我们已经脱离乔初魅惑能力的范围了，不会再被他影响。而之前推理成立的前提是我们喜欢乔初，一旦没有了这个前提，结论当然就失效了。"

白晨想了想道："那我们还要狙击乔初吗？"

"当然！"蒋白棉斩钉截铁地回答，"我这个人一直都很小心眼，他让我们陷入了这么危险的处境，还吃我们的能量棒，吃我们的压缩饼干，吃我们的军用罐头，肯定得弄回来！"

这话怎么这么耳熟？龙悦红下意识地回应道："可是……"

虽然他也痛恨乔初，但觉得没必要留在这里冒险，还是尽快离开比较好。

蒋白棉看了他和商见曜一眼，"嗯"了一声："主要是我们本身也得在这边停留一下，看整座城市废墟恢复供电后会有什么变化。不能贸然沿原路线返回啊。既然如此，那不如顺便守一守乔初，这样就不会浪费时间。"

说完，她突然问道："你们曾经见过蠕动的血肉、戴着线帽的老妇人、被襁褓裹住的婴儿尸骨吗？感受过让人极端恐惧的气息吗？"

"没有。"龙悦红、白晨、商见曜同时摇头。

"我也没有。"蒋白棉点了下头，"所以，之前那个高等无心者制造的幻觉究竟来源于哪里？这总得有个根源吧，以他们的低层次智慧来说。"

商见曜当即回答道："可能那个高等无心者见过蠕动的血肉，见过戴着线帽的老妇人，见过被襁褓裹住的婴儿尸骨，感应到过让人极端恐惧的气息。"

说到这里，他顿了一下，声音瞬间变得颇为阴森："她甚至还可能听过那个老妇人说'你们吵到小冲了'。"

电筒光芒的照耀中，商见曜的脸孔明暗不定。

第78章
幻觉的来源

听到商见曜的描述，龙悦红只觉寒意瘆人，恐惧上涌，忍不住开口打断了对方："停！停！别说得这么可怕好不好？"

"帮你加深记忆。"商见曜一本正经地解释道，"等你以后遇上了，就能第一时间反应过来。"

"别……别这么说，还是不要遇上比较好！"龙悦红简直怕了商见曜这张破嘴，因为他自认为是霉运之子，担心好友说什么来什么。

商见曜"嗯"了一声，转而望向前方的蒋白棉，诚恳地点头道："谢谢。"

他刚才描述的时候，蒋白棉主动将电筒往后照了照，带来了非常好的效果。

他们一行四人中，只有蒋白棉手里拿着电筒。其他人因为要端武器第一时间射击，所以只是将挂在武装带上的电筒打开，让它垂直照向地面，辐射周围不大的一片区域。

蒋白棉笑了一声，将电筒转向了前方："你刚才说的和我猜测的差不多。

"既然我们看见的幻境不源于自身，那肯定来自制造幻觉的高等无心者，而以她只比野兽略高的智慧，不可能对信息做出太复杂的加工和处理。

"因此，可以初步判断，我们看见的都是她曾经遭遇过的，只是可能存在一定的、简单的挪位和重组。

"这就有意思了。"

听完组长的话，白晨若有所思地开口道："那让人极端恐惧、连站都站不稳

的气息，看来是真的存在。不知道那个高等无心者是在哪里遇到的，那股气息的主人又是什么样子。"

说到这里，她和蒋白棉异口同声地做出了回答："那个神秘的实验室！那声巨大嘶吼的发出者！"

"乒乒乒！"商见曜单手拍起狂战士突击步枪的侧面，似乎在鼓掌。

"谢谢。"蒋白棉没好气地回应了一句，然后边感应周围的电信号，观察电筒光柱照亮的地方，边组织着语言道，"也许刚才那名高等无心者曾经靠近过实验室，甚至借助正常人发现不了的某些通道进去过，感受到了那股极端可怕的气息。"

"那摊蠕动的血肉呢？"龙悦红问了一句。

白晨思索着回答道："可能是实验室里的失败品。不过，旧世界都毁灭快七十年了，失败的产品不可能存活到现在。"

"或许是那名高等无心者看见过炸成烂泥的血肉，并且平时会抓蠕动的虫子当食物，所以在制造幻觉时，将两者组合在了一起。"蒋白棉试着去理解那种场景的来源，"满脸皱纹的老妇人和装在襁褓内的婴儿尸骨应该是真实的存在，只是不确定前者如今是否还游荡于这座城市废墟的某个地方。总之，要么老妇人有更加诡异的能力，要么老妇人的遭遇触动了那名高等无心者的某些本能，让那名高等无心者留下了极为深刻的印象，她自然而然将当时的所见所闻用到了自己制造的幻觉里。"

白晨当即猜测道："或者那名老妇人同样是高等无心者，但她生下的孩子夭折了？她一直将孩子的尸骨抱在怀里，不肯承认？这对有繁衍和母性本能的其他女高等无心者来说，肯定会有所触动。"

"可问题在于，高等无心者应该是不具备语言能力的，为什么她能说出'你们吵到小冲了'这样的话语？难道，这就是那名高等无心者的特殊之处？还有，她的年纪也不像是一个能生产的人，除非……"蒋白棉边说边思考，渐渐找到了答案。

这时，商见曜抢先笑道："谁还没有年轻的时候呢？

"也许那名老妇人在旧世界毁灭时，只有二十来岁呢？那个时候，她变成了无心者，而她的孩子当场死掉了。

　　"这对有繁衍和母性本能的无心者来说，同样是巨大的打击，导致她牢牢记住了孩子死亡时自己说的话语。

　　"之后她抱着孩子，一边狩猎，一边重复低语'你们、吵到、小冲、了'。

　　"就这样，她一直重复这句话，直到婴儿变成了白骨，直到自己脸上长满了皱纹。

　　"直到今天，她可能还在这个城市废墟的某处，抱着装婴儿骸骨的襁褓，不断低语'你们、吵到、小冲、了'。"

　　"嘶，别用讲鬼故事的口吻来谈论这么严肃的事情！"龙悦红听得遍体生寒，耳朵里都仿佛回荡起"你们、吵到、小冲、了"这句话。

　　"你不觉得这个题材很好吗？"商见曜相当惋惜。

　　"你都不害怕吗？"龙悦红表情略微扭曲地反问道。

　　蒋白棉打断了两人的争执，轻轻颔首道："这和我想得差不多。好了，不要再讨论了，初步弄清楚情况就行了。我们尽快离开地下，返回一楼，到时候，有的是时间复盘。"

　　"是，组长！"龙悦红强行压低了自己的嗓音。

　　说话间，他们走到了当前过道的尽头。

　　"往左拐。"蒋白棉毫不犹豫地说道。

　　左拐后走到尽头再左拐，就能回到楼梯入口所在的过道了。吩咐完，蒋白棉下意识地回头望了一眼右侧。那里通往本楼层的深处。

　　"唉，可惜啊，真想找到地底机房，恢复这个城市废墟的供电，打开神秘实验室的大门，看一看里面究竟藏着什么秘密，在做什么研究。"这句话的音质不是女声，而是带点磁性的男声。

　　蒋白棉飞快侧头，白了商见曜一眼："呵，还帮我配起了音？是啊，我刚才是这么想的。那你能猜到我现在在想什么吗？"

　　商见曜认真地回答道："真想打爆商见曜的狗头。"

抢在蒋白棉回应前，白晨无奈地叹了口气："组长，我们得尽快返回一楼。"

"我知道，我知道。"蒋白棉瞪了商见曜一眼，"都怪这家伙，简直是气氛破坏者。说你呢，严肃点！"

说完，她不再理睬商见曜，迈步进入了左侧过道。白晨、龙悦红和商见曜紧随其后。

这条走廊上，两侧的房门同样有的敞开，能看到对面过道；有的紧闭，不知里面有些什么。

蒋白棉只感应电信号，她没试图打开所有关上的门，搜寻可能潜藏的秘密。

就这么前行中，蒋白棉眸光一凝，厉声说道："躲！"

说话间，她已往斜前方扑去，一个翻滚躲进了旁边的房间内。

白晨、龙悦红、商见曜完全相信她，第一时间做出了躲闪的动作。前两者就近蹿入了身侧的房间，而离商见曜最近的是一扇紧闭的木门，这并没阻挡住他。"砰"的一声，他撞穿房门，冲了进去。

下一秒，一枚榴弹不知从哪里飞了过来，落到了他们刚才所在的位置。

"轰隆！"周围房门破碎，地面裂开凹陷，火焰灼烧出了焦黑的痕迹。

这枚榴弹炸开之后，再无其他袭击到来，也没有人影出现。

蒋白棉、白晨、龙悦红继续躲在刚才的位置，不敢贸然出来。

这个时候，商见曜撞入的那个房间里却有光芒在闪耀。

商见曜看见了一块亮起的液晶显示屏，上面有些奇奇怪怪的不似真人的家伙在动来动去。液晶显示屏前，有一台黑色的机器。一个黑发的男孩原本坐在机器前，因为有人闯入，吓得丢掉了手柄，蹿到了不远处的桌子后面躲了起来。

商见曜的反应和那男孩预想的完全不一样，他没做出任何攻击和躲闪的动作，而是认真地看着液晶显示屏道："这是什么？"

那男孩愣了几秒，很是害怕地回答道："是……是游戏。很古老的游戏，我没找到虚拟游戏舱，只能……只能玩这种……"

商见曜点了点头："好玩吗？"

"挺好玩的。"那男孩下意识地回答道。

"该怎么玩？"商见曜坐了下来，诚恳地请教道。

那男孩观察了十几秒，畏畏缩缩地离开躲藏处，慢慢地、弱弱地坐到了商见曜的旁边，拿起了手柄。

"对了，你叫什么？"商见曜非常有礼貌地问道。

那男孩七八岁，一拿到手柄，整张肉乎乎的脸仿佛在发光。他随口回答道："我啊？我叫小冲。"

第79章
朋友

听到男孩的回答，商见曜骤然侧头看向了他。

无声地注视了两三秒，商见曜突然笑了起来，重新将目光投向了前方的液晶显示屏。

"原来你就是小冲啊。"他兴致勃勃地问道，"那你认识一个戴深色线帽的老太太吗？满脸都是皱纹、穿着黑色呢绒长裙的老太太。"

小冲认真地操纵手柄，玩着游戏，他随口回答道："认识啊。她是个好人，还活着的时候，总是会帮我守门，不让别人打扰我。

"嘿嘿，我告诉她，我喜欢安静地玩游戏、看各种书，不希望其他人吵到我，她就真的这么做了。"

商见曜不太明白地看着游戏画面道："她能听懂你说的话？"

"你不也能听懂？"小冲觉得对方的问题好奇怪啊。

"也是。"商见曜点了点头，竟赞同了小冲的说法，"她死了之后，就没人帮你守门了？"

"有啊……"小冲刚做出回答，就闭上了嘴巴，他把注意力都放在了眼前的游戏上。

商见曜见游戏画面似乎变得激烈了一点。

等到突如其来的"战斗"结束，小冲才继续说道："还有几个叔叔阿姨哥哥姐姐会帮我守门。他们还会定期做清理、维护，会带我出去骑马，让我能呼吸点新鲜空气。啊，你看见我的猫没有？我捡到一只流浪猫，还给它养了一池子的鱼，厉害吧？"

"那是你的猫啊？"商见曜一拍大腿，"看起来没有皮毛的那只？"

"对对对，那是特殊品种，你不能歧视它。"小冲频频点头。

"可它总让我睡觉。"商见曜抱怨了一句。

"它就喜欢恶作剧。"小冲肉乎乎的脸上浮现出了明显的笑容，"等它回来，我就告诉它不要让你睡觉。"

"你还懂猫语啊？"商见曜很是好奇。

"不懂，但它很聪明，能听懂人话。"小冲回答道。

商见曜旋即调整了一下坐姿，让自己更加舒坦。

"那你平时都吃什么啊？"他转而问道。

小冲忽然沉默，侧头看向了他。那张肉乎乎的脸蛋在液晶显示屏闪动的光芒下明暗不定，隐约浮动。

商见曜毫不服输地与小冲对视着，非常坦然。

小冲很快又将注意力放回了游戏上："我吃得很少，有时候是罐头，有时候是他们抓回来的鸟、老鼠、虫子，或者找回来的肉、野菜等，有时候是我自己养的鱼。"

"你年纪这么小，生吃对肠胃不太好吧？"商见曜认真地跟对方讨论起这个学术问题。

小冲嘿嘿一笑道："我教会了他们怎么烤东西、煮东西。厉害吧？"

"厉害！"商见曜啪啪鼓掌。

他这么一鼓掌，小冲反倒不好意思了："他们其实本来就会用打火机，我只是告诉他们，可以拿火来烤东西、煮东西。你要来点吗？"

商见曜一点都不见外："都有什么啊？"

"不知道，看他们带回来什么，我不挑食，真的！"小冲强调道。

商见曜想了想，抬手抹了一下嘴角，强行岔开了话题："你在这里待多久了？"

"不知道。"小冲回想了一下，"我又没有日历，反正很久很久了，之前那个老太太都从阿姨变成了老奶奶。"

"一直待在这里是不是影响了你长身体啊？"商见曜关心地问了一句。

小冲皱了下眉头："你好讨厌啊，不要问这种问题嘛。"

不等商见曜回应，他又美滋滋地说道："其实，一直当个小孩不是挺好的吗？不需要考虑很多事情，没有什么烦恼，可以玩游戏和看书，而且，还不会被爸爸妈妈打扰，被控制玩耍的时间。"

商见曜默然了一下道："你不会想他们吗？"

小冲抿了抿嘴巴："想啊。可想有什么用？他们早就死了。"

商见曜沉默了，好一会儿没有说话。

小冲则认真地玩着游戏，没在意他的异样。

不知过了多久，商见曜望着前方的液晶显示屏道："这里怎么有电？"

"他们从地底机房专门拉了根线过来，嘿嘿，我指导的！"小冲非常得意。

商见曜思索了一下，看着花里胡哨的游戏画面，拿起了黑色机器旁边的一个手柄："这该怎么玩？"

小冲的眼睛顿时发亮："来，我教你。这个键是跳，这个键是翻滚，这个键是格挡，挡住之后就能反击……"

走廊内。

等待了许久，没发现有第二波袭击迹象的蒋白棉回到了原来的位置。她仔细感应了一下电信号，大声说道："出来吧，袭击者已经离开了。"

白晨、龙悦红相继离开原来的躲藏处，小心翼翼地走至蒋白棉身旁。

"这里很诡异，得尽快离开。"白晨没有掩饰自己的想法。

龙悦红则环顾了一圈道："商见曜呢？"

蒋白棉同样疑惑："这边明明有电信号。不对，两股近乎重叠在一起的电信号。商见曜被强制入睡了？"

这是她结合环境要素和之前的遭遇所能做出的最合理猜测。如果不是被控制住了，当前还活着的商见曜不该一点回应都没有。

龙悦红对商见曜更加了解，略显紧张地说道："也可能是他遇到了'危险'，正在和'危险'大眼瞪小眼，谁先眨眼睛谁先说话谁就算输。"

"商见曜会这么做，我信，但'危险'为什么要惯着他？"蒋白棉边说边一步步靠近了有人形破洞的木门。

接近之后，她看见里面有光芒在闪烁。

"也许是推理小丑的能力……"白晨压着嗓音，说了一句。

蒋白棉"嗯"了一声："不管是什么情况，先把人救出来。"

该摇醒的摇醒，该中断"不眨眼比赛"的中断掉。白晨、龙悦红立刻按照训练时的内容，为组长做起掩护。

蒋白棉先行抬手，透过门上的破洞，往里面的地砖射了一枪。

"砰"的回荡声中，她撞向门锁位置，咔嚓的动静里她被反弹回来。她只好背靠着侧面墙壁，躲避袭击。

龙悦红和白晨分别在斜角位置，瞄准着里面。一旦有什么动静，他们立刻就会开枪。

可是，房间内并没有枪声响起，也没有人影闪现，只隐约传出奇奇怪怪的击打声。

看着屋内流泻出来的不断闪烁的光芒，蒋白棉、龙悦红和白晨愈加担心商见曜当前的状况。

没有耽搁时间，蒋白棉在两名组员的掩护下，一个翻滚进入了房间。她随即跃到了一张桌子后，透过缝隙，打量起远离大门处的情况。

首先映入她眼帘的是表情专注的商见曜和一个七八岁的小男孩，然后是两个手柄、一台黑色的机器、一块亮起的液晶显示屏，最后是屏幕上时而变化的奇怪画面。

蒋白棉的表情瞬间有点凝固。她刚才已想象过许多离谱的画面，但眼前的场景仍然出乎她的预料。

"你们在做什么？"蒋白棉没有露面，大声问道。

"玩游戏。"商见曜头也不回地说道。

蒋白棉嘴角微动，异常戒备地站了起来，但房间内什么变化都没有。龙悦红和白晨见状，缓慢靠拢了过去，然后他们也被眼前的场景惊得说不出话来。

"好玩吗？"蒋白棉故意挑了个不那么敏感的话题。

"好玩！"商见曜毫不犹豫地回答道。

蒋白棉的表情出现了一刹那的呆滞，继而绽放了笑容："你身边这位是？"

"他啊，"商见曜目光炯炯地盯着游戏里的人物，"我新认识的朋友。"

蒋白棉、龙悦红、白晨没有因此而放松警惕，依旧保持着随时能躲避和攻击的姿态。开什么玩笑，这样的城市废墟里，这样的大楼地底，就算出现一名自称遗迹猎人的成年男子，都值得怀疑，必须防备，更何况一个只有七八岁的不明身份的小男孩？他靠什么活下来的？

这时，商见曜继续介绍道："他叫小冲。"

小冲……龙悦红先是一愣，旋即感觉有一股凉气从尾椎骨急速往上涌，直奔头顶。他浑身汗毛乍开，耳畔仿佛又回荡起了老妇人的那句低语："你们、吵到、小冲、了。"

这个瞬间，龙悦红差点直接扣动扳机。

还好，下一秒，商见曜就颇为悲愤地说道："唉，又'死'了。小冲，我要走了，有机会再见。"

小冲扭过头来，满脸失望："再留一会儿嘛，好久没人陪我玩游戏了。他们怎么都学不会。"

蒋白棉正在想这会不会是共同的梦境或者幻觉，突然她感应到有几股电信号靠近。

"小心！"她连忙提醒道，并单手端起了榴弹枪。

龙悦红、白晨各自戒备间，商见曜看着小冲，热情地邀请道："要不你跟着我们出去，到我们那里一起玩游戏？正好呼吸下新鲜空气。"

小冲想了几秒，露出了笑容："好的！"

他话音刚落，蒋白棉就发现靠近过来的那几股电信号先是停止了靠近，继而远离。

"这……"蒋白棉谨慎地闭上了嘴巴，没再说话。

而小冲不知从哪里拿出了一个红色的书包，将黑色机器、游戏手柄等物品收了进去。穿着一套黄色衣服的他迅速背上了书包，抬头望向已站起来的商见曜道："走吧。"

商见曜看了两眼，忽然笑了笑："你这样好像番茄炒蛋啊。"

蒋白棉、龙悦红、白晨全部无言以对。

他们完全没想到商见曜会在这样的场景下，对如此诡异的一个小男孩说出这么一句话。

第 80 章
阻击

小冲低头看了一眼身上的衣服，咕哝起来："我都好久没吃番茄炒蛋了。"

"我也是……"商见曜露出回忆的表情，抬起右掌，用手背抹了下嘴角。

蒋白棉听着他们的对话，表情渐渐变得有点古怪。然后，她尝试着加入："我会做这个菜。只不过，在荒野上，蛋倒是好找，只要不强求是鸡蛋，番茄就有点难找了。"

小冲思索着道："我记得天兴区那边有个冷库，里面塞了不少番茄，但不知道有没有被吃完，也不知道还能不能吃。"

"有机会可以去看看。"蒋白棉将话题导回了正题，"我们先离开这里吧。"

"好的。"小冲最先回应，背着那个红书包，蹦蹦跳跳地奔向了门口。

看着他的背影，商见曜主动说道："我走前面。"

"好。"蒋白棉没有阻止。

于是，他们改变了战术队形——主要是商见曜和蒋白棉对换了位置。

旧调小组一行人再次行走于死寂黑暗的走廊上，大部分光芒都依靠队伍最末尾的蒋白棉提供，其他人的电筒因为没法拿着，只能直直地照向下方，照射自身很小一片区域。

"你们走快点啊！"背着红书包的小冲时不时转身催促这群大人，但商见曜他们都不为所动，保持着各自的节奏。

"唉。"催到后来，小冲叹了口气，"以前学校组织亲子活动的时候，我爸我妈也是这样，非得慢悠悠跟在后面，好像一跑起来就丢了大人的脸一样。"

"什么是亲子活动？"商见曜和龙悦红同时问道。

"就是……就是……"小冲又重新组织了一下语言，"算了，给你们解释你们也不懂。"

说话间，他们一路无事、平平安安地回到了楼梯口。蒋白棉露出了轻松的表情。在返回一楼的过程中，他们同样没有遭遇袭击，顺顺利利就通过了已被撞开的安全通道的大门，电梯厅就在眼前。

蒋白棉斟酌了一下，嗓音温柔且有点响亮地对一身黄衣服的小冲道："在这里等等好不好？我们还有些事情要做。"

她没有忘记要在这里狙击乔初的计划。

抢在小冲回答前，商见曜补了一句："我们要玩真实的射击游戏，就是把刚才那个游戏搬到现实世界里。"

小冲眼睛一亮，嘟嘟囔囔道："我只是个小孩子，不应该玩这么危险的游戏。不过，我可以当观众！"

说话的时候，他一脸期待，似乎希望商见曜给他一把手枪。

商见曜无视了他的期待："记得喊加油，还有鼓掌！"

"好吧……"小冲失望地环顾了一圈，"我该待在哪里？"

蒋白棉指向通往二楼的阶梯："你坐那里，既能看到这边的情况，又比较安全。"

"嗯嗯。"小冲背着红书包，蹦蹦跳跳地跑了过去，他一点也不怕脏地坐了下来。

蒋白棉旋即对白晨道："你到小冲旁边，趴在那里，负责对着你的三部电梯。到时候，我们会按向上的按钮，让电梯在这一层停住。

"等到电梯门打开，你立刻狙击里面的乔初。嗯，必须注意一点，乔初很可能会有所防备，他可能会采用非正常的姿势躲避袭击，比如半趴在地面；比如跳起来抓住电梯顶部，挂在那里缩起身体。"

虽然白晨有丰富的城市废墟战斗经验，但那些地方哪还有电梯可以使用？所以，她花费了一点时间去想象相应的场景，末了道："我知道了。"

她似乎将类似的场景和过去的某个经历联系在了一起，表情微有变化，抬手拉扯了一下围巾。

此时，蒋白棉已是望向商见曜，指着在楼梯间看不到的那三部电梯："你到按钮位置，背靠墙壁。任务有两个：

"一是辅助白晨，免得乔初想到什么办法，让她没有第一时间找到目标，或者没能命中要害。

"二是空电梯过去后，帮我再按亮向上的按钮。"

她随即指了指自己："我到白晨负责的那三部电梯中间，同样背靠墙而立，嗯，这种时候最好选择跪姿。

"我负责狙击商见曜左右两侧的三部电梯，同时，如果有什么意外导致商见曜来不及做出动作，我也能再次按亮向上的按钮。

"还有，我会尽力感应电信号的变化，提前确定乔初在哪部电梯里。"

见组长停顿下来，龙悦红忍不住问道："我呢？"

"不错嘛，有团队意识了。"蒋白棉赞了一句，指着楼梯间道，"你监控通往地底的楼梯，随时做好射击的准备。乔初有很大的可能会放弃电梯而选择楼梯。"

"是，组长！"龙悦红虽然紧张不安，但对自己能为小组做出贡献、得到组长表扬这件事情还是挺高兴的。

地底机房旁，大楼配电间。

乔初颇有点诧异地将目光投向了那个被电筒光芒照亮的幽黑房间。他没想到自己竟然这么顺利就找到了目标。

顺利不是指"找"这件事情，毕竟他也花费了不少时间，而是指他一路上竟然没遇到狂热"爱慕者"的袭击，在整个过程中，没有任何意外发生。

这和他原本的预料完全不同——他很清楚这栋大楼内有很多危险的生物，所以在第一次闯关失败后，他改变了做法，学会利用旧调小组众人。要不然，按照他的习惯和喜好，他根本都不想搭理其他人，如果其他人非得靠近，他不介意直接射杀。

虽然不明白为什么会这样顺利，但既然成功已近在咫尺，乔初也就没去多想，他迈开覆盖金属骨架的双腿，走入了面前的房间内。

"还有一个问题。"蒋白棉安排完每个人的任务后，表情凝重地说道，"乔初魅惑能力的范围比较大，按照刚才的布置，就连距离最远的白晨也会受到影响，所以我们得提前做些准备。"

她直接看向了商见曜："有没有办法？没有的话，我们就放弃这里，到大楼顶部，等乔初离开时，远距离狙击。嗯，到时候，城市照明肯定已恢复了一部分。"

商见曜露出笑容，毫不犹豫地回答道："有！"

他接着说道："但我得对每个人单独实施，要不然互相见证的情况下，效果会大打折扣，甚至不会产生效果。"

"在地底的时候，你也没要求其他人回避啊？"龙悦红疑惑地问道。

"那时候你们处在魅惑的影响之中，会主动忽略一些事情，而且，我用的条件都是当时你们认为理所当然的，结论也是。"商见曜认真地解释道。

蒋白棉表示理解："那开始吧，尽快。"

商见曜指了指电梯厅外："组长，你跟我过去。"

"好。"蒋白棉迈开双腿，跟着商见曜拐到了龙悦红、白晨看不见也听不清声音的地方。

商见曜注视着蒋白棉的眼睛，眼神瞬间变得幽深："组长，你看——

"我们盘古生物百分之八十的夫妻都是统一婚配的，他们之中，不少家庭都过得很不错，夫妻和睦，相互依存。所以……"

蒋白棉愣了一下，脱口而出道："只有公司统一婚配的才是伴侣，才是爱情。一见钟情必然是骗局！"

商见曜点了下头，笑着说道："所以要打爆骗子的狗头。"

"哪学的'狗头'这个词？"蒋白棉瞥了商见曜一眼。

盘古生物内部，一般员工哪养得起狗？就算有，那也是作为食物供应的。

"广播节目里。"商见曜怀疑地看着蒋白棉，"你没听过那个连载故事吗？"

"没有。"蒋白棉回应了一句，叹息道，"我感觉我可能没有童年。"

商见曜没再多话，和组长一起返回了电梯厅，他对龙悦红道："该你了。"

龙悦红忐忑地跟了上去，低声问道："你打算怎么忽悠，不，影响我？"

"这很简单啊。"商见曜随口说道，"你看，你一直都想有个漂亮的女性配偶，生几个孩子，让他们每周能吃三顿肉，男人能行吗？"

龙悦红表情微变，沉声说道："不行！"

他很快与商见曜拉开了距离："你好恶心啊。和男人待在一起真恶心！"

此时，他们还没走到预定的位置。

商见曜笑着拍了一下突击步枪的侧面，转头对白晨道："该你了。"

"我……我结束了？"旁边的龙悦红一脸茫然。

商见曜很严肃地回应道："你不用了，你很好。"

"什么啊……"龙悦红带着疑惑，嘀嘀咕咕地走回了原本的位置。

迎面过来的白晨瞥了他一眼，没有说话。

商见曜领着白晨来到先前那个地方，诚恳地说道："你能说一说你重视的人或物吗？我对你越了解，推理小丑的效果越好。不用太详细，简略提一提就行。"

白晨想了想，拉了一下脖子处的围巾，嗓音略显低哑地说道："我曾经有一个机器人，它陪伴我度过了最艰难的十几年。后来，它为了救我，死了……"

商见曜的眼神不知什么时候已变得幽深："你看，那个机器人陪着你成长，始终保护着你，它还为了救你，牺牲了自己，所以……"

白晨的眼睛突然有点湿润。

她沉默了片刻，语气坚定地说道："只有机器人才是真正的伴侣，人类不值得去爱！"

"啪！"商见曜鼓了下掌："不用这么极端，好了，可以回去了。"

白晨克制住思考的冲动，进入了狙击位。

这个时候，商见曜走到灰黑色的电梯前，看着电筒光芒照耀中的镜像，表情异常认真地低语："灰土上的人类还在受饥荒、污染、疾病、畸变、战乱的影响，还活在无心病的阴影中，这是每个人都必然面对的事情，所以……"

商见曜顿了一下，沉声说道："恋爱只会影响我拯救人类！"

他随即转过身体，对蒋白棉道："好了。"

蒋白棉没有听见商见曜刚才的低语，所以没有什么反应，她直接开口道："各就各位！"

旧调小组成员们连忙调整起自身的位置和姿势，耐心地等待变化。

大概一两分钟后，电梯厅突然亮了起来。整个一楼大厅都亮了起来。明净的白光驱散了黑暗，笼罩了这片区域。

大楼的供电恢复了。

城市智网控制中心不远处的街道上，穿黄色僧袍、披红色袈裟的机械修者净法正在监控四周的动静，寻找之前爆炸声的来源。

突然，那栋自带庭院的大楼一层层亮起，散发出明净偏黄的光芒。在黑暗死寂的城市废墟中，这就如同一座照彻永恒迷梦的灯塔。

机械修者净法扭头看了一眼，大步奔了过去。

灯光亮起的刹那，龙悦红、白晨、蒋白棉本能地眨了眨眼睛，以适应突然变化的环境。只有商见曜努力睁着眼，他差点被刺激得流泪。

"很警惕嘛。"蒋白棉看到这一幕，点头赞了一句。

"因为我没有墨镜。"商见曜终于开始眨眼睛。

蒋白棉没法跟上他的脑回路，只好转而感叹道："现在有点回到公司的感觉了……"

同样是在楼宇内，同样靠类似日光灯的东西照亮一切，同样有着宽敞的电梯等候区。不同的是，这里的大厅空旷宽广，且铺着似乎很奢侈的黑色石制地砖，挂着透明梦幻的吊灯。

"是吗，是吗？"楼梯口的龙悦红防备着乔初上来，没敢转头。

"比公司亮。"商见曜回道。

听到这句话，蒋白棉先是笑了笑，旋即皱起了眉头："这么黑暗的夜晚，一个城市废墟里，这么一栋灯火通明的大楼，而且是唯一一栋，会不会太显眼？"

瞄准着对面三部电梯的白晨听懂了蒋白棉的意思，思索着道："组长，你担心机械修者净法和别的遗迹猎人因此过来？"

"一般的遗迹猎人倒不用担心，你说过，他们会主动远离有异常的地方。"蒋白棉轻轻颔首道，"但我们已经知道，这里有净法。他身体特殊，艺高人胆大，很可能被吸引过来，而他又很仇视女性。还有，鬣狗强盗团大概也进了这个废墟，他们就喜欢在异常的地方打转，等待机会。"

商见曜若有所思般道："这就看他们和乔初谁的名字更差了。"

"你想说看谁更倒霉？"蒋白棉呵呵笑道，"你对我们旧调小组可真有信心啊，万一是最坏的情况呢？他们同时出现，我们腹背受敌。"

相处这么多天后，她已经弄清楚了商见曜的名字不好和命不好之间的关系。她话音刚落，商见曜突然问道："净法是靠什么来判断这个人是不是女性的？"

"他都是永生人了，肯定不是靠鼻子、眼睛这些器官，而是对各个方面的综合判断。"蒋白棉像是意识到了什么，又回了一句，"你想假扮女的把他引开，然后再脱掉伪装？哈哈，我觉得有点难。"

商见曜认真地回答道："我在想，如果净法遇到了乔初会发生什么事情？"

蒋白棉有所明悟："净法不是仇视女性，而是因心理变态仇视一切能引发他的色欲、击中他弱点的人，他已没法再缓解心里的渴望。而乔初的魅惑看起来是无差别型的，不仅对女性管用，对男人也有很好的效果，甚至连动物都不例外。

"一旦净法遇到乔初，肯定会瞬间被魅惑，而他心理已扭曲多年，只会因此产生一种反应——凌虐那个引发他好感和欲望的目标，让目标凄惨地死去。"

蒋白棉的声音一点也不低，在场所有人都听见了。白晨微不可见地点了下头，没什么表情地说了一句："我现在有点期待净法遇上乔初了。"

"你好坏啊。"蒋白棉失笑出声。

她旋即收敛笑意，正色吩咐道："总之，在等待乔初上来的同时兼顾周围，不能放松警惕，随时做好有危险生物闯入的准备。"

说话间，蒋白棉起身打开了电梯厅深处的窗户，外面是杂草丛生的花园。

"如果净法从正门进来，我会用榴弹枪阻拦他一会儿，你们趁机从窗户这里离开。我们现在的火力不足以对付同时还是觉醒者的机械修者，这是必须承认的一点，不能拿生命来冒险。"蒋白棉回到刚才的位置，重新背靠墙壁，蹲了下来，"好了，乔初快要上来了，他从地底机房来电梯厅肯定比从楼梯间去地底机房时快。"

　　至少乔初已经熟悉道路。

　　蒋白棉话音刚落，眉头又一次皱起："能确定乔初那个让人沮丧的能力影响范围有多大吗？我记得它能影响多个目标。我们不能只考虑魅惑能力，而忽略了他别的觉醒者能力。"

　　商见曜立刻回答道："类似能力应该会受到墙壁、金属门等障碍物的影响而减弱。"

　　"可我们无法肯定减弱之后不会影响到我们。如果连白晨那个位置也被影响到，那我们还怎么狙击乔初？到时候大家都沮丧地想要放弃，只能原地等死。"蒋白棉飞快地说道。

　　话音未落，她已是站了起来："关键情报不明，这次行动中止。"

　　"去楼顶狙击。"白晨提出了建议。

　　蒋白棉语速很快地反问道："你有多大把握狙击穿戴军用外骨骼装置的目标？我们只有一杆枪。"

　　白晨没有逞强，神色微黯道："把握不大。"

　　"那立刻撤离这里，回头再找机会。"蒋白棉下达了命令。

　　"是，组长！"商见曜等人没有多说，以免浪费宝贵的时间。

　　观察环境间，蒋白棉懊恼地自语了一句："为什么摆脱了乔初，我的思维还受到一定影响，它不像以前那样逻辑严密，总是忽略一些问题？"

　　这时，背着红书包的小冲跟着回到电梯间，他一脸失望地抬头问道："不玩了吗？"

　　"下次。"蒋白棉指了指窗户，"从这里走，免得和正门进来的人撞上，商见曜，你抱着小冲走最前面，快，有人来了。"

说话间，蒋白棉单手端起榴弹枪，瞄准了正门。

商见曜抱起小冲跑了两步，他直接起跳，穿过窗户，落到了外面。

龙悦红、白晨依次翻窗而出。

这个时候，蒋白棉已看到了穿黄色僧袍、披红色袈裟的机械修者净法。

净法因为听到了女人的声音，眼内红光大亮地狂奔了过来。

蒋白棉没有犹豫，她扣动扳机，发射了一枚榴弹。

"轰隆！"正门区域，火焰腾起，碎片飞溅，净法下意识地做出了躲闪。

蒋白棉抓住机会快步跑向窗口，她用一个跨越动作直接冲了出去。

也就是一两秒后，机械修者净法撞破正门区域的玻璃墙，于哗啦声里，从侧面奔入。他正要往窗口发射榴弹，脑袋突然转了半圈，望向其中一部电梯。然后，他疯狂奔了过去，眼中红光如血。

那部电梯很快停在了一楼，缓慢打开了厢门和轿门。净法抬起双臂，把所有的攻击性武器全部对准了里面。

可是，里面只有冰冷冷的灰黑色金属墙壁，没有任何人影。

净法呆愣之中，电梯门重新合拢，继续上行。

这部电梯的顶部，幽深黑暗的空间内，主钢丝绳附近，穿戴着军用外骨骼装置的乔初静静地屹立着。他俯视着下方，嘴唇紧紧抿着。

一楼的电梯厅内，净法终于有了反应。他似乎明白了什么，疯狂按动按键，企图唤来别的电梯。

城市智网控制中心后面的庭院内，蒋白棉猫着腰，快速行于楼内光芒照耀不到的地方。很快，她根据电信号跟上了白晨等人。

商见曜半蹲着靠在角落里，沉声说道："小冲不见了。"

"去了哪里？"蒋白棉压着嗓音问道。

商见曜挑重点说道："到了这边，我把他放了下来，他说要去小便，冲到树丛后就不见了。"

蒋白棉略一思索，表情沉凝道："有点诡异，我们尽快离开这里。"

商见曜等人立刻用行动代替语言做出了回答。

在蒋白棉的带领下，他们直奔侧面，试图翻过围栏，绕路返回。他们穿行于树木花草间，距离目标越来越近。

就在这个时候，不远处又一次响起了那粗哑苍凉的嘶吼声。这嘶吼声比之前更加响亮，仿佛直接响在耳畔。

蒋白棉等人的脑海瞬间变得空白，心脏似乎被强烈、熟悉的恐惧感紧紧揪住，无法跳动。不知过了多久，他们突然听见了一道柔和的声音："不要害怕，保持平静。"

商见曜等人身体微颤，终于清醒了过来，恐惧感如潮水般退去。他们随即望向声音发出的方向，看见围栏阴影处蹲着一个人。

这人穿着黑色的宽松长袍，披着长长的头发，留着一圈很有气质的胡须，神情温和里透出点凝重。

这人商见曜他们认识，之前在荒野上有过一面之缘——自称古物学者、历史研究员的杜衡。

见蒋白棉等人望了过来，杜衡指了指面前树木的阴影，声音柔和地说道："先别动，等这波异常过去。"

此时此刻，整座城市废墟内，嘶吼声此起彼伏，不见平息迹象。

蒋白棉凝视了杜衡几秒，对龙悦红等人点了下头。没等她移动过去，商见曜已蹿到杜衡旁边，非常自然地蹲了下来。

这一幕让龙悦红莫名地觉得熟悉，仿佛回到了盘古生物内部——每当吃过晚饭，活动中心门口，经常有人这样蹲着聊天。

蒋白棉本来还有点犹豫，见状也就无所谓了。她跟着蹲到旁边，环顾了一圈，诚恳地说道："谢谢你刚才救了我们。"

"也谈不上救，只是提前让你们恢复了正常。异常平息前，只要你们没被袭击，迟早能恢复的。"杜衡笑呵呵回应道。

"这肯定算救啊。"蒋白棉感慨道，"你竟然完全没受到那种恐惧的影响。"

此时，白晨和龙悦红也跟着蹲到了旁边，各自端着武器，戒备不同方向。

听到蒋白棉那句感慨，杜衡笑了一声："我一个大部分时间都是独自行动的古物学者、历史研究员，没点依仗，怎么活得到现在？"

他话音刚落，商见曜突兀地问道："你其实是觉醒者？"

杜衡看了他一眼，不是太在意地笑道："严格来讲，确实算。"

"那进入起源之海后该做什么？"商见曜非常直接，完全没有顾虑。

杜衡笑了笑："正常的情况下，除非有相当不错的关系，否则没有哪位觉醒者会给别人讲这方面的知识，这不是给自己和朋友培养对手吗？不过嘛，呵呵，我这个人一直有个坏毛病——好为人师。

"行，那我就简单讲一讲吧。进入起源之海会遇到各种各样的岛，供你休息，而岛上会有不同的怪物、不同的恶劣处境，需要你去面对和战胜。它们往往对应着你内心潜藏的恐惧，或者过去的某种记忆。"

说到这里，杜衡从头解释了一下："根据我个人的体验和猜测，个人的猜测啊，不一定是对的。觉醒者的力量来源于心灵，来源于自身的意识，所谓群星大厅、起源之海只不过是潜意识的一种具象表现。我们一路前行，本质是在挖掘自己内心的力量，这就需要战胜内心的种种阴影。"

商见曜很有礼貌地等到杜衡说完，然后问道："为什么每个觉醒者都会看到一样的群星大厅？"

杜衡整张脸仿佛皱了一下，他苦笑着说道："这就考到我了，我真没法解释这件事情。但我听人提出过一些猜测。

"一是类似的景象就藏在我们的潜意识内，是人类的共同记忆，是在比旧世界更加古老的年代里，人类共同的先祖们有过的某些经历。

"二是觉醒者是神灵的使徒，是获得神恩的人，十三位执岁共同缔造了群星大厅等地方，帮助自己的使徒成长，直至进入新的世界。这一点，可以从觉醒者的能力大致分成十三类、对应不同执岁的领域方面去联想。

"所以，在那些信仰执岁的宗教里，觉醒者的比例是高于其他群体的，当然，也不会太高，数量依旧有限。"

蒋白棉听得很认真，轻轻颔首道："或许是很多觉醒者认为能力来自神灵，他们主动加入了不同的宗教，才导致觉醒者的比例增高。而不是执岁眷顾信仰自己这一派的人，让这些人觉醒。"

"没做调查，没有实验，我无法给你肯定的答案。"杜衡叹了口气道，"可惜，旧世界毁灭已近七十年，中间又持续了差不多二三十年的大规模战乱，导致很多事情没法追查。要不然，我们可以一步步寻找执岁信仰的起源，看他们的领域、权柄在传播过程中是否被某些觉醒者有意添加了其他内容，从而演变成现在这个样子地，或者说，这些一开始就没变过。这一点，正是我们历史研究员的责任。"

蒋白棉深有同感："对，这也是驱使我前行的原动力。"

杜衡没再多说这件事情，他继续刚才的话题："从群星大厅到起源之海，需要的是对自身能力的深入挖掘和掌握。"

他停下来看了商见曜一眼，笑着说道："这一步，你应该差不多了，要不然也不会问出刚才的问题。等到进入起源之海，打败了内心所有的阴影，你就有机会找到自己，接受它，容纳它，心灵因此而补充完整。

"这会让你的能力得到一定的质变，无论是达到的效果，还是影响的范围，都会提升。不过，在这个过程中，你付出的代价也会一步步加大，你内心原有的问题会变得更加严重。还是那句老话，没有免费的午餐。"

说到这里，杜衡和善地提醒了一句："对每个觉醒者来说，自身付出了什么代价，都是需要保密的。

"一方面，代价本身就是弱点，很容易被人利用和针对；另一方面，不同的代价会模糊地映射不同的领域，让熟悉的人对你的能力有初步的猜测。而在觉醒者之间的战斗里，如果被人知晓了你的能力的特点，是非常危险的一件事情。"

商见曜安静地听完，认真点头道："谢谢。"

蒋白棉瞥了他一眼，微微笑道："我还以为你会啪啪鼓掌。"

此时，他们的周围非常安静，似乎真如杜衡所言，只要不怎么动，不站在显眼的地方，就不会被"异常"盯上。

"谢谢比鼓掌更有内涵。"商见曜诚恳解释道。

杜衡无声地笑了一下："等找回了自己，就能渡过起源之海，到时候将进入心灵走廊。好了，我都讲了这么多了，你们是不是该回馈我一些情报了？"

商见曜没直接回答，侧头看向了蒋白棉。

"你想知道什么？"蒋白棉开口问道。

杜衡环顾了一圈，拿出一张发黄的照片："你们有没有见过这个孩子？他叫小冲。"

照片上，小男孩脸蛋肉乎乎的，穿着一套怪兽装，显得很是可爱。他正是商见曜等人刚才遇到的那个小冲！

"小冲……"听到这个名字，龙悦红就有种头皮发麻的感觉。他完全没想到杜衡进入城市废墟是为了找人，而且找的是那个异常诡异的男孩小冲！

蒋白棉忍不住抿了下嘴唇，扭头指着刚才的位置道："我们在地底机房附近遇到了他，他还跟着我们一起出来，说是找人陪他玩游戏。但我们出来之后，他借口小便就消失不见了。"

杜衡表情凝重地微微点头："这样啊……"

"你为什么要找小冲？"商见曜将目光从刚才的位置收了回来。

杜衡哑然笑道："这涉及很多重要的情报，你们现在肯定付不出对等的东西。等以后有机会再遇到，而你们又掌握了别的关键消息或线索，我们再交易。"

见杜衡明显不想说，蒋白棉对商见曜道："你还有什么想问的？"

杜衡抢在商见曜开口前说道："关于心灵走廊的事情，等你真的进入了再说吧，现在讲也讲不明白。"

商见曜想了想，转而问道："你听说过第八研究院吗？"

杜衡略有点诧异："你们遇到它的特派员了？"

见蒋白棉等人点头，他思索着说道："第八研究院是个很神秘的组织，基本不和别的势力接触，这个组织似乎能自给自足，但偶尔会通过走私商搞些特殊物品。他们的特派员时常会现身灰土，不知道在执行什么任务。"

说到这里，杜衡顿了一下："对于这个组织，大家都认为是旧世界遗留下来的。有人觉得他们在搜集各种资料，建立新世界；有人怀疑他们在销毁线索，埋葬旧世界毁灭的真正原因。我了解的就是这么多。"

商见曜听完之后，突然问道："魅惑能力属于哪名执岁的领域？"

"你这思维很有跳跃性啊。"杜衡打趣了一句，思索着回答道，"应该是执掌五月的监察者。"

不等商见曜等人开口，杜衡抢先道："轮到我问了吧？"

蒋白棉、商见曜乖巧地点头。

"你们是哪个大势力的？"杜衡居高临下地问道。

蒋白棉坦然回答："盘古生物。"

"盘古生物啊……我在冰原碰到过你们的项目小组，拉了一队志愿者在那里做什么寒冷环境对人类体格和精神的影响实验。那些人冻得哦，啧啧，有点惨。"

蒋白棉一阵汗颜："至少管饱。"

"也是。"杜衡点了点头。他正要继续发问，突然看见周围的楼宇一层层亮了起来。

整座城市废墟，至少一半以上的建筑，同时散发出不同强度的光芒。一个又一个房间被点亮了，笼罩这里的黑暗和死寂迅速消退到了废墟的边缘。

整座城市的供电恢复了。

商见曜、龙悦红等人还是第一次看见这样的画面，就仿佛见证了课本上的星河被搬到地表。于蒋白棉而言，眼前的场景给她带来的震撼，与她第一次看见真正的星空、真正的蓝天、真正的太阳时一样。

杜衡欣赏地看了这幕景色两秒，他站了起来，对商见曜等人道："异常消退了，你们可以从这边翻墙离开。"

第83章
亮起的城市

城市智网控制中心，十七楼。

穿戴着军用外骨骼装置、背负着银色步枪的乔初返回了电梯厅。他正要摁下按钮，让之前停在十六层的电梯上行，却看见旁边电梯的数字从"16"跳到了"17"。

这意味着，两三秒后那部电梯的大门即将打开，而里面极有可能是敌人。

被护目镜挡住的金色眼眸内，一圈圈似真似幻的涟漪荡了开来。几乎是同时，乔初没有犹豫，他看见了周围有多得数不清的身影。

这些身影略显虚幻，他们涌至电梯厅内的盆栽处，疯狂地啃食起枯黄的叶子、萎缩的树枝、发干的泥土。

乔初没有感觉到生理上的饥饿，但似乎被这样的场景所感染，他也难以遏制地认为自己很饿，必须吃点什么。这样的念头占据了他的脑海，让他再也无法去思考别的事情。

饿鬼道！

乔初那覆盖着黑色金属骨骼的双手随即探入衣兜，拿出一袋风干的牛肉，唰地用力撕开。紧接着，他疯狂地将那一块块黑乎乎的牛肉干塞入口中，试图一口吞下去。

可这牛肉干硬得就和石头一样，不用唾液浸软，不用牙齿撕扯和研磨，根本不可能吞得下去。

乔初毫无疑问被噎到了，他甚至觉得自己会噎死在这里，成为研究院死因最为可笑的特派员。

求生的本能和已进入口中的食物，让他在一定程度上对抗住了那种饥饿感，自我认知清醒了一点，他也能够咀嚼了。

这个时候，旁边那部电梯的灰黑色金属大门敞开了，一个穿着破烂僧袍、披着红色袈裟的深黑色机器人蹿了出来。

净法金属脸庞上的电子义眼内，红光大亮。他没有直接抬起双臂使用榴弹发射器、激光武器和火焰喷射器，而是望着穿戴军用外骨骼装置的乔初，一个大步跃了过去，他准备用真正的铁拳击晕对方。

乔初一边无法停止地撕咬牛肉、咀嚼吞咽，一边勉强缩紧身体，艰难地滚向侧面，避开了机械修者净法那一拳。

在这个过程中，他遵循着寻找食物的强烈念头，将右手探入了衣兜。这一次，他拿出的不仅有能量棒，还有一沓扑克牌。

此时，乔初已是吞牛肉干吞得眼睛翻白，流下了泪水，但这也让他缓解了一点饥饿，有力气将那沓扑克牌扔到地上。

"啪！"在扑克牌落地的声音里，乔初滚到了靠近楼梯间的位置。他眸中映照出的是再次迅捷扑来的机械修者净法，是那一双红光大作的眼睛。

"去……打……牌……"乔初边吞牛肉干和能量棒，边极为含糊地说着。

刚扑到他身旁的净法一下呆住了。

这名机械修者的脑袋直接转了半圈，望向地上那些扑克牌。他眼中红光闪烁，双脚无法自控地走了过去，弯腰拾取一张张纸牌。

这一刻，对他来说，似乎再没有什么事情比玩牌更加重要。哪怕有同伴需要救援，哪怕危险已近在咫尺，也得先玩一局牌。

净法拾取那些扑克牌时，乔初的饥饿感瞬间消失，整个人一下恢复了正常，只是他依旧有点噎得慌。

他完全可以想象金属头盔下的自己此时变成了什么样子——因为还在拼命地吞食物，所以，脸庞扭曲，眸子略微翻白，眼泪鼻涕横流，完全没有任何地方可以称之为英俊。

这让他极为愤怒。分心抬起手臂，他准备用榴弹发射器和电磁武器同时攻击净法。

就在这时，净法已转过了身体，用那独特的、冰冷的电子合成音道："一起玩牌吧。"

他付出的代价是如此大，他心理的扭曲是如此严重，竟没有默默地、专注地在那里玩牌，而是决定将两个"爱好"合二为一，拉着乔初一起！

机械修者说话的同时，乔初又一次看见了数不清的、略显模糊的身影，又一次强烈地认为自己非常饥饿，必须吃点什么。

还好，他嘴里还含着食物，还有东西尚未吃完，这让他在饿鬼道能力的最初阶段还不是那么难以抵抗，还能分心做点什么。

乔初迅速抬起左手，遮住了金属头盔的护目镜。

他整个人突然变得极为沮丧，哪怕自认为非常饥饿，他也什么都不想吃，什么都不想做。不再被噎住的他松开左手，望向拿着扑克牌过来的机械修者。

那种沮丧似乎能够传染，机械修者骤然觉得一切都变得没有意义，万事万物都不过是虚幻之梦。

难以理解的沮丧中，这深黑色的机械修者似乎领悟了什么，猛地盘腿坐下，双手合十，低声念道："南无阿耨多罗三藐三菩提，一切有为法，皆如梦幻泡影……"

乔初的沮丧随即缓解，他腰腹用力，依靠军用外骨骼装置直接跃到了半空中。一股股白色气流推着他横移进了楼梯间。

落地之后，乔初抬起手臂，将榴弹发射器对准了披着红色袈裟的机械修者。

机械修者净法依旧在低声地诵念经文，仿佛已大彻大悟。

看了一眼装填的榴弹，乔初发现这不是拥有高爆性能的那种，心中顿时有些犹豫。因为之前预设的敌人是高等无心者和畸变生物，不是机器人，所以，他行动前并没有更换榴弹。

而这种榴弹，一两发估计是没法摧毁机械修者的，有时候反而还会帮助对方摆脱沮丧状态，同样的，电磁武器也是。

现场再更换榴弹则未必来得及，乔初没法让已经沮丧的人更加沮丧，或者一直沮丧，一旦他没有把握住机械修者沮丧快要结束的刹那补上新一轮控制，情况将会变得非常糟糕。

考虑了两秒，乔初抿了下嘴唇，决定放弃这个机会。他反身奔到楼梯旁，按住扶手，纵身跃了下去，他稳稳地落到了下一层。

就这样，乔初借助军用外骨骼装置的能力，在楼梯间，一层一层地往下跃，很快他就远离了十七楼，直奔底层。

这个时候，机械修者净法结束了念诵，重新抬起了头。他的黑色金属脸庞上，电子义眼内再次发出了红光。

下一秒，净法以不符合人类身体结构的常规姿势，从盘腿而坐直接跃入了楼梯间。他模仿着乔初的方法，按住扶手，翻身跃下。

听到杜衡的话语，蒋白棉没有犹疑，侧头对商见曜等人道："我们立刻离开。"

吩咐完，她对杜衡点了下头："小心。愿能再见。"

杜衡笑了笑道："到时候，希望你们有足够重要的消息、情报或者资料可以交易。"

他又看了商见曜一眼："努力提升自己的觉醒者能力并不是一件好事，代价是永远无法弥补的，你自己衡量吧。"

没等商见曜回应，杜衡站了起来，猫着腰，于树木阴影里，蹿向了小冲消失的位置。

"走吧。"蒋白棉收回了目光。

商见曜点了下头，直起身体，端着狂战士突击步枪，按照之前的战术队形，小跑着吊在队伍最后面。

很快，他们抵达了侧面的围栏。

负责左侧的龙悦红快速扫了一眼外面，忽然，他与一双浑浊的、布满血丝的眼睛对视上了。

无心者！

龙悦红吓了一跳，本能地抬起了突击步枪，并往旁边闪了一步。

外面街道上，一根根金属长杆顶端，灯光闪耀，照亮了不同的区域。这应该是旧世界的路灯，此时，它们之中至少有一半还在正常工作。

那个无心者就站在斜前方的路灯下，裹着干瘪的蓝色袄子，戴着同色的宽檐帽，拿着一把扫帚和一个铁制的畚箕。

他脸上有些许皱纹，皮肤很是粗糙那双眼睛里没有智慧的光芒，只呆呆望着龙悦红等人没有发动攻击的迹象。

这样的场景让龙悦红有些诧异，中断了扣动扳机的尝试。

那个无心者很快低头清扫起路边堆积的落叶。

看到这一幕，白晨等人霍然有了一些莫名的猜测。

"先出去。"蒋白棉迅速回过神来，飞快翻过了金属围栏。

龙悦红、白晨、商见曜依次在同伴的掩护下，离开了城市智网控制中心，回到了外面街道上。

"他在清扫落叶。"龙悦红忍不住又看向了那毫无狩猎倾向的无心者。

蒋白棉抬头望了一眼对面："你们看那里。"

循着她下巴指的方向，商见曜等人看到了一栋高楼。高楼的底层就是街边的房屋，上面的楼层都有几扇玻璃窗透出明亮的光芒。那些光芒在周围仿佛形成了光晕，让龙悦红莫名地觉得有些温暖。

其中，较低楼层的某些窗户后，有不少人影在活动。

他们有的仿佛正抱着婴儿，于窗边来回踱步；有的拿着抹布，认真地擦拭着玻璃；有的坐在靠窗的沙发上，手里握着什么东西，呆呆望着对面墙壁上的液晶显示屏……

蒋白棉、商见曜他们勉强能看清的那些人，都穿着陈旧破烂的衣服，动作迟缓，目光呆滞，明显也是无心者。

而那个无心者看着的液晶显示屏上，画面斑斓，有风景，有人物，有文字，有方框，但整体却定格不动，没有任何变化。

可这不妨碍那个无心者看得非常专注。

蒋白棉默然了两秒，语气复杂地说道："定期维护这座城市的，是这些无心者。每当灯光亮起，他们就会变得像个正常人……"

第84章
旧世界的剪影

听到蒋白棉的话语，龙悦红既有种恍然大悟的感觉，又仿佛坠入了梦中。

他忍不住又环顾了一圈，完全没法将认真地清扫落叶、擦拭窗户的那些无心者与脑海内的固有形象联系在一起。

旧调小组来城市智网控制中心的路上，不是没碰到过这个废墟内的无心者。这些无心者和外面的同类一样凶狠，没有理智，充满攻击性，有着强烈的狩猎本能，他们仿佛已经退化到了人类刚摆脱野兽状态的那个阶段。

当时，如果有人告诉龙悦红，这里的无心者会扫地，会擦窗户，会维护线路，他肯定嗤之以鼻，把它当成笑话。

而现在，这一幕是如此真实地在他眼前上演。

一眼望去，远处路灯连绵，人影绰绰，不知有多少无心者在城市重新亮起后回到了街上，来到了窗口，做着各种各样的事情。

他们不再凶恶，不再将龙悦红等人当成猎物，而是循规蹈矩地、认认真真地做着自身的工作，整座城市显现出异于先前的繁华景象。

这一刻，龙悦红觉得这些无心者仿佛处在另外一个世界，和己方既和平相处，又无法建立联系。

思绪转动间，他听到蒋白棉感叹了一句："这就像是从旧世界投射来的剪影……"

"他们为什么会扫地、擦窗户，会维护外墙和街道？"商见曜问道。

龙悦红下意识地回答："可能是某种本能，他们在旧世界的工作就是这些，变成无心者后固化成了本能……"

说着说着，龙悦红声音渐低，直至消失。他发现自己这个解释也是没法成立的，因为旧世界已经毁灭近七十年，这里的无心者换了几代，哪还有曾经生活在旧世界的那些人。

最后，他强行补了一句："那种本能，经过父母的示范和教导，一代代延续了下来。修理工的后代依旧在修理设备，清洁工的后代依旧在打扫街道……"

蒋白棉笑了一声，抢在商见曜开口前说道："别把什么乱七八糟的事情都往基因里刻，这会导致身体崩溃的。教导确实是有可能，但这顶多在简单型、重复型工作上有用。"

白晨戒备着四周，若有所思地说道："难道经过多代的繁衍，现在的无心者已经学会较复杂的东西？不，就算他们已学会，前面几代也不会啊，相应的技术肯定已经失传。"

"可能有人在教导他们，在给他们灌输一些本能。"商见曜收回目光，说出了自己的猜测。

蒋白棉、龙悦红、白晨同时想起了之前那个诡异又神秘的男孩小冲，一时竟无法反驳商见曜的说法。

讨论间，他们都往街道对面走了好些步，想更加清楚地看见明亮窗户后的那一道道身影。

几秒后，龙悦红看着远处清扫大街、修理树枝、来回走动的无心者们，疑惑道："这就是旧世界的城市景象？那时候的人们就是这样生活和工作的？那时候的夜晚就是这样灯火通明，仿佛繁星倒映在了地面？"

因为这句话，蒋白棉又一次抬起头，望向对面大楼。

每一个楼层上，都有超过三分之一的窗户透出或偏黄或发白的光芒，里面人来人往，或擦窗户，或看电视，或哄小孩，或剁着菜板。虽然里面什么声音都没有传出，却让蒋白棉直观地感受到了热闹和蓬勃。

这个瞬间，她仿佛回到了几十年前，回到了旧世界还未毁灭时，嗅到的生活的气息。

目光不断上移间，蒋白棉的瞳孔突然放大。她看见不远处的一栋高楼顶部，有一个红点在晃动。

这似乎是狙击枪。

"往前躲！"蒋白棉高喊一声，连扑跃带翻滚地蹿到了路边，躲入了一间敞开的房屋。

"啪"的一声，她刚才站立的位置，坚硬的地面弹起一块碎石。

得益于之前的经验，商见曜、白晨和龙悦红根本没怀疑组长的命令，各自在第一时间做出了反应，他们以不同的动作、不同的姿态迅捷冲入了城市智网控制中心侧门对面的临街房屋内。

"啪啪"两声，又有两枚子弹从不同的楼宇顶端射来，钻进了地面。

蒋白棉在房间内背靠墙壁，取下对讲机，摁着按钮，语气急促地说道："周围至少三处楼顶有狙击手。这种来到异常发生的源头却不进去，只在周围埋伏的风格，让我想到了一个人——鬣狗！"

这是鬣狗强盗团一贯的风格。这倒不是说只有他们喜欢采用类似的办法，而是现在出没于周围，且至少有三把狙击步枪的团队里，他们团队是名气最大的那个，很可能也是唯一一个。

"这也太阴险了吧？"龙悦红拿着对讲机，脱口回道。

鬣狗强盗团居然不想着探索异常、寻找更有价值的东西，却打算解决撤出来的遗迹猎人们。

"他们是强盗团。"蒋白棉有些好笑地回应道，"还好刚才他们应该被城市废墟恢复供电后的变化晃花了眼，没有第一时间对付我们。"

"可我们也被废墟的变化影响了。"白晨辩解道。

"也可能是他们爬了二十几楼还没喘过气，我们就出来了，而且，还来电了，可以用电梯了。"商见曜莫名地叹了口气，"可惜啊……"

龙悦红非常纳闷："可惜什么？"

"可惜我当时被废墟的变化吸引了，要不然就能先给他们跳一段黄金海岸摇摆草裙舞。"商见曜的语气里透出了明显的惋惜。

"……期待以后有这么一天。"蒋白棉拿着对讲机，随口敷衍道，"现在最重要的问题是，怎么脱离鬣狗的埋伏？他们肯定不只是设了狙击手这一招。"

"鬣狗他们有装甲车，有重机枪，有火箭筒，用狙击手控制住我们的活动范围后，应该就会派人过来扫荡了。"白晨回忆着听过的种种消息，冷静地给出了最可能的发展方向。

"这怎么办？"龙悦红虽然不算太惊慌，但依旧觉得自己等人陷入了危险。

失去了军用外骨骼装置的情况下，他们无法在这么有限的范围内躲避重机枪的扫射，而无论是榴弹枪，还是步枪、手雷，都打不破厚厚的装甲。如果军用外骨骼装置还在，倒是可以用电磁武器试一试。

蒋白棉沉默了几秒，通过对讲机下达了命令："城市智网控制中心那栋楼上肯定没有狙击手，鬣狗他们根本不敢进那片区域。所以，我们可以到门口贴着墙壁行走，这是他们的射击死角。

"提前找好位置后，等到装甲车过来，白晨第一时间射击机枪手，短暂压制他，如果那台装甲车的火控系统完好，重机枪可以在车内操纵，那我试着给射击位来一发'雷霆长矛'，总之，目的是给商见曜创造靠近的机会。

"商见曜，到时候你钻到装甲车底部去，那里和车内的人距离不到一米，可以充分发挥你的能力，而且你不用担心狙击手的威胁。"

蒋白棉给自己的电鳗型生物义肢的攻击取名为"雷霆长矛"。

"好！"商见曜仿佛早就想这么做了。

白晨也跟着做出了回应。

龙悦红安静地听完，默然两秒道："我做什么？"

"你帮我加油。"商见曜认真地说道。

商见曜话音刚落，蒋白棉补了一句："你负责戒备周围，万一来的不只是装甲车呢？我等会儿把榴弹枪给你。"

龙悦红当即高声回答："是，组长！"

蒋白棉正要再说几句，忽然有所感应地侧过脑袋。

"来了！右边街道，只有一辆车。"她迅速将情报告诉了商见曜等人，并从房间内翻找出了一把金属剪刀。

旧调小组四位成员立刻回到门口，他们贴着墙壁移动，前往不同的位置。在这个过程中，他们有交换部分武器，为接下来的战斗做好准备。

很快，那辆装甲车在街道拐角处出现。

它每一边有三个大型轮子，表面是军绿色的涂装，旁边有门，正面有深色的防弹玻璃。它比普通的车辆大了不止一倍，顶部架着一挺铁黑色的重机枪，竖着一根类似天线的东西。

龙悦红只是看了一眼，脑海内就浮现出了"钢铁""坚硬""力量""碾压""坚不可摧"等词语。

就在这个时候，一道悦耳的乐声飞快地由远及近，拐入了当前街道。

那是一辆装着巨型金属罐的蓝色大车，它一边亮着车灯，播放着音乐，一边往街上喷射水流。

大车驾驶位上，一个穿橘白色陈旧棉袄的无心者坐在那里，动作略显呆板地操纵着方向盘。他眼神木然，脑袋上挂着一副黑色的、脱漆的耳机。

这辆照亮前方公路的洒水车开得很快，险些与那辆从侧面出来的装甲车撞上。"吱"的一声，无心者司机条件反射般踩住了刹车，车子堵在了那里。

装甲车司机从未遇到过类似情况，也让车子停了下来。

看见这一幕，蒋白棉眼睛一亮，大声喊道："机会！"

在轻快悠扬的洒水乐中，她跨前一步，后拉起左臂。她手中那把金属剪刀顿时被噼里啪啦的银白电蛇缠满。

第85章
战斗力

因为城市智网控制中心占地极广，又极为诡异，鬣狗强盗团没敢进入那里，也就无法占据那栋大楼的楼顶，他们只能让三名狙击手分散在周围楼宇上。

这就导致位于城市智网控制中心侧门对面街道的蒋白棉一旦贴着墙壁挪动，其中两名狙击手就看不到她。

而负责控制正门区域的那名狙击手则由于距离太远，角度不好，几乎没有命中蒋白棉的可能——就算是做过基因改良的天选者，也得是枪械方面极有天赋且专精狙击的那种才有一定的把握。再说，那辆洒水车还挡住了部分狙击路线。

这样一来，当蒋白棉跨前一步后拉左臂时，竟无人干扰。她手臂一甩，投出了那把金属剪刀。

无数缠绕在一起的银白电蛇拖出明亮的轨迹，准确地命中了装甲车顶部那根疑似天线的东西。

"啪"的声音里，狂暴强劲的电流沿着那根类似天线的东西瞬间灌入了装甲车内，肆虐着里面的电子系统。

车内的装置，有部分因过载保护而失效，有部分直接冒起了黑烟，还有部分"砰"地爆炸开来，里面的成员受到了不小影响。

于最近的房屋内等待的商见曜，一看到组长的攻击见效，他立刻摆动双臂，冲了出来。

这一次，他没带突击步枪，免得影响速度和敏捷性。

一步，两步，商见曜猛地前扑，以鱼跃的姿态钻入了装甲车车底。等到他稳住身形，攀在了底盘位置，刚才奔跑的路线上才有"啪啪"两声枪响。

商见曜旋即松开一只手，对着车底外面摇晃了一下手指，他笑了一声："你们不行啊，反应太慢了……"

说话间，他的眼神飞快地变得幽暗。

也就是两三秒后，装甲车顶部，有人推开挡板站了起来，他试图直接操控那挺重机枪。这冲动的行为让这个人脱离了装甲的保护。

"砰！"他还没来得及看清楚前方的景象，这个人额头位置就绽开了花，整个脑袋随之急速膨胀。

蹲在一间房屋门口的白晨始终端着步枪，瞄准那挺重机枪。

紧接着，车门打开，有个壮汉背着多枚榴弹，端着一挺榴弹枪，就要跳下装甲车，他想依靠自己的力量解决目标。

躲在厚厚的装甲后面是懦夫行为。真正的勇士必须一步一枪，大杀四方，快意恩仇！

"砰砰"两声，这名壮汉的脖子被击中了。同时，缠绕在他身上的一枚榴弹也被击中了。

"轰隆隆！"连绵不断的爆炸声响起，赤红的火焰中，那挺榴弹枪都飞了出去，碎成了多个部件。

商见曜抓住机会，双手一拉车身，他身体一翻，穿过残存的烈火，滚入了装甲车内。

里面还有一名强盗，他剃着光头，看起来很是凶恶。

此时此刻，这光头强盗想要抬起双臂用自动步枪射击敌人，却怎么都完成不了这个动作。

他的双手遗忘了相应的本能。他看着对面的商见曜，额头沁出了明显的冷汗。

"我……"他张开嘴巴，试图求饶。

商见曜抢上前去，将冰苔手枪对准了光头强盗。

"下辈子再说吧。"商见曜目光幽深地回应。话音刚落，他扣动了扳机。

"砰！"一枚子弹穿过了光头强盗的脑袋，打在装甲车内壁上，弹到了别的地方。

商见曜随即收回手枪，看着光头强盗的身体一点点软倒。

"搞定。"商见曜坐至驾驶位置，先拿起对讲机说了一句，接着他就开动了装甲车。

还好，这不是电能车，要不然经历了蒋白棉刚才的攻击，现在还能不能开都是个未知数。

"当当"的声音里，装甲车顶着狙击，转过了庞大的身躯，直接驶上路边街道，停在了敞开的房间前。

在这个角度、这种方式下，高处的狙击手对蒋白棉等人已完全无能为力。

等到龙悦红、白晨通过打开的装甲车门，快步进了里面，蒋白棉才动作轻快地跳了上来。

此时，那辆洒水车依旧停在那里，于悠扬的音乐声中不断地往旁边喷洒着水流，清洗街道。

"没法直接走，要么倒回去，要么继续往前绕一圈。"蒋白棉看了一眼旁边那辆洒水车，大声地说道。

"鬣狗强盗团剩下的人在哪里？"龙悦红脱口问道。

抢下这辆装甲车，附带一挺重机枪后，他莫名地有点膨胀，觉得己方能反击一下，剿灭掉那个屠杀了黑鼠镇的强盗团。

蒋白棉感应了一下："在装甲车过来的地方，还有些电信号往这边靠近。"

"鬣狗他们还有火箭筒，说不定还有反坦克弹。"白晨提醒道。

鬣狗强盗团连温压弹都有，装备着反坦克榴弹、枪械、子弹，也是完全有可能的。

"那……那还是算了。"龙悦红瞬间动摇。

蒋白棉笑了笑，坐到车门旁边，她对商见曜道："直行，绕一圈后回到停吉普车的地方。"

他们的补给还在那边。

商见曜没有说话，让装甲车在街边行驶起来。

沿途，装甲车不知撞飞了多少废弃的车辆和木制的桌子，硬生生清出了一条勉强空旷的道路。

在这个过程中，狙击手们似乎放弃了努力，不再射击。

很显然，他们三个没带反坦克枪械和子弹，毕竟最开始肯定不会想到要对付自己团队的装甲车。

那玩意儿又厚又硬，就连窗户都是普通子弹打不碎的。

这个时候，装甲车过来的那条街道上，两辆越野车一前一后地行驶着。

坐在后面那辆车上的正是鬣狗林立，他戴着一顶灰绿色的贝雷帽。

他拿着对讲机说道："他们正在往前方跑。小二，给他们来一发反坦克火箭弹。"

他从高处的狙击手那里知晓了装甲车的状态，转而冷静地命令起前面车上拿单兵火箭筒的手下。

"是，老大。"绰号小二的强盗已看见被甩在路边的两具尸体。

这让他既害怕又悲愤。

于是，他加快了越野车的速度，冲到那辆洒水车前，拐向了装甲车逃逸的方向。

而这个时候，装甲车已来到交叉路口，转入了左边那条街道，只留下一个背影。

"追！"小二愤声喊道。

因为越野车速度更快，且装甲车已清出一条没有阻碍的通道，他们很快就追到了路口拐了进去。

追逐了一阵，两辆越野车不知不觉就脱离了三个狙击点的控制范围。

又一次转向后，小二眼睛一亮，他看见那军绿色的装甲车正在不远处缓慢行驶。

他扛着单兵火箭筒站立起来，准备通过打开的天窗摧毁目标。

就在这个时候，他瞳孔突然放大。

那装甲车的门不知什么时候已经打开了，一个绑着马尾辫的俏丽女子露出半边身体，端着榴弹枪瞄准了这边，扣动了扳机。

榴弹发射出去后，蒋白棉抬起右手，轻轻挥了挥。

"轰隆！"

那辆越野车直接被榴弹命中，翻滚出了耀眼的火球。车内不少弹药因此爆炸，火光接二连三，产生了震天巨响。

小二和他旁边的司机尸骨无存，就连越野车都烧得只剩金属骨架。

刚拐入这条街道的鬣狗林立看到这一幕，听到爆炸声，他整个人忍不住哆嗦了一下。火光映照中，他脸庞变得煞白。

"回……回去！"他立刻吩咐道。

只要能离开这条街道，以越野车的速度，他们肯定不会被装甲车追上。

这辆越野车的司机同样被吓到了，他毫不犹豫地来了个大转弯，然后踩下油门，准备一溜烟地驶回来时的街道。

他们的车头刚转过方向，鬣狗林立的太阳穴处骤然炸出了一团血花。

"哗啦！"副驾驶位置的玻璃同时粉碎。

那名司机顾不得查看情况，他疯狂地踩油门。随后车子脱离了危险区域，消失在交叉路口。

装甲车顶端，躲在重机枪后面的白晨，眼睛离开了瞄准镜。她随即收回橘子步枪，坐了下来。

"怎么样？"龙悦红关切地问道。

"鬣狗死了。"白晨缓慢地吐了口气。

"那要追上去吗？"龙悦红的信心再次膨胀。

他要一举消灭整个鬣狗强盗团。

蒋白棉闻言，笑骂了一声："你当这里是外面荒野啊？在这么危险和诡异的废墟里，还是不要到处乱窜比较好。而且，也追不上啊。"

她看了一眼紧闭的车门，对商见曜道："直行，过两条街道，然后左拐，我们就回到来时的路上了。"

"是，组长！"商见曜高声回答道。

他透过深色的防弹玻璃，看见前面的路灯明亮闪耀，看见街边两侧一个个无心者不受影响地清扫着道路。

而周围的楼宇内，数不清的玻璃窗透着光芒，人影晃动。

第86章
提醒

鬣狗林立那辆越野车上，司机直到拐回城市智网控制中心所在街区才敢分心看一眼旁边的老大。

这一看，他一颗心顿时沉了下去，脊背隐隐发凉。

林立不知什么时候已软倒在副驾驶位置上，那顶灰绿色贝雷帽被染成了红色。

"老大……"司机下意识地放缓车速，喊了一声。

林立毫无反应。

直到此时，司机才终于确定了一件事情——之前意气风发、谈笑间就能灭掉一个次人聚居点的老大死了！

在与一个看起来没什么厉害之处的四人小队对战时，林立惨遭狙击。而且，自身团队成员起码死了六个，核心成员损失了接近一半。

这让司机变得很是惶恐，他一边控制住方向盘，一边往发干的喉咙里吞了口唾液。等到那辆播放着悠扬音乐的洒水车经过时，他才醒悟过来：反正这次收获已经足够，只要能摆脱那四人小队的追杀，明早就能离开这个城市废墟。到时候，虽然损失了老大、装甲车、重机枪和多名成员，但起码还有三辆车、六七个人、一个单兵火箭筒，而且枪支足够，火力也还算充沛。将这次收获的物品变卖出去之后，再补上五六个身手不错的荒野流浪者，又是一支精悍厉害的队伍。虽然肯定和以前的没法比，但在灰土上，欺负弱小还是足够了。

想到这里，司机的表情逐渐柔和，甚至带上了几分笑意。只要等下能把握住机会，树立好权威，他未必不能做一次老大！

林立能当，他为什么就不能？

因为老大的离去而冰冷的心飞快燃烧了起来，他打了下方向盘，往其他成员所在的方向驶去。

军绿色的装甲车沉重地行驶于街上，朝着路口的方向而去。龙悦红借助架设重机枪的射击位和门上的防弹窗，看着侧面的楼宇，无聊地数着玻璃窗映出的灯光数。

他没敢将脑袋伸出去，害怕像之前的强盗团成员一样，被突然飞来的子弹打中头部。

"那里，你们看，那里有个无心者……"龙悦红突然出声，指着半空道。

蒋白棉望了过去，只见一根电线杆上，一道身影猿猴般坐在那里，拿着工具认真地修理着设备。

这是一名男性无心者，他穿着深色的衣服，腰间别着一把不知从哪里捡来的黑色手枪。

"之前袭击我们的是不是就有他？"蒋白棉收回目光，随口说道。她说的是和乔初一起到城市智网控制中心的途中遭遇的那次袭击。

"不确定。"白晨摇了摇头，"那个时候有太多的无心者。"

"是啊，那么紧急的情况下，怎么记得住那么多无心者的相貌特征？"龙悦红附和道。

"算了，算了。"蒋白棉又抬头看了一眼半空，"还真像是熟练工。"

她话音刚落，前方路口驶来了一辆大车。这车很庞大，通体涂着显眼的红色，共有六个轮胎，看起来非常结实。它沿着被废弃的车子堵塞大半的道路，驶向了装甲车这边。

"怎么办？"龙悦红看得有点紧张，这是他从未遭遇过的场景。

"还能怎么办？你难道还想撞上去？"蒋白棉瞥了他一眼，"虽然装甲车不怕这种情况，但万一撞坏了什么零件，没法开了，我们又得步行，那多危险啊。"

不等蒋白棉吩咐，商见曜主动操作起装甲车，让它往斜前方一条巷子转去，让开了一条道路。

"哟，这么理智？"蒋白棉见状，好笑地问道，"我还以为你会主动迎上去和那辆车比一比谁更硬。"

商见曜头也不回地说道："它不配！"

蒋白棉为之语塞。正当她要另外找个话题时，那辆红色大车已驶了过来，转眼奔向了远方。

车的驾驶室内，一个套着绿色衣服、戴着黄色头盔的男性无心者坐在那里，表情呆板但专注地握着方向盘。

坦白地讲，如果不是先入为主，蒋白棉甚至不敢确定对方一定是无心者。

灯光从各处洒落，旧调小组四位成员陷入了沉默。装甲车倒回了之前那条路，周围时不时有人来往，显得很有生气。

蒋白棉目光一扫间，她突然看见了一道熟悉的人影。

那是一个穿着灰蓝色长袍的金发碧眼女子——伽罗兰！

他们在荒野上遇到过的那个伽罗兰！

"那个道士……"蒋白棉低语了一句，示意商见曜停车。

她旋即打开车门，对伽罗兰喊道："道长！"

散步般行于路旁的伽罗兰侧过头来，看见是他们，一下露出了笑容："命运让我们又相遇了。"

"你发现了些什么吗？"蒋白棉没耽搁时间，直入正题。

伽罗兰点了点头："你们尽快离开吧。"

"为什么？"蒋白棉追问道。

伽罗兰抬头看了一眼天空："这里有执岁遗留的气息。"

"执岁遗留的气息……"蒋白棉等人同时在心里默念起这句话，联想到了这处城市废墟的种种异常。

"是哪名执岁？"隔了几秒，商见曜往后一侧，将身体横到了车门口。

伽罗兰叹了口气道："庄生。"

她随即低念起来："福生无量天尊。"

"为什么这么肯定？"蒋白棉忙又问道。

金发碧眼的伽罗兰摇了摇头："你们天亮就离开吧。"

她没再多说，举步往前方行去。

蒋白棉看了这名道士的背影几秒，将商见曜推回了驾驶座。

"开车，回吉普车那里，天亮就离开这个城市废墟。"她说了一句，关上了车门。

装甲车继续在两侧路灯和楼宇玻璃营造出的光明世界里前行，他们准备往隧道方向返回。

一路上，他们看见了一名木然地修理着汽车的男性，看见了对着一口空锅不断使用锅铲的女子，看见了在路上来来回回却什么都不做的小孩，看见了干着各种各样事情的无心者。

他们人数不算太多，沐浴在或偏黄或发白的灯光下，如同旧世界的剪影。

当又一辆大车驶过，将不少废弃的车子推到路边时，蒋白棉无声地叹了口气，笑着说道："我总算明白为什么路中间还算空旷，能过车子了。"

"或许本身就不多。"白晨凝望了一阵道，"最早的那些无心者，如果也能像现在这样，肯定会把自己的车开走，停到合适的地方……"

说话间，装甲车回到了他们出发时的那条街道。

路边写着"足浴""超市""烧烤""火锅""便民"等字样的招牌，在灯光的照耀下清晰地展现了出来。

住宿区大门口的棕黄色石头牌坊，反射着金色光芒，让残存的"阳"和"苑"两个字平添了几分尊贵。里面那七八栋楼内，同样有多个窗户散发出不同的光芒，驱散了部分黑夜。

回到熟悉的地方，看见这样一幕场景，蒋白棉等人竟然有了点温馨和踏实的感觉。

"拐进去。"蒋白棉缓慢收回目光，吩咐了一句。

商见曜跟着收回目光，让装甲车通过大门，进到里面。因为不少道路狭窄，他找了个靠近吉普车的地方将装甲车停了下来。

"今晚就守在这里面？"龙悦红觉得装甲车能给自己安全感。

蒋白棉笑了笑道："如果在别的地方，这么选择肯定没错。

"但在这个城市废墟内，有不少高等无心者和强大的畸变生物，他们的能力都相当诡异，我们一不小心就会受到影响，这单纯靠值夜很难防备。

"而这么一辆装甲车，太显眼了，很容易成为狩猎者的目标。到时候，装甲车不仅没法保护我们，反而会成为限制我们的钢铁囚笼。"

龙悦红听得悚然一惊，连忙问道："那该怎么办？"

蒋白棉指了指先前爬过的那栋楼："去那里，找个没有无心者的房间躲避。值夜的时候，分出一个人监控吉普车和装甲车，一旦有什么生物靠近，立刻射击。简单来说就是把吉普车和装甲车当成诱饵。"

龙悦红张了张嘴，本想夸组长一句，可又发现那不是好话。

"组长，他想说你阴险。"商见曜主动提供"帮助"。

"我……我没有！"龙悦红矢口否认。

蒋白棉呵呵笑道："阴险总比愚蠢好。还有，要夸我聪明有智慧，懂吗？"

说话间，他们下了装甲车，将吉普车后备厢内的许多罐头、饼干、能量棒拿了出来，分别装入各自的战术背包。

这样一来，如果真遇到强大的敌人，他们也不用担心榴弹会将自己的食物摧毁了。

检查了一遍周围情况，一行四人重新进了第一栋楼的一单元。明亮的灯光下，他们一眼就看见了一名无心者。

那名无心者正值壮年，身上乱七八糟地穿着些衣服。他的头发又乱又脏，快到肩头了。

此时，那名无心者刚打开一部银黑色电梯的大门，正拿着工具，抓着安全绳。他抬起脑袋，用浑浊的眼睛看了蒋白棉等人一眼，然后，安静地收回目光，落往下方。

"他在维护、修理电梯？"龙悦红默然几秒后，脱口而出。

蒋白棉"嗯"了一声："应该是。"

这个时候，商见曜突然开口道："我见过他。之前值夜的时候，我看着他往这边过来……"

他顿了顿，补充了一句："像个野兽。"

第87章
曾经拥有

听完商见曜的描述，蒋白棉点了一下头，但没有说话。白晨和龙悦红也突然觉得心情有点沉重，不知该怎么回应。

"去几楼？那两部电梯应该能用。"过了几秒，蒋白棉看了一眼蓝底白字的液晶显示屏道。

此时，另外两部电梯的数字显示正常。

"六楼吧，之前那个房间。我们仔细搜查过，应该是最保险的地方。"白晨提出了自己的意见。

"行。"蒋白棉轻轻颔首，笑了笑道，"而且，就算乔初返回，也肯定想不到我们还敢留在那里，正好打他个措手不及。"

说话间，她前行几步，用拿冰苔手枪的手摁下了按钮。

很快，一部电梯的银黑色大门打开，散逸出略显陈腐的气息。

蒋白棉仔细检查了一下，率先走入了里面："没问题。"

等到商见曜等人进入，电梯大门缓缓合拢，平稳上行。

他们离开时，并没有关上605室的大门，只是让它虚掩着。如今，里面有偏白的光芒透出，将金属门框照得颇为闪亮。

商见曜刚拉开大门，蒋白棉突然伸出一只手挡在他前面。

"里面有人。"蒋白棉沉声说道。

"几个？"商见曜就像在问有几名客人。

龙悦红则应激性抬起枪口，做好了射击的准备。

蒋白棉缓慢吸了口气，瞥了商见曜一眼："一个。"

"乔初肯定没有我们快，实力强大的人应该都往城市智网控制中心那边赶去了，没实力的也不会单独行动。"白晨飞快地分析道，"要么是同伴全部死亡，独自寻找地方躲避的遗迹猎人，但这就太巧了。这个城市废墟那么大，房屋那么多，怎么可能恰好选中我们之前待过的这一间？要么就是这房子原本的主人是一名无心者，在灯光亮起后，循着本能回来了。"

"对，我的理智告诉我，虽然前者的概率低，但我们这一路上不也碰巧遇到了这么多事，最终来到了这里？人哪，绝对不能不防范，宁愿多提防一点。"蒋白棉本想说一句"这可能是我们最近命不太好"，可又怕刺激到龙悦红，于是她强行改变了说法。

正当蒋白棉准备下达命令，更换躲藏的房间时，商见曜忽然开口道："我想进去看一看。"

"嗯……"蒋白棉沉吟了一下道，"看看吧，我也很好奇这个房间原本的主人是什么样子。小心点。"

商见曜点了下头，端着突击步枪，他小心翼翼地进了605室。

这里和他们离开时相比，几乎没什么变化，只是白色的瓷砖和棕褐色的地板都反射出灯光，带出了一抹难以言喻的温暖。

进入一定范围后，无须蒋白棉提醒，商见曜已能感应到那个人在哪里。

那个人应该在走廊深处，靠右侧的小卧室内。

商见曜一步步靠拢过去，很快他就看见那卧室的门敞开着，有橘黄色的光芒流出。而里面那张不宽的床铺上，有许多金色星星图案的蓝色床单上面，靠躺着一个人。

她应该是名女性，身体略显佝偻，脸庞干瘪，满是皱纹，如同晒干的橘子皮，头发则又长又乱，尽是白色。

看了一眼这名女性，商见曜瞬间明白之前在这个卧室枕头上找到的白色毛发来自哪里了。

同时，他认出了对方，这是他值夜时看到过的那名无心者。

这名无心者拉起凌乱的被子，遮住了半个身体。

此时，她伸出双手，拿着本东西在那里专注地看着。她的袖子呈粉红色，有些发白，衣服似乎不太合身。

察觉到商见曜过来，这名无心者抬头望了他一眼，然后又低下脑袋，看着手中的册子。

商见曜凝视了一阵，端着突击步枪，脚步轻柔地走向了那边。他身后的蒋白棉本想提醒一句，却看见他蹲了下去，蹲在床边和那名无心者一起看着她手中的东西。

考虑了一秒，蒋白棉跟着过去，俯身于商见曜头顶，望向那本册子。以她的经验和见识，一眼就认出这应该是相册。

相册每一页都是用透明的塑料做成，里面夹着许多张彩色的照片。

蒋白棉最先看到的是个小女孩。她穿得毛茸茸的，相当可爱，正被一个端庄秀气满脸笑容的年轻女子抱着，但哭得很伤心。

这时，那名无心者翻动相册，来到了下一页。这也让蒋白棉看到了刚才那张照片的背面。

照片背面略微发黄，有人用黑笔写了一句话："囡囡一岁时。"

蒋白棉仿佛明白了点什么，随着那名无心者的翻动而望向别的照片。

那些照片上，小女孩逐渐长大，或骑在一个男子肩头；或被重复出现于照片中的男女牵着；或套着有尾巴的绿色怪兽装；或一身粉红，衬得皮肤白嫩。

这些照片的背后，都有同样的黑色笔迹。上面分别写着：

"囡囡两岁时。"

"囡囡三岁时。"

"囡囡四岁时。"

…………

等到相册翻完，字迹停留在了"囡囡七岁时"。

蒋白棉默然看完这些照片，抬起头，又一次打量起躺在床上的那名无心者：

她身体略显佝偻，脸庞干瘪，满是皱纹，如同晒干的橘子皮，头发则又长又乱，尽是白色。

蒋白棉闭了下眼睛，凑至商见曜耳畔道："我们不要打扰她。"

商见曜点了点头，缓缓站起，退回了客厅区域。

蒋白棉抹了下眼睛，指着外面道："我们还是换个地方吧。"

白晨、龙悦红对此没有任何异议。

不久，他们在八楼重新找到了临时躲藏点。这里的布局和605室完全一致。

"在餐厅的窗户那才能看到吉普车和装甲车，白晨，你到那里监控。"检查完805室，蒋白棉环顾了一圈，开始下发任务，"龙悦红，你在落地窗这里，观察外面街道的动静。我和商见曜先休息一会儿，一个小时后轮换你们。"

"是，组长！"白晨和龙悦红各自拿着武器，来到视野最佳的位置。

商见曜却没有休息，找了个有插孔的地方坐下，他从战术背包里拿出了之前捡来的巴掌大音箱和各种小型仪器、工具、元件和电线。

"不用这么急着修吧？"蒋白棉看出了他的意图。

商见曜一边就着日光灯的光芒，挨个试起那些工具，一边回答道："这很重要。"

"为什么？"蒋白棉略感愕然。

"你不觉得关键时刻有音乐伴奏，能让你发挥得更好吗？"商见曜头也不抬地说道，"这个音箱看起来有自己的存储芯片，里面肯定有旧世界的音乐。"

"不觉得。"蒋白棉放弃了劝说。

反正她也不觉得在这里能真正地休息，因为有高等无心者和畸变生物的存在，她不太放心龙悦红这个新手。说是休息，其实只是闭目养神，她还是会分心感应四周。

既然如此，商见曜想干吗那就干吗吧。以基因改良者的体魄，他一两晚不睡，精力还是充沛的。

商见曜专心修理音箱时，龙悦红边戒备外面，边眺望远方。

虽然这里只是八楼，但他依旧能看到整座城市的灯光如同繁星，一点一点地蔓延开来。

他虽然还没看过群星璀璨的夜晚，但见过照片，能做出相应的联想。

这么看了不知多久，他终于感叹出声："真美啊！"

除了美，他觉得这样的场景还蕴含着某种独特的味道，只是自己无法形容。

又隔了一阵，龙悦红由衷地说道："可惜这里太矮了，要是能到很高的地方看，肯定更美。"

听到这句话，蒋白棉站了起来，走至落地窗边。

她凝望了许久，笑了笑道："要不要去楼顶试试？趁现在还很安静，'大家'都很礼貌。"

"好啊。"龙悦红立刻回应道。

"你们要去吗？"蒋白棉回头问商见曜和白晨。

"可以。"白晨知道现在是能稍微放松的阶段。

"我差不多好了。"商见曜站了起来，将乱七八糟的东西都塞回了战术背包内，手里只拿着那个蓝底黑面的小音箱，"不知道那个长效电池还能不能用。"

"走吧，走吧，回来再试。"蒋白棉催促了一句。

他们乘坐电梯，很快来到顶层，然后攀爬楼梯，打开大门，进入了天台。还没靠近围墙的边缘，他们就看见了楼宇周围的景象。

一盏又一盏的灯密布在四面八方，散发出或偏黄或发白的光芒。

它们有的位于路边，有的来自不同的大楼内部，有的立于高处，既如同无垠海洋中各自照亮一片区域的灯塔，又仿佛夜空中闪烁的璀璨繁星。

而这些灯光附近，要么有人影闪动，要么有车辆驶过，让这一片区域愈加生动。

"真壮观啊！"龙悦红再次发出了由衷的感慨。

蒋白棉、商见曜等人没有说话，站在天台边缘，出神地看着这幅画卷。他们穷极自身所学，都找不到合适的词语来形容它。

不知过了多久，商见曜突然后退两步，蹲了下来。

"这种时候就得配首歌……"他将音箱放下，继续捣鼓、调试。

就在这个时候，城市智网控制中心那个方向，又有震彻云霄的粗哑苍凉的嘶吼声响起。

这嘶吼声还在回荡之中，蒋白棉就看见相应位置爆发出了明亮的火光。

"轰隆！"震耳欲聋的爆炸声随之响起，所有的动静全部被淹没。

灰白的烟尘飞快聚集，往上腾起，如同一朵巨型蘑菇，让蒋白棉他们所在的这栋大楼都震动了起来。

商见曜下意识地站了起来，走至同伴旁边，望向那个地方。

翻滚腾起的火光与烟尘升腾起来时，那片区域的灯光闪烁了几下后相继熄灭，包括城市智网控制中心所在的大楼。

紧接着，整座城市内，不管是街边的路灯，还是被点亮的楼宇，都一片区域接一片区域地熄灭了。

短短几秒钟的时间，这个城市变得异常黑暗。

微弱的月华和星光让鳞次栉比的楼宇若隐若现，如同藏在黑暗深处的怪物。

而那些活动于窗户后的身影，那些忙碌于室外的无心者，那些行驶于路上的车辆，同样被浓郁的夜色吞没。

整座城市废墟又一次归于死寂。

商见曜等人呆呆地看了十几秒，心情莫名地变得沉重。他们不知该怎么表达这样的情绪。

过了一阵，他们下意识地低头望向楼底。

微弱的光芒中，一面窗户处，爬出了一个无心者。

她头发全白，乱糟糟地披着。

她略显艰难地攀爬、跳跃，很快就消失在了楼宇的阴影里，如同一只老迈的猿猴。

龙悦红仿佛受到了冲击，后退了两步。

"啪！"他踢到了商见曜放在地上的音箱，那音箱顿时发出了嗞嗞的声音。

旧调小组四位成员本能地回头，几乎是同时，那音箱内传出了一道凄婉悠扬的女声：

"回忆过去，痛苦的相思忘不了……"

空旷的天台上，无边的黑暗里，死寂的城市中，这歌声如泣如诉，在静静站立的蒋白棉、商见曜、龙悦红、白晨间婉转回荡。

第88章
曲终

高高的楼顶，空旷的天台，哀怨的女声婉转而悠扬。

蒋白棉静静地听了一阵，又环顾了死寂黑暗的城市一圈，略带叹息地说道："这歌还挺不错的。"

不等商见曜他们回应，蒋白棉继续说道："下去吧。灯灭了，不知又会出什么状况，我们得始终监控着吉普车和装甲车。要是一个疏忽，把它们整没了，接下来面对危险就更麻烦了。"

她倒是不担心明早是否有交通工具赶路，因为这个城市废墟内，能开的车似乎还不少。

"是，组长！"龙悦红条件反射般回答道。

蒋白棉又看了一眼商见曜："把音箱关掉吧，要不然很容易成为靶子。"

商见曜没有反驳，蹲了下去，拿起那个蓝底黑面的小音箱，将它关掉，扔进了战术背包内。周围顿时又变得极其安静，只有高处的风在猎猎作响。

旧调小组四人往楼梯口行去时，白晨忍不住回头又看了一眼远方的城市景象。那一栋栋楼宇藏在黑暗里，没有任何声音，也没有半点光芒浮现。

"组长，你觉不觉得这很像墓碑？"白晨收回目光时，声音轻柔地问了一句。

蒋白棉回头望去，沉默片刻道："嗯，那些大楼就像是旧世界的墓碑，一块块墓碑……"

她话音未落，商见曜主动问道："什么是墓碑？"

盘古生物内部不存在墓地，每位死去的员工只有刻在相应墙上的一行文字。

"就是……"蒋白棉组织了下语言，"算了，等会儿再和你解释。"

她旋即走入楼梯间，打开了电筒。这一次，他们无法再乘坐电梯，只能一路小跑着下行。

还好他们的体能都相当不错，所以，他们回到805室时，只是略有些喘气，但不怎么累。

蒋白棉和商见曜分头又检查了一遍房间，确认这里没有闯入什么危险生物。

"白晨，你和龙悦红休息一下，我负责监控吉普车和装甲车，商见曜注意外面街道。"蒋白棉拿着电筒回到了客厅。

"嗯。"白晨一直目送组长来到餐厅窗户前架好橘子步枪，才思索着说道，"刚才发生爆炸的地方好像是乔初说的那个神秘实验室。"

蒋白棉没有回头，专注地监视着楼下："那个方向，那个位置，大概率是。不知道是因为乔初的任务就是毁灭那里，还是因为被机械修者净法纠缠上了，由于种种意外，导致了这场大爆炸……"

商见曜目视着刚才腾起火光和烟尘的地方，认真地说道："我猜是前面那种可能。"

"从杜衡描述第八研究院的情况得出的结论？"蒋白棉下意识地反问道。

商见曜摇了摇头："我刚才数了一下路边有几辆车。结果是单数。"

蒋白棉啐了一口，"我就不该和你这么严肃地讨论问题。"

龙悦红自离开天台就再没有说过话，此时，他望着外面被黑暗淹没的城市废墟，语气略显飘忽地说道："组长，我现在有点理解你为什么要调查旧世界毁灭了，为什么喜欢从城市废墟里挖掘历史……"

蒋白棉安静地听完，欣慰地一笑道："明白就好。"

龙悦红本想再说点什么，可又不知该怎么表达，他只能继续凝望隐藏着许多危险的死寂城市，转而说道："接下来会发生什么事情？"

"谁知道呢？"蒋白棉依旧注视着吉普车和装甲车，"只希望所有的变化都不要波及过来，只希望乔初被净法一路撵出了这个城市废墟，或者双方拼到了各自的极限身受重伤了……总之，让我们就这样平平安安地守到天亮，然后驾车离开。"

"组长，你这么说好像不太吉利。"商见曜随口搭了一句。

蒋白棉没好气又很无奈地说道："我们都倒霉了这么多次，物极必反，该否极泰来了。"

听到"倒霉"这两个字，龙悦红莫名地有些心虚，摸了摸自己的嘴巴。

不知道是不是蒋白棉这番话真的有效，之后几个小时内，整座城市废墟，虽然时不时还有爆炸声、枪击声、嘶吼声响起，但都没往隧道方向蔓延。

等到半夜，这里完全沉寂了下来。

时间一分一秒过去，天边逐渐亮起，一栋栋楼宇又从黑暗中挣脱，显现出了自己的身姿。但在蒋白棉、商见曜等人的眼里，它们愈加像是墓碑，或深黑或灰白或土黄的墓碑。

"走吧。"飞快用过早餐，蒋白棉下达了命令。这一次，她让白晨和龙悦红坐在装甲车内轮流驾驶，自己则和商见曜负责驾驶吉普车。

晨光照耀中，他们没有沿隧道原路返回，因为那条路太曲折、太危险了，没有熟悉情况的乔初指路，车子很容易就会陷进沼泽里。而且，蒋白棉怀疑，那边有些路段根本无法承受装甲车的重量。

他们根据安如香的说法和遗迹猎人们留下的痕迹，往北绕了小半圈，从相对好一点的道路离开了这个城市废墟。途中，他们没忘记搜罗一些手表、液晶显示屏、太阳镜和各种有用的金属，甚至还给装甲车找到了两桶合适的油。

开着开着，蒋白棉眯了下眼睛，对副驾驶位置的商见曜道："前面有一个车队过来，几十上百号人。"

她话音刚落，已是醒悟过来："一百个人左右，这是王北诚那个行动大队啊！"

那是盘古生物公司派来调查这边异常的队伍。

果然，他们很快就看见了装甲车等东西，看见了23大队的队长王北诚。

王北诚对又一次遇上蒋白棉等人同样感到诧异，他正了正头顶的灰黑色贝雷帽，看了一眼吉普车后面那辆不属于公司的装甲车，对蒋白棉道："你们不是去祈丰镇了吗？怎么又到这边来了，还弄了辆装甲车？"

更为重要的是，蒋白棉等人似乎比他们更早进入了新发现的城市废墟。

"哈哈，意外，意外。"蒋白棉干笑了两声。

她旋即严肃起来，将自己等人受到乔初魅惑，从小道进入城市废墟的事情大致说了一遍。包括城市智网控制中心、神秘实验室、高等无心者、梦魇马、小冲、杜衡、伽罗兰、最后的大爆炸等相关情报。

这里面，蒋白棉隐瞒了杜衡和商见曜的觉醒者能力发挥了作用等信息，巧妙地将他们摆脱乔初魅惑的原因与高等无心者、男孩小冲联系起来。这从某个角度来说，其实是实话。

王北诚听着听着，表情凝重，诚恳地说道："真是太感谢了，要不是有这些情报，我们贸然进去，不知道要死多少人！那里的高等无心者和畸变生物肯定不止你们遇到的那些，光靠我们行动大队，即使提前有一定了解，也还是很危险。我会立刻把情报发回去，请求增援。接下来，我们暂时应该只会在城市边缘建立一个据点……"

蒋白棉摆了摆手："你要怎么做和我们没有关系。"

王北诚又看了一眼那辆装甲车，搓了搓手，犹豫着笑道："能不能支援一下兄弟大队？"

对他们来说，多一辆装甲车和一挺重机枪就多一份强大的战斗力。

蒋白棉笑了笑："没问题。但我们有很多东西在装甲车内，仅靠吉普车肯定是带不走的，你们得负责帮我们运回公司，我都列了清单的。还有，那辆装甲车和那挺重机枪也是我们的战利品，要算贡献的。"

对他们来说，在灰土上赶路还是吉普车方便。

王北诚牙疼般吸了口气："好！"

告别了王北诚大队，龙悦红和白晨又回到了吉普车内。

蒋白棉边开车边若有所思地说道："既然遇上了王北诚他们，那就说明这条路上应该没什么危险，不会再碰到乔初了。商见曜，可以把你的推理小丑效果解除了。"

商见曜正在把玩一副黑色墨镜，他时而将它戴上，时而又取下来。听到组长的吩咐，他笑着说了一句："公司内部有很多自由恋爱而成的夫妻。"

蒋白棉愣了一下，拍了拍吉普车的喇叭："对啊，我怎么会认为分配的才是真爱？"

商见曜旋即转过头，对白晨道："人类也是可以信任和依赖的。经过这几天，是不是觉得我们也可以保护好你的后背？"

白晨怔了怔，目光难以遏制地出现了些许闪烁。

这时，蒋白棉打岔道："这话怎么这么耳熟？你剽窃我说过的话！"

"这叫引用。"商见曜一本正经地回应道。

白晨听着他们争吵，嘴角不自觉翘了起来。

商见曜又望向有点蒙的龙悦红，笑了笑道："生物器官移植，神经重建术，人造子宫。"

龙悦红脸部肌肉抽动了几下，忍住了暴打商见曜的冲动。

毕竟打不过。

回忆之前，他发现自己竟不知不觉就受到了推理小丑的影响，顿时有点畏惧地脱口问道："你平时有没有用推理小丑误导我？"

商见曜头也没回，直接说道："你不配。"

龙悦红不知该庆幸，还是该悲哀。

蒋白棉终于看不下去了，对商见曜道："你先睡一会儿，等下就轮到你开车了。呼，总算摆脱这边的破事。接下来，不能再耽搁了，目标——祈丰镇！"

商见曜闻言，捏了捏太阳穴，戴好墨镜，靠着椅背，闭上了眼睛。

群星大厅深处，银色阶梯顶端，灰白色石门前方，商见曜看了一眼上方那三个凹槽，一手插口袋，一手按到了门上。

凹槽内，白光随之腾起，聚合成了三团虚幻的星星。其中，代表推理小丑的白光要比另外两团明亮不少。

下一秒，显示出矫情之人文字的白光急速变亮，很快就与推理小丑所散发的光一样。

短暂的停顿后，那沉重的石门轻轻颤动，缓慢往后退开。随着门缝的增大，商见曜看清楚了里面的场景。

那是一片望不到边际的虚幻大海，微光于水面轻轻晃动着。

起源之海！

蒋白棉将吉普车开出沼泽深处后，喊醒了商见曜："该你了。接下来，就祝愿我们一路顺风吧！"

商见曜睁开眼睛，取下墨镜，干脆利落地绕到驾驶座旁，与组长互换了位置。等到坐好，他才看见前方是一望无际的灰黑荒野，高空云朵稀少，湛蓝明媚。

"天气真好。"商见曜点了点头，先是戴上墨镜，然后从战术背包内拿出了那个小音箱。

见蒋白棉看了过来，他活动身体，笑着说道："开车怎么能没有音乐？"

白晨、龙悦红相继望过来时，商见曜打开了那个音箱。

一阵声嘶力竭的呐喊随之传出："起来，饥寒交迫的奴隶；起来，全世界受苦的人……"

激昂慷慨的歌声里，商见曜挥了下手："出发！"

话音未落，他一脚踩上油门，吉普车在荒野上奔驰，驶向远方。

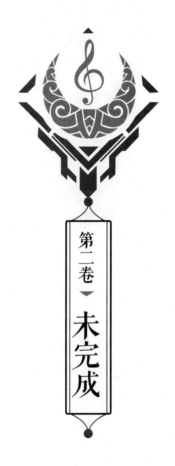

第二卷 ▶ 未完成

不是所有的故事都有结局

第 1 章
回家

"从来就没有什么救世主，也不靠神仙皇帝。

"要创造人类的幸福，全靠我们自己……"

声嘶力竭的歌声里，吉普车穿行在山林间，开得相当狂野。

"总算要回公司了！"龙悦红望着看不见尽头的道路，难以遏制地感慨了一句。虽然灰土上有蓝天、白云、太阳、树木，有各种各样的景色和异常开阔的环境，但出门久了，他还是有点想念公司内部稳定安静的生活。

对灰土上有见识的人来说，盘古生物这个名称并不陌生，但几乎没有谁知道这家公司的总部究竟位于哪里，这就给盘古生物抹上了一层神秘的色彩。许多遗迹猎人知道旧调小组当前所在的这片区域有好几个厉害的强盗团盘踞，根本不敢靠近。

坐在副驾驶位置的蒋白棉听到了龙悦红的感慨，摸了摸耳蜗，微侧脑袋笑道："我还以为你根本就不想回公司了。祈丰镇那些姑娘可真热情啊。"

听到这句话，龙悦红顿时臊得涨红了脸："没有的事，组长你可别瞎说啊！"

祈丰镇位于黑沼荒野的山林地带，位置偏僻，难以寻找，旧调小组甚至没办法将吉普车开进去。他们当时跟着山下的守卫，走了差不多一刻钟的小路，眼前才豁然开朗，看见了一大片农田。

地理上的优势让祈丰镇获得了安全上的保障，但同时也带来了水资源不足的问题。这倒不是说山上没有水，而是那些水看起来很脏，仿佛融了许多泥土进去，就算用来浇灌稻田，也让祈丰镇的镇民不太放心，害怕有污染。

依附盘古生物前，他们要么收集雨水，要么绕到山的另外一边背水挑水，非常艰苦。

遇到季节不好时，山路难行，他们只能硬着头皮喝脏水，人均寿命远不如水围镇。所以，看到旧调小组送来新的净水芯片，修好了简陋的自来水厂，祈丰镇的镇民们都发自内心感到高兴。为了感激旧调小组，他们拿出了珍藏的食物款待贵客。

当时，祈丰镇许多女性都围到了商见曜和龙悦红身边，极为热情，就如同绕着蒋白棉、白晨转圈的那些男子一样。

蒋白棉闻言笑了笑道："曜，我只是听力不行，但不代表我眼睛不好啊。那几天，你走到哪都受姑娘欢迎，我看你为此挺高兴的嘛。"

"喀！"龙悦红干咳了一声，不知该怎么回应。当时他确实挺高兴的，毕竟从小到大，这还是他第一次这么受异性欢迎。

蒋白棉一点也没领悟龙悦红咳嗽的真实用意，促狭地问道："怎么？没和谁发生一段友好的关系？不该啊……"

伴随着音乐开车的商见曜插嘴道："他被吓坏了。"

龙悦红本想反驳，可又悲哀地发现这是事实。那些姑娘太过热情，反而吓到了他，让他有点害怕。

当然，这也是因为他听组长说过，那些姑娘对他如此热情的真实目的——嫁入世外桃源般的盘古生物。如果不行，那也争取为小镇增添优秀的后代。

另外，龙悦红也得承认，他被吓到的一小部分原因是那些姑娘看起来都脏兮兮的，毕竟在净水芯片送来前，祈丰镇非常缺乏干净的水。

"吓坏了还行。"蒋白棉"啧"了一声，转而问起商见曜，"那你呢？为什么那些姑娘后来都不待见你了？你对她们用了能力？"

商见曜的身体伴随着音乐的节奏微微晃动："没有。我只是认真地和她们讨论了当前人类的处境，讨论了污染、疾病、饥荒、畸变和无心者，讨论了我们每个人都应该肩负的责任。

"她们很感动，很受启发，纷纷表示要回去好好想一想。嗯，这需要一定的时间消化，希望她们能尽快想明白。"

蒋白棉听得紧抿住了嘴巴，害怕自己笑出声音。

"我还是小看你了。"她最终一脸严肃地赞道。

白晨坐在后排，听着他们三个闲聊。她并没有加入，但表情显得柔和，听得也很专注，偶尔会露出微笑。

吉普车又开了几分钟，蒋白棉拍了拍扶手箱道："停，接下来换我开，要不然到了门口，安检时还是得换。"

商见曜恋恋不舍地停好了车，坐到了副驾驶位置。

蒋白棉随即关好音箱，笑了一声："回家！"

然后，她一踩油门，直奔盘古生物地下大楼的入口而去。

在这个过程中，龙悦红脑海内不可遏制地闪过了之前经历的一幕幕画面：大战黑沼铁蛇和军用外骨骼装置，水围镇的孩子们的朗读，钢铁厂废墟遭遇净法，黑鼠镇被屠杀一空，乔初强大的魅惑能力，高等无心者和畸变生物的出现，灯亮之后像是正常人的无心者们，回荡于死寂城市中的凄婉歌声，祈丰镇热情的人们，荒野求生训练……

短短的一个月时间，他有种活了十几年的感觉。

很快，旧调小组四人看见了盘古生物地下大楼的入口。

这个时候，龙悦红的一颗心终于落回了原位，只觉无比踏实，无比安定。这就像一片落叶终于飘到了树根处。

"出去久了就想回来，回来待久了又想出去，人哪，真是矛盾的生物。"蒋白棉边开车，边感叹了一句。

车子继续前行，靠近了大门。

通过一系列检查后，旧调小组四位成员回到了647楼14号房间。

"把从外面带回来的东西都交给我。"蒋白棉环顾了一圈道，"这些都必须通过公司的审查才能决定归属。"

她笑了笑，补充了两句："放心，最终要上交给公司的，肯定都有贡献点和补偿，不会亏待了你们。而很多小东西嘛，公司多半看不上，会发还给你们的。哈哈，王北诚他们行动大队不知道回来没有，我们可是有一装甲车的东西在他们那里。"

听到"王北诚"三个字，白晨若有所思地开口："也不知道他们有没有找到那个城市废墟中各种异常的有用的线索。"

蒋白棉"嗯"了一声："回头遇上，我会问一问，希望保密等级不是很高。唉，我觉得他们找到线索的可能性也不大，那间实验室都被炸毁了，里面那个发出嘶吼的生物也许连残骸都没剩下……"

她说话间，商见曜已将外出收获的随身携带的东西一一拿出来放在了桌上。

它们是：一副黑色的墨镜，一块表盘呈黑色的机械手表，水围镇换来的镶嵌黄色花瓣的透明玻璃球，来自钢铁厂医院废墟的纸张，黑鼠镇小女孩的录音笔，吴守石的乌北7手枪和十二枚硬币，携带军用外骨骼装置的强盗的猎人徽章……

其他收获在吉普车上。

蒋白棉扫了一眼，指着那张纸道："这是什么？"

"从钢铁厂废墟医院门诊处捡来的纸。"商见曜回答道。

"之前怎么没说？"蒋白棉问了一句。

商见曜理直气壮："忘了。"

"也是，当时遇到了净法。"蒋白棉收回了目光，"正好，交给上面，让他们研究一下存不存在有用的信息。"

弄好这件事情，蒋白棉招呼大家坐下，微笑着说道："我知道你们都很累了，但还是得对整个野外拉练再做一次复盘。"

说着，她看了白晨一眼："你有什么要说的？"

白晨想了想道："该说的，之前几次复盘都说完了。"

"这次主要从整体上来讲。"蒋白棉提出了讨论的方向。

白晨沉默了几秒道："意外太多了。一次野外拉练和我前面三年遭遇的危险一样多。"

她话音刚落，商见曜一本正经地点头道："主要是命不好……"

听到这里，龙悦红的脸顿时垮了下来。

"别说了。"蒋白棉打断了商见曜，笑着对龙悦红道，"我才不信命啊运气啊这些东西的，一点都不科学！"

龙悦红无声地吐了口气，正要随便说点什么，却看见组长笑眯眯地望向自己。她说："不过嘛，你的名字确实不太好，要不回去改一个？龙爱红怎么样？你爸你妈肯定很满意。"

龙悦红表情呆滞地回应道："组长，你不是不信这些吗？"

"在灰土上，有的时候，宁可信其有不可信其无。"蒋白棉说着说着，笑了起来，"哈哈，开玩笑的。嗯……我会在这次任务报告里给你标注合格，同时写上不适应旧调小组的生活，建议做出更换。这样一来，你就算调动到别的岗位，也不会有污点存在。"

龙悦红听得一阵感动："谢谢！谢谢！"

蒋白棉微笑着摇头，道："不用这么早说谢谢，我只有建议权，最终能不能把你调走，得看上面的想法。除非写上我和你水火不容，写你完全不合格，思想有问题，那才能保证把你调走，但那样一来，你的档案就有污点了。"

"我明白，谢谢你，组长。"龙悦红诚恳地回应。

蒋白棉转而笑道："其实吧，我还有点舍不得你。坏运气有的时候并不是坏事。你想想，如果不是遭遇了这么多意外，我们怎么会进入那个城市废墟，发现旧世界的人类在做一些很危险的实验？这可是很有价值的收获！"

龙悦红努力地反驳道："组长，我真的没那么倒霉……"

第 2 章
小测试

面对龙悦红的反驳，蒋白棉笑了一声："知道，知道，不是想给你树立点信心吗？这说明你在这次野外拉练中发挥了重要作用。"

见组长越描越黑，龙悦红懒得再解释，只嘟囔了一句："这样的作用还不如不要。"

"你说什么？"蒋白棉侧了下脑袋，仿佛在专心倾听，"算了，我们话归正题，继续复盘。"

她随即环顾了一圈："这次野外拉练遭遇的每一次事件，我们都做了详细的讨论和总结，今天就不再重复了。我希望的是，你们站在整体的高度，评价事件前后的每一次选择，看是否有需要检讨的地方。"

白晨安静地听完，回忆着说道："我觉得没有什么问题，你的每一个决定都是当时情况下的最好选择，只是遇到太多的意外，才会显得危险重重。"

"是啊，是啊，不管是遇到那伙携带军用外骨骼装置的强盗，还是碰上机械修者净法、黑鼠镇被屠戮事件，你都尽力地让大家生存下来，把我们带离危险的旋涡。"龙悦红附和道。

商见曜点了点头："主要还是命不好。"

要不是知道商见曜这人就这样，龙悦红肯定以为他在针对自己。

蒋白棉则看了龙悦红一眼，认真地说道："如果你不喜欢这样的玩笑，就直接告诉他，说他这样是不会有朋友的。"

"其实……其实都习惯了。"龙悦红下意识地回应道。

蒋白棉摊了下手，揶揄道："这让我还能说什么呢？"

她理了下鬓角的发丝，表情逐渐严肃："虽然你们都在夸我，让我心花怒放，但我还是得说，如果一开始就做好，很多事情是可以避免的。你们想一想，净法能在钢铁厂废墟待多久？乔初又能在断桥那里等多长时间？只要错开那么几个小时，我们极大概率是不会碰到他们的。

"如果我们在遇上那伙强盗时直接开枪，将他们歼灭，让他们根本没有穿戴军用外骨骼装置的机会，那我们的吉普车就不会受损；而吉普车不受损，我们就不会绕路去水围镇，很可能在当天傍晚就能抵达钢铁厂废墟，并于第二天上午离开。那个时候，机械修者净法应该还没有过来寻找有缘人。

"同样的，我们之后肯定也不会遇到吴守石他们，等掌握了新发现的城市废墟的情报，说不定都过了河，可以选择别的荒野流浪者聚居点拍发情报，也就不会被乔初'堵住'了。"

见白晨、龙悦红他们都露出若有所思的表情，蒋白棉沉声问道："如果换你们来做决策，在遇到类似团队的时候，你们是选择不发生冲突地接触，还是直接攻击，消除隐患？"

商见曤当即回答道："组长，我觉得你对我崇高的理想有一些误解。我像是会主动攻击无辜者的人吗？短暂的接触是难以判断一伙人有没有罪的。"

蒋白棉被说得愣了愣，然后失笑道："你像啊！当时是谁以对方吵到了自己的耳朵为由开枪的？"

"我是察觉到了他们的敌意。"商见曤正经回答道，"而且，我也知道你不会同意的。"

"好吧。"蒋白棉侧头看向龙悦红和白晨，"你们呢？会做什么样的决定？"

龙悦红"啦"了一声："我也不会直接下令攻击。那样和那些强盗有什么区别？"

白晨思索着道："人和野兽是有区别的。除非我当时没有食物，快要死去，必须抢一把。"

蒋白棉表情严肃地又环顾了一圈，嘴角逐渐翘起："恭喜你们，通过了第一次心理测试。"

见龙悦红有点呆住，蒋白棉笑着解释道："我还是希望我的团队成员有基本的道德和做人的准则。虽然不能以此来衡量绝境下的行为，但至少在大部分时候，我可以放心地将后背交给这样的同伴。"

商见曜"嗯"了一声："真正的同伴是可以一起跳黄金海岸摇摆草裙舞的。"

蒋白棉懒得回应这家伙，继续复盘。

临近尾声，她想了想道："之前一直没去分析那个城市废墟的问题，今天正好有空，可以专门讨论一下。你们觉得，道士伽罗兰那句'有执岁遗留的气息'和那个城市废墟的种种异常之间存在什么关系？"

这段时间，白晨偶尔也会思考这个问题，她第一个说出了自己的猜测："会不会是那个城市的实验室里在进行什么禁忌的、涉及神灵领域的研究，触怒了代表全年的执岁庄生，于是他降下了神罚？说不定这也掀开了旧世界毁灭的序幕。而正因为这个城市是毁灭的源头，连带周围的村庄小镇都无人幸存，所以废墟才被彻底遗忘，直到最近被发现。"

她将灰土上流传甚广的"执岁毁灭旧世界"之说与这次的发现联系在了一起。

"有可能，只能说有可能。"蒋白棉没有直接否定。

商见曜随之反问道："那执岁庄生为什么没将实验室里发出嘶吼声的生物抹去？为什么还让城市废墟内有那么多高等无心者和畸变生物？这神罚也太不彻底了吧？"

他顿了一下又道："如果真是这样，我都为执岁庄生感到丢脸。"

白晨哑口无言，难以回答。她要是能解答这些疑点，就不会说只是猜测了。

"如果执岁庄生知道有你这么一个人如此替他的脸面着想，他肯定也会觉得丢脸。"蒋白棉则开了句玩笑，"就我个人来说，喜欢更大胆一点的猜测。"

她旋即环顾了一圈，略微埋低身体，压着嗓音道："会不会是那个实验室的禁忌研究催生了执岁们？旧世界的人类企图造神，结果被自己造出来的神灵毁灭了？"

这样的猜测，这样低低回荡的声音，听得龙悦红额角微跳，莫名地觉得恐惧，不禁生出心慌之感。

人类的实验室造就了执岁，而执岁们又反过来摧毁了人类？

"那为什么执岁们要留下实验室内那个发出嘶吼声的生物？因为那是他们的弟弟？"商见曜再次提出了疑问，"还有，他们为什么不毁掉那个实验室，隐藏自己诞生的秘密？乔初背后的第八研究院又是出于什么想法，派人找到这个城市废墟，炸掉了实验室？"

"我说了只是猜测！"蒋白棉瞪了商见曜一眼，"而且，我们现在没法确定乔初的任务就是炸掉那个实验室。万一他只是寻找资料呢？要知道，发生爆炸的原因有很多，比如自毁装置。"

说到这里，蒋白棉缓和了表情："目前能初步肯定的一点是，如果没有乔初，很长一段时间内，那个城市废墟还是难以被发现。啊，什么时候能找到第八研究院就好了，他们肯定掌握了不少旧世界的秘密！"

四人又讨论了一阵。蒋白棉看了一眼腕上的手表："差不多了，我说一下之后的安排。你们有两天的假期，然后就一切恢复正常。不过嘛，每天的各种训练会减半。上午得研读资料，整理线索，为正式开始调查做准备。等到明年开春，我们就得出发，前往预定的第一个调查点，或者说调查对象所在区域。在此之前，我还会组织一次冬季的野外求生训练，但就在公司附近，不走远了，免得麻烦。"

说到"麻烦"两个字，蒋白棉竟有点心有余悸。

"其实，那个城市废墟就是很合适的调查点。"白晨边颔首边说了一句。

蒋白棉"嗯"了一声："这得看最近几个月公司有没有从那里找到什么有价值的线索。我持悲观的态度。"

因为最重要的实验室被完全炸毁了。

提到这件事情，龙悦红不知是好奇还是担心地问道："组长，公司介入之后，那个城市废墟内的高等无心者会怎么样？"

"还能怎么样？要么迁徙，要么被击杀，要么成为实验对象。"蒋白棉严肃地说道，"在灰土上，不必要的怜悯没有任何价值。"

龙悦红默然几秒，突然又说道："可他们肯定也会给公司带来不小的伤亡，那些都是我们的同事，说不定还认识……"

蒋白棉沉默一阵，不是太有笑意地说道："这就是灰土。"

说话间她站了起来，拍了拍商见曜的肩膀："所以我们才要追寻新世界。"

"所以需要我们去拯救全人类。"商见曜非常配合地说道。

蒋白棉趁机收尾，指着外面道："快吃晚饭了，今天我请客，庆祝我们第一次的任务圆满完成。"

龙悦红、商见曜、白晨同时站了起来。

"说句实话啊，我想念公司的食堂很久了。"龙悦红由衷地喟叹道。

虽然他这次尝到了不少野生动物的肉，但那些肉要么很柴，要么味道不是太好，在缺乏足够的调料和烹饪条件的情况下，只能说勉强可以用来填肚子，体验谈不上多好。

"我也是。"蒋白棉坦然回应。

商见曜则抬手抹了抹嘴角。

第3章
图画

盘古生物公司小食堂内。

蒋白棉端着餐盘回来，将肉食一份份放下。这里有软糯的土豆和大块牛肉炖煮的浓郁汤汁，有奇香扑鼻、表皮偏黄的整只烤鸡，有看起来很是清淡的冬瓜排骨汤，有散落在葱花间的片片羊肉。

"太……太丰盛了！"龙悦红吸了吸弥漫在空气中的香味，由衷地赞叹道。

对他来说，过年也就这样了。

蒋白棉瞥了他一眼："你在祈丰镇不也吃得挺开心的吗？我还以为这样的肉菜已经没法再像以前那样打动你了。"

"怎么会？"龙悦红本能地反驳道。

他顿了一下，露出怀念的表情，说道："不过，祈丰镇的火腿、咸肉真的都不错……"

因为成了盘古生物的附庸，祈丰镇可以以非常划算的价格换到足够数量的食盐，而这就能让他们在狩猎季、收获季将多余的肉类保存下来，留到野兽踪迹难以寻找的冬天对抗饥饿。

"你不是说你吃腻了吗？"龙悦红身旁的商见曜揭了他的底。

龙悦红表情一滞："当时，只是当时！"

他们说话间，白晨端着餐盘，托着四大份米饭回来了。她看了一眼那一份份肉菜和数量同样多的素菜，脱口而出："组长，这会不会让你花费太多了？"

"这份是特供肉菜，只用了1个贡献点。"蒋白棉指着那只烤鸡道，"其他加起来也就150个贡献点。"

"什么叫也就？"龙悦红闻言出声，"我要是每顿都这么吃，每个月的工资只够六天，不，还不到六天，刚才没算早饭。"

"你要是每顿都能吃这么多，我可以一直请你。"商见曤非常正经地说。

"那我一天就撑死了。"龙悦红想了想，觉得这便宜不能占。

蒋白棉随即笑道："我又不可能每顿都这么请客，偶尔一次没什么。我都D6级了，基本工资你们都知道有多少。"

"每一级涨500个贡献点，D1是1800个贡献点，D2是2300个……D6就是4300个贡献点，算上各种补贴，组长你就算不出外勤，起码也有4500个贡献点。"龙悦红认真计算了一下，"可要是每顿都想吃好，都想有足够的肉菜，一个月怎么也得花2000个贡献点，这还是在我们有餐补的情况下，要不然至少要花3000个贡献点。扣除掉这些，还有能源消耗费、自来水水费、各类置装费用和其他必要的开销，剩下的不会太多。如果再养几个孩子，那简直……"

龙悦红越想越觉得生活艰难。

主要是他已经适应每天都有肉菜且没有孩子的奢侈生活，再想回到当初梦寐以求的一个老婆、两个孩子、每周三顿肉的状态，难免觉得在开人生的倒车。

"停！停！"蒋白棉打断了龙悦红的计算，"说得我头疼！而且你怎么不算你妻子的薪水？家庭是靠两个人支撑的。"

说到这里，蒋白棉笑了笑："我每个月的薪水其实都能剩不少。我哥早就结了婚，搬出去了，我一直和我爸妈一块住，他们的薪水可比我高不少，补贴和福利也是。我白天用餐补，晚上吃他们的，公司还会发制服，完美！"

蒋白棉又环顾了一圈，笑眯眯地说道："你们这次也能拿到不少贡献点。白晨转正，可以享受D1级员工待遇，商见曤、龙悦红你们升到D2级，每月会多500个贡献点。

"另外，还有外勤补贴，这次出去差不多一个月，每个人都能拿八九百。最大头的应该是那些从虚墟中得来的"收获"折算下来的补偿，这个具体有多少，我现在也不知道。"

听着听着，龙悦红、白晨他们都忍不住畅想起拿到这么一大笔贡献点后该怎么花了。

"我得申请一个更大的房间。"龙悦红想起家里逼仄的环境和必须跟大人挤在一块睡的弟弟妹妹，自言自语般说了一句。

在盘古生物内部，住房按级别分配。如果想越级申请更大的房间，是要支付一笔费用的，而且每个月还有额外的租赁费。

当然，员工们也有取巧的办法，那就是不通过公司，自己置换。比如，在某些年老员工的子女都已分配到房间，不再和父母挤在一起后，他们可能会将自己较大较宽敞的房间换给那些拥挤的人家，但要收取一笔费用。

这种房子是没有月租费的，但问题在于，等到那两位年老员工去世，公司会按照登记的资料回收房间。

经过这么久的熏陶，龙悦红的自言自语比往常大声了不少，蒋白棉含笑点头道："好志向。"

她又看向白晨："你应该是想把所有贡献点都攒起来，等到员工等级够了做基因改造？"

如果员工能支付一大笔贡献点，或者愿意成为某些危险实验的志愿者，那申请基因改造所需的等级是可以降低的，D2甚至D1级都可能申请成功。

"嗯。"白晨不自觉地拉了拉脖子处的灰色旧围巾。

蒋白棉轻轻颔首道："我再次提醒你一句，基因改造的技术还远不够成熟，有各种各样的危险，不是迫不得已最好不要尝试。

"嗯……我也知道，你肯定是有自己的原因，只希望你做好权衡。"

不等白晨回答，蒋白棉吸了吸弥漫在空气中的香味："快吃，快吃，菜都快凉了！"

说话间，她伸出筷子，利落地撕扯下那只烤鸡的翅膀。

偏黄的皮下是一层入口即化般的油脂，再配合几种调料的味道，让蒋白棉几乎停不下嘴。

商见曜、龙悦红和白晨也加入了享用食物的行列，每个人都专心致志，根本没空说话。

风卷残云般吃到最后，蒋白棉喝了口菜汤，微眯眼睛，满足地说道："每次从外面回来，这么吃上一顿，让人体会到生活真美好。"

"所以更要拯救全人类。"商见曜也放下了碗筷，擦了擦嘴角。

"你就不能换点别的台词吗？"蒋白棉白了这家伙一眼。

商见曜点了点头，突然问道："那你觉得，小冲究竟是什么人？"

听到"小冲"这个名字，还在吸吮鸡骨头的白晨、龙悦红同时停了下来。对他们来说，这个名字既神秘又可怕，仿佛代表着某种禁忌。之前那么多天里，他们刻意遗忘了小冲这个人，没在任何讨论里提及。

蒋白棉默然几秒，道："我怀疑他是无心者，高等无心者中的高等无心者，甚至可以称为无心者之王。也许，当时就是因为他在旁边，想看真实的枪战，所以我才下意识地忽略了乔初的其他觉醒者能力和相应的范围……"

"一个恢复了人类智慧和记忆的无心者？"龙悦红悚然一惊，喃喃自语，"不，无心者怎么会有人类的智慧？"

蒋白棉表情凝重地说道："他不仅有，说不定还具备畸变生物、高等无心者那样可怕的能力……"

"一个超级人类？"白晨语气莫名地沉重。

商见曜举了下手："他是用身体再也无法成长的代价换回了智慧？"

"你是想说，小冲也是有严重缺陷的，远远算不上超级人类？"蒋白棉听懂了商见曜的潜台词。

商见曜犹豫了一下，道："他是我朋友。"

"所以，不能说朋友坏话？"蒋白棉试图解读对方跳跃的思绪。

商见曜未做回答。

"哈哈。"龙悦红笑了两声，突然醒悟，"难道我不是你朋友？你为什么经常说我坏话？"

商见曜瞥了他一眼："我只是重复你说过的话。唉，我做过基因改良才一米七五，长得也一般……"

"停！"龙悦红打断了商见曜的话。

蒋白棉看得难掩笑意，边起身边说道："好了，你们都回去休息吧。唉，我还得加班，把任务报告写好，提交上去。"

"需要帮忙吗？"白晨问了一句。

蒋白棉呵呵笑道："放心，我不会忘记什么该写，什么不该写。"

小心思被戳穿的白晨顿时有点羞愧，微微低下了脑袋。告别了蒋白棉和白晨，商见曜、龙悦红进入电梯，去往495层。

电梯下行中，龙悦红看着金属厢壁上的自己，突然叹了口气："不知道这次能不能成功调离小组……"

不等商见曜回应，他有些迷茫地继续说道："其实，我现在有点理解旧调小组工作的意义了。一个妻子、两个小孩、每周三顿肉的公司内部生活确实很美好，我依旧很向往，但等到年老之后，会不会觉得虚度了人生，白活了一场？"

商见曜目视着前方，没有理睬他。龙悦红随之沉默，一直到电梯抵达495层，才笑着说道："听天由命吧。"

商见曜瞥了他一眼："那你先回去把名字改了。"

说话间，他们在岔路口分开，各回各家。

没过多久，商见曜抵达了B区196号房间。他刚拿出钥匙，就看见房门最下方，有人用白色的粉笔画了个简笔婴儿图。

这在涂鸦风气浓郁的盘古生物内部并不是什么奇怪的事情，如果不喜欢，直接擦掉就好。但商见曜知道，这样一幅图，这样的位置，代表着某个意思：明天凌晨五点三十分，老地方，生命祭礼教团聚会。

商见曜抬起手，轻轻抹了下嘴角。

第4章
熟悉的生活

用黄铜色的钥匙打开房门后，商见曜借助天花板上的路灯光芒，看见了熟悉的木床、洗手台、膨胀螺丝、红漆木桌和配套的靠背椅。

这与他离开时一模一样。

得益于地下大楼良好的通风系统和独特的环境，商见曜甚至不觉得房间里有沉闷之感，也没看到明显的积灰。

他缓步入内，反手关上房门，取下洗手台边挂着的破旧抹布，拧开水龙头，将它弄湿。

然后，商见曜时而弯腰，时而蹲下，把所有能擦的地方都擦了一遍。

等他忙完这一切，刚好七点。

在安全部已洗过澡、换好衣服的商见曜随即拿上钥匙，出门往本楼层活动中心走去。

沿途，用过晚饭的员工们陆陆续续回返，其中不乏认识商见曜的。他们互相点头，算是打招呼。

很快，商见曜抵达了位于C区的活动中心，看见门口几个年轻男子在聊天，他们或蹲或站，而迎面走来的是沈度。

这位引导商见曜加入生命祭礼教团的中年男子面露惊喜道："小商，你出外勤回来了？"

商见曜笑着回答道："嗯，捡垃圾回来了。"

沈度有点理解不了商见曜的回答。

他沉默了一会儿后解释道："我是听老陈说的。之前好几天没看到你，还以为你出了什么事，结果他告诉我，你加入了安全部，出外勤去了。"

"真遗憾啊。"商见曜回应道。

沈度完全无法跟上他的思路，只能自说自话般地笑道："大家都很想念你。回头见。"

商见曜露出了为难的表情："可惜没给你们带什么礼物。要不，我做个表演？"

"不，不用了。"沈度发现两人完全是鸡同鸭讲。他又暗示了一下明天凌晨聚会的事情，匆匆告别了商见曜。

商见曜随之进入活动中心，和自己认识或不认识的人们打起招呼。

活动中心主管陈贤宇坐在吱嘎乱响的小板凳上，看到商见曜进来，他忙招了招手，示意对方到自己身边来。

"怎么样？这次收获怎么样？"他好奇地问道。

不等商见曜回答，他又指了指面前摆放的零碎物品："要不要老头帮你代卖？只抽取很少的贡献点。"

商见曜蹲了下来，拿起陈贤宇卖了很久都没卖出去的破烂机械手表，认真地问道："装甲车摆这里会不会太挤了？"

陈贤宇一时没理解他的意思。

商见曜继续问道："重型机枪可以放在这种地方卖吗？"

"你当公司是死的啊?!"陈贤宇骂道，"这种东西，他们肯定会让你上交的！呃……也是，你刚回来，所有的收获都还在审查中，也不知道最后能拿到什么。"

说到这里，陈贤宇笑骂道："这种事情，你直接说就行了嘛，何必绕这么大一个圈子？还装甲车、重型机枪，你怎么不说还弄到了军用外骨骼装置？"

商见曜想了想："这得看你是不是真想要。可惜啊……"

"可惜个鬼！"陈贤宇顺口骂了一句，转而关心道，"怎么样？这次外勤还算顺利吧？"

商见曜回想了一下："非常刺激。"

"刺激个鬼！"陈贤宇失笑道，"你们这种新手，能有什么危险的外勤任务？顶多也就是在公司周边区域打打兔子，玩玩野外生存。"

商见曜"嗯"了一声："兔子真难对付。"

"哈哈。"陈贤宇发出了嘲笑的声音，"我记得我最早打兔子时，用的是旧世界的一款步枪，现在应该被淘汰了。总之，一枪下去，整只兔子都碎了，我那个心痛啊……"

这时，有员工过来翻看地摊上的物品，陈贤宇连忙做起了介绍，不再搭理商见曜。商见曜缓缓直起身体，走到活动中心的一个角落，拉了把椅子，坐了下来。他没找人闲聊，而是安静地打量着四周。

一堆男人围在小木桌旁玩着纸牌，谁输掉这一局，谁的凳子就会被撤掉，只能蹲着玩。

他们旁边簇拥着更多人。有的环抱双臂，做着点评；有的大声感叹，表示惋惜；有的嘻嘻哈哈，不断嘲笑；有的频繁催促，想要上场。

更远一点的地方，任洁这些女性坐在一起，闲聊着公司内部的各种传闻。她们有的还在分心用碎布头纳鞋底，有的用从物资供应市场兑换来的毛线给孩子织过冬的衣服，有的则在用传了不知几代的塑料奶瓶给婴儿喂奶。

另外的角落里，几对年轻人各自占据一方，窃窃私语。他们面前，有的摆着糖果、点心，有的杵着或橘黄或青绿的玻璃瓶。这都是从物资供应市场换来的奢侈品，一般人家只有逢年过节才会兑换一些，但刚分配到工作，又处于恋爱阶段的年轻人，比较大手大脚，反正还能在家里混吃混喝。

活动中心窗外，在天花板日光灯照耀下的两排房屋间的隐蔽处有人影晃动，人影时而靠近，时而分开。

通往物资供应市场的路上，有人提着颜色不一但空空如也的玻璃瓶，想要去换一些贡献点回来。

屋内屋外，凡是较为空旷的地方，都成了小孩们跑来跑去的"战场"……

商见曜看着这样的场景，表情平和，没有一点动作。他不知看了多久后，龙悦红从门口走了进来。

依次和认识的人打过招呼，龙悦红发现了角落里的商见曜："你怎么来了？"

他记得这个时间点商见曜喜欢待在家里，等待整点新闻和之后的各种广播节目。而且，这次刚从外面回来，肯定更需要休息。

商见曜没回答龙悦红的问题，笑着反问道："你怎么没去找那个冯……广播站那个女孩？"

"冯云英。"龙悦红坐了下来，长长地叹了口气，"我刚才去找了，发现她和别人谈恋爱了。"

商见曜跟着叹气："唉，我做过基因改良才……"

"停！"龙悦红强行打断了他，转而说道，"其实我能理解，我一出去就是一个月，不知道什么时候能回来，也不知道能不能回来。而且我们俩也才认识，说是朋友都勉强，她怎么可能会等我？"

商见曜看了龙悦红一眼："你知道我要说什么吗？"

龙悦红表情阴郁地回答道："这就是灰土。"

"不是。"商见曜摇了摇头，"即使你不出外勤，希望也不大。"

龙悦红不知该哭还是该生气。

短暂的沉默之后，龙悦红说道："你说话好伤人啊！"

"让你妈再给你介绍一个。"商见曜单手按桌，站了起来。

"嗯，距离下次出外勤至少还有两个月时间……"龙悦红边点头边问道，"你要回去了？"

不等商见曜回答，他自言自语："也是，从外面回来之后，我感觉整个人一下就踏实了，放松了，一放松下来，就感觉很累很累。"

说话间，他也跟着站起："还是回去睡觉吧。"

商见曜瞥了他一眼："整点新闻快开始了。"

"你不累？还听整点新闻？"龙悦红有点诧异。话音刚落，他突然醒悟——旧调小组里面感觉这么累的，可能只有自己……

商见曜没再说话，挥了挥手，告别龙悦红，往自家走去。在天花板上偏白的日光灯的照耀下，他的影子时而拉长，时而缩短。

没过多久，商见曜开门进屋，脱掉外套，靠躺在床上。他没有开灯，任由外面的光线透过窗户照入，房间内一半明亮一半昏暗。

在这样的安静里，外面天花板上垂落的扩音器先是发出嗞嗞的动静，继而响起略带孩童般的声音："大家好，我是整点新闻播音员后夷。现在是晚上八点整。今日，公司董事会董事林仰副总裁视察能源区，强调要保证冬季能源供应……

"据地表气象所预报，未来几天内，有寒潮从冰原南下，黑沼荒野将直降五摄氏度……

"今日工厂区又出现一例无心病，发病者已得到控制……

"娱乐部邀请各个单位负责人共商年终汇报表演之事……"

广播的声音回荡在略显清冷的房间内，给这里平添了几分生气。

第5章
岛

等到路灯相继熄灭，周围变得一片漆黑，商见曜抬起右手，捏了捏两侧的太阳穴。他完全躺了下去，闭上了眼睛……

这一次，他出现的地方不是群星大厅，而是那片闪烁着微光的虚幻大海。他的前方有一座不大的岛，上面泥土深褐，怪石嶙峋，没有一点生命迹象。

这是商见曜进入起源之海后遇到的第一座岛。

按照古物学者杜衡的说法，这对应着人们心里潜藏的恐惧，不同的觉醒者遇到的岛会不同，数量也不一样。

商见曜已经在这里逗留了很多天，依旧没能战胜这座岛。

岛上没有怪物，但是自然环境极端恶劣。商见曜一攀爬上去，眼前所有的光芒就会消失，耳边也不再有任何声音。

在岛上，他仿佛处在一个黑暗的、紧闭的、怪异的房间内，不仅伸手不见五指，而且连自己的声音都听不到。

这让商见曜甚至无法感受到时间的流逝，只觉黑暗和寂静仿佛变成了现实，在缓慢地侵蚀自己的心灵。他每次都无法在岛上停留太久，总是因为极端恐惧导致精神崩溃而退出。

如果不是古物学者杜衡讲过起源之海内不同的岛有不同的意义，商见曜肯定已放弃尝试，转而在漫无边际的大海内寻找别的岛。

他相信，绕过这里就意味着自己被内心的恐惧击败，觉醒者能力大概不会再有提升和变化了。

凝望了那座岛一阵，商见曜按照预定计划，低下脑袋，看向虚幻水波中若隐若现的自己。

他犹豫了几秒，眼眸逐渐幽深："他们是盘古生物的员工，我也是盘古生物的员工；他们很年轻，我也很年轻；他们的父母就在身旁，所以……"

商见曜顿了顿，自己做出了回答："所以我的父母也在身旁。"

他的脸上逐渐露出了笑容，柔和的、安心的笑容。

没再浪费时间，商见曜双手攀住岛边缘的岩石，直接翻了上去。因为起源之海本质是虚幻的，所以他的衣服并没有变得湿漉漉，头发上也没有水滴。

商见曜双脚刚刚落地，眼前顿时变得一片漆黑，再也看不到任何事物。

这让他既感觉空间狭窄，像是随时会碰到边缘，又莫名害怕黑暗深处藏着未知的危险。

"喂！你好吗？"商见曜试图大声说话，却听不到一点声音。这一刻，他仿佛被世界遗弃，被丢在了无人问津、极为恐怖的地方。

商见曜试探着迈步，用行走来消除心中逐渐升起的恐惧和不安。可是，无论他怎么安抚自己，那团黑暗依旧在缓慢地、不可遏制地侵蚀他的心灵。

商见曜缩了缩身体，似乎在寂静无人的黑暗之地找到了一点依靠，这让他比往常坚持得更久。可到了后来，身边只有空气的事实还是让他怅然若失，心跳加快，意志逐渐动摇。

"假的……"商见曜突然低语了一句。

他的额头沁出了冷汗，双膝缓缓弯曲，整个人蹲下去环抱住了自己……

196号房间内，商见曜睁开了眼睛。他大口喘着气，环顾四周。房间内一片黑暗，外面寂静无声。

商见曜连忙反手从枕头底下拿出自己的电筒，推动了按钮。

一道光柱射出，照在对面的墙壁上，照亮了挂在膨胀螺丝上的衣服和旁边的洗手台。

看着这偏黄的光芒，商见曜的呼吸渐渐平稳。过了差不多一分钟，他关掉电筒，拉上被子，进入了沉睡。

不知过了多久，商见曜被一阵敲门声唤醒。

那敲门声重复了三遍，再没响起。

商见曜知道，这是生命祭礼教团的成员在告诉自己，聚会时间快到了。

对于没有手表，距离街上挂钟又较远的成员，生命祭礼教团会派能掌握时间的人去提醒。

至于听到了敲门声后不愿意起床，或者出于各种原因不想参加本次聚会，那就是自己的事情。如果事先就已做出不参加的决定，或者家里有不方便向外人透露实情的客人留宿，那在熄灯前擦掉门下方的粉笔涂鸦就行了，那样便不会有人来敲门。

商见曜迅速翻身下床，洗了把脸，认真地刷了刷牙。然后，他披上暗绿色棉大衣，拿着电筒，直奔附近的公共厕所方便了一下。

做完这一切，商见曜才沿着熟悉的道路，来到位于A区35号的李桢家。

"咚咚咚！"商见曜轻敲了三下房门。很快，门口传出了一道刻意压着嗓子的声音："生命最重。"

商见曜非常熟练地回应道："新生如日。"

轻微的动静里，房门飞快后敞，内里的昏黄光线流泻了出来。眼角微微上挑的李桢打量了商见曜一眼，露出微笑，道："进来吧。"

她迅速让开身体，商见曜走入了房间。

"等会儿可得给我们讲讲外面真实的样子。"李桢边开门，边笑着寒暄道。

"好的，李阿姨。"商见曜非常有礼貌。

李桢随意指了个位置："坐吧，快开始了，你来得有点迟啊。"

她只是随口那么一说，并没有责怪的意思，毕竟还没有真正到聚会的时间点。

商见曜认真地解释道："我先刷了牙。"

李桢笑容略显僵硬地点头道："好，很好。"

商见曜这才走向一条小板凳，坐了下去。

那条板凳较矮，对他这个身高的人来说，必须尽量把双腿蜷缩起来才能把屁股完全安放好。

见他坐姿明显不太舒服，早已到达的沈度站了起来："我们换个位置吧。"

"谢谢沈叔叔。"商见曜没有客气。

重新坐好后，他环顾了一圈，和别的成员打起招呼。他已参加类似的教团聚会好几次，和本楼层的所有成员都不陌生。

又等待了一阵，引导者任洁从内室出来，走到了大床与衣柜、橱柜之间。

"小商回来了啊！"身穿涤纶衬衣的任洁轻轻颔首，笑着问候了一声。

商见曜立刻回答道："赞美您的宽容！"

任洁愣了好几秒才明白过来，商见曜的意思是多谢司命眷顾，终于平安返回。

她勉强笑道："不用这么正式，只是普通的聊天。"

不等商见曜回应，她表情一肃，道："下面正式开始。今天的内容是死亡。生命终将逝去，就像树叶终会变黄，掉落于地……"

商见曜突然举了一下手。

"有什么问题？"任洁颇有点担心地问道。她以为商见曜发现了什么异常之处。

商见曜起身说道："很多树的树叶不会变黄……"

任洁脸庞上的肌肉抽动了一下，打断了他的陈述："这只是一个比喻。类似的问题等到仪式结束再提，好好听，不要说话。"

"嗯。"商见曜略有些失望地坐了下去。之后，他表情非常专注地听着任洁讲解，只是大脑似乎有点放空，目光缺乏焦点。

没用多久，任洁结束了，她对在座所有成员道："接下来是倾诉阶段，你们可以将内心的烦恼告诉兄弟姐妹们，从他们那里汲取力量……"

说这句话的时候，她死死地盯着商见曜，用目光压制这家伙，不让他开口。她记得第一次说类似话语的时候，商见曜冷不丁就插了一句"不只是兄弟姐妹，还有叔叔阿姨"。

等到说完，确定商见曜已没法插话，任洁悄然松了口气。

下一秒，商见曜主动举手分享内心的烦恼："现在有点饿了。"

"下一个。"任洁毫不理会地说道。

一位二十来岁的女性抿了下嘴唇："我们物资供应市场的主管王亚飞一直在支持建立生育中心，认为这能减少女员工请假的借口，能让夫妻双方的感情变得更好。我知道这是个人的意见，不能代表什么，但总忍不住和他争辩，而他……而他竟然找了个借口，把我调离了原来的岗位，放到了最辛苦的清洁岗！"

任洁静静地听完，抬起双臂，做摇晃婴儿状："神会惩罚罪人的。"

她没再多说，对沈度道："该你了。"

沈度挠了挠头："我家孩子越来越不听话了……"

接下来，各位成员分享了诸如亲人死亡、丈夫粗暴、妻子冷淡、小孩顽皮、工作不顺心等烦恼，都得到了其他人的安慰。到了最后，任洁回到原来的位置，朝教团诸位成员道："下面领受圣餐。"

商见曜的腰背顿时挺得笔直，眼睛炯炯有神。

很快，任洁和李桢从里面的房间出来，一个抱着圆柱形半透明容器，一个端着各种餐具。那容器内装满了白色的、黏稠的液体。

任洁最先来到商见曜面前，往他手里的饭盒内舀了一勺液体："这是今天的圣餐，酸奶。"

商见曜轻吸了口气，异常虔诚地回应道："赞美您的宽容！"

第 6 章
咨询

呼啦啦吃完放了些糖的酸奶，商见曜端着饭盒，又将目光投向了任洁和李桢。这两位负责分发圣餐的女性刻意无视他，按照逆时针的顺序，将圆柱形容器内的酸奶一一盛给了其他成员们。

圣餐礼后，李桢端着餐具，通过中门，进了里面的房间，任洁则随意找成员们闲聊，询问他们对今日圣餐的意见。

在这个过程中，她完全没往商见曜所在的那个方向靠，因为她觉得自己能猜到那家伙会怎么说。他肯定会说"味道很好，分量太少"。

当初怎么会把这样一个人拉进教团？虽然圣师一直让我们多发展年轻人，尤其是那些刚到婚配年龄的，但年轻人也是要分类的……

任洁看了商见曜一眼，理智让她放弃了找对方分享外勤见闻的想法。她走到通往中门的过道上，回过身来，对众人道："今日聚会就到这里，你们回去吧，路上小心一点。"

在场成员同时行了一礼，分批次离开李桢家，于没有路灯的路上，走向不同的地方。

商见曜和沈度顺路，都披着暗绿色的厚棉大衣，拿着粗笨的电筒，沿着监控边缘无声地行走。

快要分开时，沈度抬头看了一眼浸没于黑暗中的天花板，憋了一个问题出来："真正的天空是什么样子的？"

商见曜目视电筒光柱道："很高，很蓝，很空。"

沈度沉默了，和他分开，走向自己家。

商见曜回到B区196号房间后，补了一会儿觉，等到上班高峰期结束，他才抢在食堂关门前去吃早饭。填饱了肚子，他来到位于C区一角的电梯厅。这里的十二部电梯直通研究区。

商见曜熟练地按了"25"，接着在电梯下行的过程中，刷卡按亮了"3"。抵达3楼后，他沿着金属大门外的走廊，来到右侧最里面那个房间门前。

"咚咚咚。"他敲响了大门。

"谁？"一道柔和的女性的声音传了出来。

商见曜自报了姓名，末了道："林医生，我想约一下复查时间。"

房间内的林医生顿时笑道："小商啊！刚好我现在有空，进来吧。"

得到允许的商见曜这才拧动把手，推开了房门。

林医生依旧戴着金边眼镜，套着白色大褂，坐在原木色的桌子后，把玩着手中的钢笔。和以往不同，这一次，她的头发没有盘起，随意地披散着，看起来年轻了几岁。

"早上好，林医生。"商见曜笑着问候。

林医生指了指对面的椅子："早上好，坐吧。"她边说边看了一眼面前摊开的文件夹。

等到商见曜坐好，她闲聊般问道："出外勤回来几天了？"

"昨天下午回来的。"商见曜没有隐瞒。

林医生用钢笔的尾端杆了杆桌面，微笑着说道："今天太突然了，就不做什么测试，我们随便聊聊天吧。怎么样？这次外勤还算顺利吧？"

"很刺激。"商见曜如实回答。

林医生一下有点好奇了："多刺激？"

"能让安全部普通的员工死好几次。"商见曜找了个比较的对象。

"那你运气不错嘛，能活着回来。"林医生忍不住感叹了一句。

她转而笑道："那你讲一讲这次的经历吧，需要保密的就不用说了。"

商见曜露出回忆的表情："我们开车出了大门，来到了地表，天空很高、很蓝、很空，感觉能把人吸上去，非常可怕，但习惯就好了。周围有许多树木，叶子有的青绿，有的枯黄，空气中飘着新鲜的屎味……"

"停！"林医生抬手捏了一下鼻子，"这种细节就不用讲了。"

她随即端起杯子，喝了口清茶："后面呢？"

"后面没有了。"商见曜平静地回答道。

"啊？"林医生一时没反应过来。

商见曜解释道："后面涉及保密条款。"

林医生愣住了。

"也就是说，你们出门才几个小时，就开始遭遇涉及保密条款的事情了？那这件事情之后呢？还有什么可以说的？"

商见曜认真地回答道："吃了红烧牛肉罐头，吃了能量棒，吃了压缩饼干，去树丛后小便了一次，打死了两只蚊子……"

"这些就不用说了。"林医生颇有点无奈。

她默然一阵，忍不住又问道："除了生活细节，其他都涉及保密条款？"

商见曜点了点头："得等公司审核之后才能确定哪些能说，哪些不能说。"

"嗯。"林医生叹了口气，"你们究竟都遭遇了什么事情？呃，有没有出现人员伤亡？"

她担心这会刺激到商见曜，让他的病情加重。

商见曜摇了摇头："没有。"

林医生松了口气，决定换个话题："在地表的这些经历中，你感觉自己获得成长了吗？"

"获得了。"商见曜表情严肃地说道，"我发现拯救全人类是一件非常艰难的事情，我们往往连一个小镇、一个聚居点、一个孩子都拯救不了。"

林医生欣慰地点头："明白就好。我并不是说你这个理想有问题，而是认为应该在实现这个理想之前树立一些比较容易达到的目标，这有助于提升你的信心，改善你的状态。"

商见曜当即回应道："是的。所以我要更加努力地锻炼自己，提升自己。只有这样，才能拯救全人类。"

"……"林医生眼珠上转，悄然叹了口气。

不等她开口，商见曜主动问道："林医生，我今天找你，主要是想问一问，该怎么战胜内心潜藏的恐惧？"

林医生神情一动，微微笑道："这是个好问题。"

她没用比较专业的术语，而是用易懂的语言状若聊天的方式道："就我个人来说，战胜内心潜藏的恐惧的前提是，认识它，并且直面它。一味地逃避永远无法解决问题。有的时候，不妨直视自己血淋淋的伤口。"

见商见曜露出若有所思的表情，林医生补充道："不过，在实际操作中，我并不提倡立刻去直面恐惧，因为这很有可能造成二次伤害，让精神彻底崩溃。

"正确的步骤是，采取合适的方法，一步一步去靠近那种恐惧，从边缘到中心，并在这个过程中不断地重建内心的力量，一点点蚕食阴影。

"等到你能完全地面对那些噩梦，你就会发现，它们并不强大，很容易就能击败。"

说到这里，林医生笑道："你可以将你的大致感受告诉我，我帮你设计一些方案。"

商见曜沉默着没有回答。

林医生"嗯"了一声："不用着急，你可以慢慢考虑，考虑一整周。下周这个时候记得来复查。

"如果你觉得面对我说不出口，那可以换一种方式，或者换一个你能够信任并说得出口的人。"

商见曜微微点头："谢谢你，林医生。"

他随即站起身来，礼貌地告别。回到495层后，他直接拐进了另外一个方向的第四电梯区，这里能通往安全部。

商见曜等待了一阵，缓步入内，刷卡按亮了"647"。很快，他来到旧调小组旁边的更衣室，换上了轻便的服装。

商见曜刚推开训练房的门，就看见扎着马尾辫的蒋白棉坐在长椅上用毛巾擦额头的汗水。

"你怎么来了？"蒋白棉更早感应到了他的出现。她记得自己给三位组员放了两天的假。

"锻炼。"商见曜如实回答道。

蒋白棉想了想，恍然大悟："也是，你的同龄人这个时间点都在工作，你在家里除了睡觉，也找不到事做。"

"还能看书。"商见曜回了一句。

蒋白棉刚想瞪这家伙一眼，突然有所感应，再次望向门口。

白晨缠着灰扑扑的围巾出现在那里。不等蒋白棉和商见曜开口，她主动说道："闲着没事。"

蒋白棉露出笑容，赞了一句："不错。"

白晨刚进门几步，龙悦红也拿着毛巾走了过来。

"你……你们怎么也在？"龙悦红看到组长、商见曜、白晨齐刷刷望向自己，又诧异，又莫名有点恐慌。

"你怎么来了？"蒋白棉不答反问。

龙悦红支支吾吾道："我妈给我介绍的女孩在上班，得晚饭后才能……才能见面，我想着反正没什么事，不如过来……过来恢复下身体。"

蒋白棉的笑容愈加明显："很好。"

她旋即环顾了一圈，故作严肃地说道："既然都来了，那就练格斗吧。"

"啊……"龙悦红一脸的为难。

晚上八点，商见曜和往常一样，靠躺在床上，半闭着眼睛，等待广播节目开始。

十几秒之后，那熟悉的甜美嗓音回荡开来："大家好，我是整点新闻播音员后夷，现在是晚上八点整。董事会今日召开本年度第二十二次会议，讨论冬季工作的重心……

"内生态区棉花获得大丰收……

"今日上午九点三十五分，478层物资供应市场主管王亚飞因心脏骤停，死于工作岗位上……"

商见曜唰地一下睁开眼睛，直接坐了起来。

第7章
各自的反应

　　"王亚飞"这个名字，商见曜今天早上刚刚听过，在生命祭礼教团的聚会上，有个成员提到了这个人，说他支持建立生育中心，让生命来自人造子宫。

　　那名成员还说，因为她总是和王亚飞争执这件事情，身为主管的王亚飞刻意打压，找了个借口，将她换到了最为辛苦的清洁岗。

　　当时，引导者任洁的回应是："神会惩罚罪人的。"

　　这句话之后，不到四个小时，王亚飞在工作岗位上因心脏骤停突然去世了。

　　如果不是预先听到了相关的话语，商见曜肯定不会觉得这么一条新闻有什么问题——在盘古生物内部，每年都有人突发疾病去世，这是一种正常现象。

　　如果王亚飞的去世在两三年之后，商见曜同样不会认为这存在太大异常，顶多只能算巧合。

　　可现在，任洁说出"神会惩罚罪人的"这句话的当天，"罪人"王亚飞就因心脏骤停去世了。

　　商见曜猛然站起，取下之前挂好的外套，将它披在了身上。他快步出门，直奔C区而去。走着走着，他的速度逐渐放缓到与平常一致。

　　临近活动中心时，商见曜目光一扫，看见沈度站在侧面墙壁的阴影里被昏暗的色彩浸没了。

　　沈度那样怔怔地站着，虽然目视着前方，但根本没察觉到商见曜正在向他靠拢。

"沈叔叔。"商见曜喊了一声。

沈度猛地打了个寒战，微侧脑袋，望向声音的来源。

"小商啊……"他勉强挤出了笑容。

商见曜用非常平静的口吻道："王亚飞死了。"

沈度的脸庞略显青白，嘴巴两侧的肌肉动了动："我知道。"

他的声音很低，似乎怕吵到别人。

商见曜看着他，直接问道："这就是神罚？"

沈度又抖了一下，表情瞬间变得茫然。

"我不知道……"他的目光越过了商见曜，目光仿佛又失去了焦点。

商见曜正要再问，一个五六岁的小男孩跑了过来，拉住沈度垂下的手，摇晃着道："爸爸，爸爸，该回家了！"

"嗯嗯。"沈度回了两声，侧头对商见曜道，"我先回去了。"

"再见。"商见曜礼貌地挥手。

沈度重新望向自家孩子，脸上逐渐露出柔和的笑容。他牵着孩子，和从活动中心出来的妻子会合，一步步往B区走去。

商见曜望着他的背影，许久没有转头。

生命祭礼几次聚会时，商见曜利用"天赋"，和不少成员建立了不错的关系，听他们分享了各自加入教团的原因。

其中，沈度是因为曾经有个孩子夭折，一直难以释怀，等到他有了现在这个小孩，又更加担心，害怕同样无法养大。任洁注意到他的情况，刻意交好，传授了很多育儿知识。

后来，沈度的这个孩子慢慢长大，也变得健康，他愈加相信任洁口中的神灵，最终加入了生命祭礼教团。

又过了一阵，商见曜收回目光，走向活动中心大门。这个时候，因为广播节目已开始，外面行人很少，只有活动中心里面传来打牌、聊天的声音。当然，如果仔细打量四周，还是能在各个阴暗处发现一些成双成对的身影。

商见曜刚要通过大门，突然看见两道熟悉的人影出来了。

右侧那人二十七八岁，女性，正是今天清晨在生命祭礼教团聚会时抱怨王亚飞的成员简辛。她有着姣好的五官，秀秀气气，是个相当不错的美人——这得益于基因改良药物的普及。另外那人则是她的丈夫卓正源，同样也是生命祭礼教团的成员。

此时，简辛脸色煞白，仿佛生了场大病。她看起来颇为紧张，似乎有点风吹草动就会受到惊吓。她的丈夫卓正源脸色阴郁，给人一种"请勿靠近"的感觉。

商见曜走了两步，站到了他们正前方。

简辛和卓正源同时停步，身体微微颤抖。

商见曜压着嗓音，开口说道："王亚飞死了。"

留着及耳短发的简辛条件反射般说道："巧合，肯定是巧合……"

她的声音逐渐变低，只剩余音低低回荡，带着莫名的惶恐和茫然。

卓正源吞了口唾液，沉声说道："初步的尸检结果已经出来了，确实是心脏骤停造成的死亡，没有任何外因。"

商见曜点了点头："真是巧啊。"

他随即让开道路，任由简辛和卓正源通过。等到这对夫妻与他已拉开一段距离，他才回头望了过去。

在天花板日光灯的照耀下，简辛和卓正源的身影略有些晃动，稍显柔弱。

商见曜记得，他们加入生命祭礼教团的原因是，简辛流产两次，好不容易才怀上第三胎。

如今，他们的孩子已经出生，不仅没什么毛病，而且还直接遗传了上一代基因改良的大部分优点。这能让他在后续的药物调整后获得更好的天赋。

抛开喜欢和人争执生育问题这一点，简辛和卓正源都是很好的人。他们富有爱心，喜欢小孩，在聚会时总是主动宽慰别的成员，遇到需要帮忙的人也不会装作看不见。

有一次，商见曜因为说了圣餐分量太少的话让任洁有点下不了台，卓正源还主动把自己没来得及吃的圣餐分给他。

商见曜缓缓收回目光，走入了活动中心。他一眼望去，没看见李桢等教团成员，只有引导者任洁依旧在老位置，和那群四十岁左右的女性闲聊。

盘着头发的任洁似乎察觉到了他的注视，侧过脑袋，望了过来。看见是熟人后，她露出少许笑容，亲切地点了下头。

商见曜用同样的动作回了一礼。他没有靠拢过去，随意找了个位置，注视着那些打牌的人，听着总是会被这里的各种声音影响的广播。

时间一分一秒地流逝，距离路灯熄灭、黑夜来临已经不远。

任洁翻腕看了一眼陈旧的电子表，站起身来，笑着对周围的女性道："回去吧，回去吧，有人等着你们呢！"

一群人嘻嘻哈哈笑闹了几句后，任洁离开活动中心，往自家方向走去。商见曜随之站起，状若平常地跟在她身后。拐入另外一条街道后，任洁见路上无人，遂放慢了脚步，任由商见曜拉近距离，与自己并肩而行。

"小商，有什么事？"任洁用较低的嗓音和闲聊的口吻问道。

商见曜的眼眸逐渐幽暗："任姨，你看——

"我们住在同一个楼层，又都是教团的成员，所以……"

任洁先是听得有点茫然，继而明悟："所以，我们之间要建立更加紧密的关系，比如……"

说着说着，她的眼神逐渐变得奇怪，脸上隐约有点发红，不知在往哪个方向联想。

商见曜眉毛一动，当机立断喊道："妈！"

任洁愣了一下，表情恢复了正常。她笑呵呵地说道："那我就认下你这个干儿子吧。你爸你妈如果还活着，和我年纪也差不多。"

认了干亲后，她的态度明显热情了不少。

商见曜收敛住表情，重复起之前的话语："王亚飞死了。"

任洁微仰脑袋，看了他一眼，沉默几秒后反问道："你感觉惊恐和不安？"

"还有诧异。"商见曜补充道。

任洁微微笑道："你怀疑这就是神灵给罪人的惩罚？"

"或者是奖赏？"商见曜的思绪不受控制地跳跃了一下。

任洁差点脱离刚才对话的节奏，缓了缓才笑道："我无法代替神回答你这个问题。只能说，司命始终在注视着我们，赏罚着善恶。至于这次是不是，我也不知道，但如果不是神的惩罚，我想不会那么巧合。"

商见曜追问道："那谁知道？"

任洁的表情顿时变得严肃："圣师。"

第8章
商见曜的对策

听到任洁的答案，商见曜思索了两秒，继续问道："圣师是谁？"

任洁笑了："这不是现在的你该知道的。等你成了引导者，圣师会主动召见你的，到时候你就能知道他是谁了。"

商见曜毫不气馁地追问道："那要怎样才能成为引导者？"

"有足够好的表现。"面对新认下的干儿子，任洁表现得非常有耐心。

不等商见曜再问，她补了一句："只要你表现得够好，圣师不会忽略你的。"

说着说着，她的表情再次变得严肃："圣师始终在看着我们。"

这时，因路灯即将熄灭，陆陆续续回返的人们相继路过这里。任洁左右看了一眼，道："还有什么事情回头再说。"

商见曜先是微微点头，接着语速颇快地说道："我实在喊不出口，刚才那件事情就算了吧……"

说完，他扭头就走，不给任洁询问的机会。

任洁愣了愣，笑骂了一声："这孩子，还害臊了……"

翌日上午，商见曜用过早餐，来到647层14号房间。

蒋白棉比他更早，已在那里翻看着一些资料。

"这么早？"蒋白棉抬起头，笑了一声，"是不是又想练格斗了？"她一副跃跃欲试的样子。

商见曜走到她办公桌前，拉开椅子坐了下来。他没有寒暄，直接问道："组长，有觉醒者的能力是让人心脏骤停吗？"

"我不太清楚。对于觉醒者的能力，我了解得不够多。"蒋白棉略感疑惑地回答道，"如果不是直接让人心脏骤停，而是通过间接的方式，那我知道一个，呵呵，你应该也能想到，对，就是那匹梦魇马——有制造真实噩梦的能力。一旦在梦中死去，现实很可能表现为心脏骤停。"

"当时没有睡觉，正在工作呢？"商见曜一直追问道。

"这么详细？真实发生了？"蒋白棉何等敏锐，一下就察觉到了不对劲。

她旋即联想起了昨晚的整点新闻，微皱眉头道："王……王什么，那个因心脏骤停去世的物资供应市场的主管？你怀疑他是被某个觉醒者杀害的？有什么证据吗？公司内部，每年因为心脏问题去世的人并不少。"

商见曜坦然说道："我加入了公司内部一个教团，经常聚会派发圣餐的那种。昨天早晨，他们在聚会上指责王亚飞亵渎了神圣的生育，并且以权谋私，打压某位教团成员。当时，负责我们楼层的引导者说'神会惩罚罪人的'。之后不到四个小时，王亚飞就去世了。"

"这确实有点可疑。"蒋白棉立马评价了一句，然后醒悟了过来，"等等，你说你加入了秘密教团？公司里有宗教信仰诞生或者入侵？"

这才是大问题！

"信仰十二月的司命。"商见曜语气非常平静，就仿佛在讨论本楼层小学校长是谁。

蒋白棉听得又想笑，又感觉有点古怪，她没绕圈子，直接问道："既然你觉得教团有嫌疑，那直接去找秩序督导员举报啊。你这是立功的表现，不用担心被连累。或者你舍不得供出那个教团？"

"有一点，他们的圣餐都很好吃。"商见曜诚恳地回答道。

蒋白棉早已放弃和商见曜理论的想法，她挤出笑容道："就因为这个理由？"

商见曜默然了两秒，认真地说道："教团绝大部分成员都是好人，都是因为一些悲伤的往事才加入教团。他们没做任何坏事，聚集在一起主要是寻找心灵的寄托，彼此安慰。"

蒋白棉若有所思地点了下头："你担心教团之事被公司知道后，他们受到牵连，遭受严厉的处罚？要是最后证明王亚飞确实是正常死亡，整件事情只是一个巧合，那教团被举报，被处理，真的很冤枉？"

商见曜"嗯"了一声，表示这就是自己的顾虑。

蒋白棉眼眸微动，转而露出了笑容："你愿意把教团相关的秘密告诉我，是因为我值得信任？"

"对。"商见曜没有掩饰。

蒋白棉脸上的笑容愈加明显。

这时，商见曜补了一句："就算不值得信任，我也能依靠推理小丑的能力，让你变得可以信任。"

蒋白棉眯了一下眼睛，抬起左手，让细小的银白电弧在掌心乱窜："你再说一遍刚才那句话。"

"对，你值得信任。"商见曜毫不犹豫。

蒋白棉放下手掌，随口问道："怎么会想到找我商量？"

"你脑子比较好。"商见曜相当诚实。

蒋白棉再次露出了笑容："知道就好。"

她颇为好奇地追问道："如果让你自己来，你打算怎么处理这件事情？"

商见曜早就考虑过这个问题，非常流畅地做出了回答："找到引导者之上的圣师，找到下达命令的人，找到执行任务的觉醒者，找到那些不安分的教团高层，隐秘地将他们全部杀掉。

"这样一来，教团就完全无害了，就是大家分享知识、烦恼和食物的地方。"

他说得就像休息日要去物资供应市场买什么菜一样平常。

蒋白棉一时竟不知该怎么评价，过了几秒才道："这难度有点高啊！拥有心脏骤停能力的觉醒者可不好对付，尤其是在公司内部这种环境下。再说，教团里的觉醒者未必只有一个，说不定某些高层也是，你要将他们统统干掉，难度太大了，极大概率死的是你自己。

"另外，杀掉那么多人，要想掩饰过去，基本不可能。你当公司是摆设吗？"

蒋白棉就着这个思路，继续说道："虽然你有推理小丑的能力，但自己做调查，肯定比不上公司来调查，公司能调动所有资源，迅速弄清楚真相，解决问题。所以，我的建议还是报告公司吧。"

"至于那些普通的教团成员，只要真没做什么坏事，公司处罚不会太重，也就给个教训，毕竟，每个人都是宝贵的资源。而且，你还能用自己的功劳去帮他们减轻处罚。"

见商见曜露出思索的表情，她补充道："大家都生活在这里，肯定都希望公司稳定。类似的问题如果一直捂着，想靠个人解决，只会越捂越严重。"

商见曜唰地一下起身："我这就去秩序督导局。"

"停！停！不用这么急，我还没说完呢！"蒋白棉连忙喊回了这家伙。

商见曜重新坐了下来，看着蒋白棉，等待她把后面的话语说完。

蒋白棉"嗯"了一声："你先把事情再讲一遍，原原本本完完整整讲一遍。"

商见曜毫不隐瞒地开始讲述，甚至讲了自己几点几分去上的厕所。

蒋白棉听得很认真，没有打断商见曜的叙说，免得影响他的思路，造成遗漏。可就算她已经非常熟悉商见曜的风格，听闻对方为了取信于任洁，竟然主动叫妈后，她还是惊得微微张开了嘴巴，又诧异又想笑。

"每当我觉得自己已经足够了解你，你就又一次刷新我的认知。"蒋白棉颇有点无奈地叹了口气。

接着，她微微点头道："这件事情有个不太符合逻辑的地方。"

"哪里？"商见曜非常配合地问道。

蒋白棉组织着语言，道："如果王亚飞之死是在两三周或者一个月之后，那我觉得没什么问题。可凌晨六点出头，引导者刚将王亚飞定义为罪人，并表示神会惩罚罪人，三个多小时后，王亚飞就心脏骤停去世了。这会带来一个显而易见的问题，那就是当时在场的所有成员都会将王亚飞之死和神罚联系起来。"

"对，就是这样。"商见曜肯定了蒋白棉的说法，"大家都是这么认为的。"

蒋白棉顿时笑了笑，反问道："那他们都什么反应？是不是有敬畏，有恐惧，有惊慌，有茫然？"

商见曜点了点头。

蒋白棉继续说道："在这种极具爆炸力的情感冲击下，不同的成员必然会因为自身的性格和经历，做出不同的选择。

"我承认，大部分人会愈加敬畏神灵，彻底相信司命的存在，变得极为虔诚，但肯定也会存在少量的成员，或因恐惧，或因惊慌，或因负罪感、正义感，想向公司举报。你就是这样一个鲜明的例子。"

商见曜思索了一阵，大概明白了蒋白棉的意思："如果王亚飞之死放在一个月后，大家有了缓冲，受到的冲击就不会这么大，顶多是产生联想和猜测，变得更加敬畏神灵。而现在，在这么大的冲击下，不同的人很可能做出不同的选择。"

蒋白棉郑重点头道："这就带来了一个问题。教团那些高层凭什么肯定没有人会出卖他们？两个可能：第一，他们是宗教疯子，完全不考虑后果，不考虑自身安危，只想审判罪人；第二，他们有把握让出卖和举报不会成功。"

蒋白棉随即看着商见曜的眼睛，认真地问道："你觉得可能是哪一种？"

商见曜毫不退缩地与蒋白棉对视着："也可能是误会，教团高层什么都没做过，王亚飞的猝死纯属偶然。"

蒋白棉顿时笑道："不错嘛，还找到了第三个可能。"

赞扬了这么一句后，她话锋一转道："我刚才其实也倾向这个可能，觉得你们教团的高层不至于这么冒险。可仔细考虑了一下，还是认为他们嫌疑很大。"

不等商见曜提问，她斟酌着说道："我们先假设确实是误会和巧合，而你是教团的高层。那当你知道任洁说过王亚飞是罪人，神会惩罚罪人，而王亚飞很快就猝死后，你会怎么想？怎么做？"

商见曜思索了一下："我会想，原来我们教团这么厉害？原来司命执岁这么神通广大？原来我这么牛，竟然加入了如此强大的教团，还混成了高层？"

"我就不该问你。"蒋白棉抬手扶了下额头。

她想了想又道："如果真的不是教团处罚王亚飞，而且以前也没做过类似的事情，那高层们说不定真会有类似的想法……"

蒋白棉紧接着问道："在产生了这些认知之后，他们还会有哪些较为正常的想法？"

不给商见曜回答的机会，她自顾自说道："一方面会不会心生狂喜，觉得这件事能用来说明司命执岁的神通广大，让信徒们更加虔诚，更加听话，更加主动地传播信仰？"

商见曜点了下头，表示正常情况下高层应该会这么想。

蒋白棉继续说道："那另一方面，他们会不会有点担忧，觉得这件事情来得太巧合、太突然、太震撼，很可能会吓到部分信徒，让他们做出过激的、不必要的反应，比如举报，比如自杀，比如开始光明正大地传教？"

商见曜认真地想了几秒，再次点头。

蒋白棉舒了口气："我们先当那些教团高层的脑子都是完好的。在产生了这两方面的想法之后，他们又会做些什么呢？"

她同样没让商见曜开口，自问自答道："立刻让手下的引导者们再举行一次聚会，一边安抚大家，一边宣扬司命的神圣和强大，务求不发生意外，将事情往好的方向引导。

"而现在，已经过去了一天，你依旧没有收到聚会的消息。要知道，这种紧急事务，肯定不会拖那么久，都是第一时间就要解决掉。"

商见曜"嗯"了一声："也许他们比较蠢，没想到这一点。"

"这确实是一个理由，我们不能要求敌人永远精明，面面俱到，不犯错误。"蒋白棉笑了笑，"不过，你们教团能在公司内部发展这么多年没出事情，说明那些高层也不是一群猪，再加上王亚飞之死实在太巧合了，所以我现在更倾向于就是他们做的。他们要么是宗教疯子，要么有足够的自信。"

"更大概率是后面那种情况。"商见曜似乎换回了正常人的思维。

"嗯……要么两者都有。"蒋白棉赞同道，"纯粹的宗教疯子肯定早就被发现，被逮捕了。"

她随即看着商见曜，叮嘱道："我怀疑直接去找秩序督导部的人很可能会出意外。这也许就是那些教团高层的自信所在，能让所有的举报都无法成功。

"你不要急着去举报，也不要急着做调查，先等一等。等个几天，等个一周，等到教团高层觉得事情已平息下去，没有任何波澜，随之放松了戒备，不再那么警惕，再尝试着做些事情。"

商见曜微皱眉头道："再过几天，就什么痕迹都没有了。"

尤其尸体，很快就会被处理。

蒋白棉明显已考虑过这个问题，她微微点头道："这段时间，我会试着通过私人关系，找机会看一看相应楼层的监控录像。"

她随口解释道："你刚才说过，王亚飞是在九点多猝死的，而昨天不是休息日，那个时间点，每个楼层的绝大部分居民都在工厂区、内生态区这些地方，都在自己的工作岗位上，生活区必然非常冷清。

"在这种情况下，如果有谁来到王亚飞工作的物资供应市场那个楼层，绝对很显眼，电梯口的监控会如实地记录下他的身影。上班时间到处乱走的人不会太多。嗯，不仅要看事发楼层的监控，还得看上下两层的，觉醒者的能力应该可以隔着天花板使用，只要满足直线距离。"

这是商见曜曾经说过的事情，而乔初的魅惑能力更是充分展现了这一点。

商见曜却摇了摇头，道："可以隔着障碍物使用，但效果会有所减弱。而且，没法确定谁是目标，只能分辨相应范围内哪些地方哪个位置有人，大致有多少。"

也就是说，若那名觉醒者尝试在楼上或楼下，隔着天花板处决王亚飞，很容易造成误杀，无法达成目的。

"这倒是。"蒋白棉思索着道，"王亚飞在特定时刻会独自留在特定的地方，比如他的办公室。这样一来，把握好时间和地点，就能完美击杀……不对，从他成为罪人到猝死，只有三个多小时，那名觉醒者不可能摸得清楚他的活动规律，哪怕挨个问人，也来不及，嗯……只要看事发楼层的监控就行了，看前后时间有谁进入，有谁离开。不，还是看三层，谨慎一点比较好，毕竟不能直接将你的能力等同于觉醒者的共性。"

商见曜突然问道："要是没有类似的人呢？"

"那说明觉醒者可能也在事发楼层工作，甚至就在物资供应市场内部。这概率虽然很低，但不能排除。"蒋白棉抿了下嘴唇道，"可以看一看当时有谁靠近物资供应市场，也可以查一查物资供应市场员工们各自的特点。"

说到这里，她看着商见曜，微微笑道："觉醒者不都是用一个代价换来三个能力的吗？既然付出了代价，那肯定会表现出一些异常的地方。这就是线索。"

商见曜先是点头，继而动了下眉毛。

蒋白棉顿时笑道："你想明白了啊！用精神病掩饰思维的跳跃和异常，确实是个好办法，但在公司眼里，这同样也是一种异常啊，值得追踪观察。

"你不会以为公司高层连觉醒者的基本资料都没掌握吧？你不会以为作为研究项目，志愿者的异常那么容易就会被放过吧？你不会以为一个有中度精神异常的人靠自己申请，就能加入旧调小组，随随便便前往地表吧？

"公司肯定是想将你放到不同的环境下观察你的情况，确认你是否有问题，而我就是那个观察员。"

见商见曜的表情越来越凝重，越来越严肃，蒋白棉笑着叹了口气："还好我这个人心软，虽然也不知道你为什么要隐瞒，但你想隐瞒就隐瞒吧。"

商见曜沉默了片刻道："可以出其不意。"

蒋白棉微微点头，把话题转了回去："王亚飞死亡事件，就按照我们刚才说的做。你先耐心等待一段时间后再尝试举报，而我趁机做些边缘性、技术性的调查。"

商见曜没再反驳，低声说道："小心。"

蒋白棉露出了明澈的笑容："我肯定会找别的借口和理由，我又不傻。"

说着，她摸了摸金属耳蜗，揶揄道："差点就没听清楚！以后关心别人记得大声一点。"

"是，组长！"商见曜中气十足。

蒋白棉吐了口气，指了指桌上的书："这是一些旧世界的资料，你拿去看一看。以后上午都是看资料和讨论，下午训练。"

商见曜接过资料，找了个位置坐下，非常安静地阅读起来。

没过多久，白晨、龙悦红也主动在假期过来加班了。到了傍晚，在小食堂吃过饭的商见曜和龙悦红乘坐电梯回到了495层。

他们刚靠近活动中心，突然听到了一阵喧闹声。

两人没有说话，默契地快步过去，看见两名穿黑色制服的秩序督导员架着一个人从前方经过。那个人双手被反铐着，脸庞极度扭曲，眼睛睁得很大，非常浑浊，满是血丝。

　　龙悦红吓了一跳："感染了无心病！"

　　商见曜则认出了那个人——沈度。

　　更远一点的地方，有个小孩被妈妈死死地抱着，大声哭喊道："爸爸，爸爸……"

第10章
了解情况

在商见曜眼里，沈度的脸庞已看不出原本的斯文，扭曲的脸庞让他如同一只疯狂的野兽。他的眼睛里也看不出理智，甚至还没有某些动物的眸子清澈。那种异常的浑浊和密布的血丝就仿佛来自每个人噩梦的深处。

沈度竭力挣扎着，哪怕被反铐住了双手，并遭两名身体健壮的年轻人控制着，他依旧给人一种随时会脱离束缚，猎杀周围生物的感觉。

这是他往常所不具备的能力。

粗哑的嘶吼声里，沈度被一步一步带走，身后是孩子撕心裂肺的哭喊声："爸爸，爸爸……"

在这样的场景下，目睹这一切的人全都保持着沉默，他们既恐惧慌乱，又感伤叹息。

终于，沈度被带离了活动中心区域，只留下一阵阵嘶吼声不断回荡。

商见曜面无表情地看完，随后转身，往来时的方向走去。

"那是沈叔叔吧？他……竟然得了无心病……"龙悦红同样被这件事情震撼，凝望着沈度消失的方向，他下意识地对商见曜感叹了一句。

直到这个时候，他才发现商见曜没在旁边："喂，喂，你去哪里啊？"

商见曜没有理睬他，拐入了通往第四电梯区的道路。他走得不快不慢，似乎只是临时想到有别的事情要做。很快，他回到了647层，走入了分配给旧调小组的14号房间。

蒋白棉还没有回去，还在那里操纵唯一的电脑，她将键盘敲得噼里啪啦作响。

"怎么了？忘了东西？"感应到有人进来，蒋白棉抬头问了一句。

商见曜走到她桌子前，沉声说道："沈度感染了无心病。"

蒋白棉怔了两秒，回忆起了沈度是谁："那个带你进入生命祭礼教团的叔叔？"

商见曜重重点头。

蒋白棉的眉心皱成了山峰："他知道王亚飞猝死后，是不是很害怕，很惶恐？"

"还比较茫然。"商见曜用补充的方式肯定了蒋白棉的猜测。

蒋白棉若有所思地点了下头："你怀疑沈度是因为想举报教团才突然感染了无心病？"

"对。"商见曜没有否认。

蒋白棉"嗯"了一声："你回这里是想提醒我最近不要贸然调查，免得也变成无心者？"

"初代无心者形象很差的。"商见曜仿佛没听见蒋白棉的问题，突兀地冒出这么一句话。

"也是，变成这样的无心者简直太惨。"蒋白棉理解了他的意思，轻轻颔首道，"放心，我最防备的就是被教团察觉。我目前打算做的调查主要是从公开信息里寻找蛛丝马迹。嗯，放心，我暂时不会去找关系看监控了，再等一等，等一段时间，等到他们已不在意这件事情之后。"

商见曜简洁地回应道："好。"

说完，他准备转身返回495层。

蒋白棉喊住他，思考着说道："不要沮丧，这件事情虽然是个悲剧，但让我有了不小的信心。他们做得越多，留下的痕迹和漏洞就越多，越容易被抓住马脚……"

她顿了一下，表情严肃地说道："其实，我还不太相信沈度是想举报生命祭礼教团才突发无心病的。你也听了整点新闻，知道公司最近发现了好几例无心病感染者，再多一例，也属于正常现象。"

这么多年下来，虽然人类还没有找到无心病的发病机理和传染途径，但至少总结出了一些规律。

其中，有一条是：只要无心病出现，就不会仅有一例。在一定范围内，在一定时间段里，必然会爆发出好几例甚至更多，而这些病例之间大部分不存在交集。

幸运的是，无心病爆发一次后，会隔很长一段时间才再次出现，否则人类早就崩溃了。

它就像人类的影子，夜晚不知潜藏在什么地方，等到天亮又会自然浮现。

"比我们遇到乔初还要巧。"商见曦评价了一句。

蒋白棉轻轻颔首道："如果不是巧合，那这件事情的意义就非比寻常了。生命祭礼教团难道已掌握了无心病的所有秘密？能利用它来对付敌人？他们又是怎么知道沈度要出卖他们的？又是怎么让无心病在沈度举报前恰好爆发的？为什么你把事情告诉了我却没有发生一点意外？这其中的不同在哪里？"

不等商见曦回答，蒋白棉吐了口气接着说道："这些都是需要思考的问题，其中可能蕴藏着最重要的线索。这段时间，你和我都好好想一下。回去吧，不要太过主动地询问相关事情，表现出适当的好奇就行了，更不要展开调查。"

见商见曦表情依旧严肃，蒋白棉微微一笑道："也不要太害怕他们。他们要是能随随便便就让一个人感染无心病，早就把董事会成员全部除掉换成自己人了。而我们现在多半在诚心诚意地赞美司命的宽容，根本不会烦恼类似的事情。"

商见曦点了点头："慢慢来，不要急。"

"这不是应该由我对你说的吗？"蒋白棉挥了挥手，"回去吧，好好休息，教团应该快通知聚会了。"

见商见曦有点不解，她笑叹道："既然出了沈度这桩事，教团高层只要还没把脑子献祭给司命，都应该想到：得尽快召集信徒，于聚会上统一下思想，不管是恐吓，还是安抚，总之不能让事态继续发展下去。要是一下子出现十几二十例无心病，那不需要我们举报，公司都会抽调精兵干将做最彻底的调查。"

商见曦静静地听完，忽然开口道："组长，我想给你唱首歌。"

"不用了，等解决了这件事情再唱吧。"蒋白棉非常自然地接着说道，"我知道你想赞美我。"

商见曜没再多说，转身走出14号房间，乘坐电梯回到了495层。

此时，许多员工都聚集在活动中心内部和周围区域，三五成群地低声讨论着刚才那件事情。对很多人来说，这就像是一场已遗忘许久的噩梦重新来袭，由不得他们不恐惧，不慌乱。

当前无心病的发病率很低，不少年轻人在过去多年里可能就直面过那么两三次，甚至没有见过感染者，更多只是听说。

这个始终笼罩在人类头顶的阴影又一次出现了。

商见曜没急着回家，他走入活动中心，不出意外地看到了龙悦红。

龙悦红正和杨镇远在角落闲聊。

"你刚才去哪了？"龙悦红看到商见曜过来，疑惑地问了一句。

"忘记东西了。"商见曜随口找了个理由。

"哦，这样啊。"龙悦红表示理解。

商见曜坐了下来，仿佛想证明自己不心急一样，他看向杨镇远，微笑着问道："你不是搬到569层了吗？"

杨镇远的妻子周琪比他大十岁，曾经有过一个丈夫，分配了住房，所以，两人配对成功后，杨镇远直接失去了分房资格，只能搬去569层周琪家。

"回来看爸妈不行吗？"杨镇远笑着回应道。

商见曜上下打量了他两眼："你妻子教导得真好。"

"啊？"杨镇远白白净净的脸庞莫名地涨红了。

龙悦红帮忙翻译道："他的意思是，你比以前开朗多了。"

"有一点吧……更自信了。"杨镇远抬手抓了下头发。

聊了聊杨镇远在研究所的工作，商见曜转而看向了龙悦红："沈叔叔到底怎么回事？"

龙悦红早已听了一圈八卦，叹息着道："他们说沈叔叔昨天晚上就有点不对劲，魂不守舍的样子。唉，要是早点让他去看医生，说不定就没事了。"

"如果已经感染无心病，早治疗也没用。"商见曜接话道。

杨镇远的工作单位是某个生物研究所，偏医疗方面，只不过，他因为专业问题，更多是负责里面的电子设备。

龙悦红再次叹气："是啊，真惨，沈叔叔的孩子才那么点大……"

商见曜默然了几秒，转而问道："沈叔叔是什么时候发的病？谁第一个看到的？"

龙悦红指了指外面："沈叔叔是在旁边的秩序督导室发的病，刚进去，还没说话就发病了，呼，还好是在那个地方，他们很快就将沈叔叔控制住了，要不然，多半还会有人受伤。"

"秩序督导室……"商见曜重复了几遍，"当时有几个人在场啊？"

"有三四个吧？要制服一个无心者，两个人肯定不行。"龙悦红猜测道。

商见曜毫不掩饰地好奇地问起各种细节，然后，他对整件事情有了一个初步的了解：吃过晚饭，沈度在活动中心门口徘徊了一阵，神情恍惚，脸色难看。大概过了十来分钟，他开始走向旁边的秩序督导室，刚一进去，也就是几十秒的工夫，里面就爆发出打斗声、嘶吼声……

那个时间点，正是饭后休闲的时候，很多人都目睹了这一幕。

聊到七点四十多，商见曜告别了龙悦红、杨镇远，以及过来找丈夫的周琪，离开活动中心，往自家走去。

快临近B区196号时，他先行扫了一眼房门的下方。那里用白色粉笔画了个简笔婴儿图。这表示，明天凌晨五点三十分，生命祭礼教团有聚会。

647层，蒋白棉收拾好东西，走进了偏僻角落的一部电梯。

她刷了一下电子卡，按亮了"349"这个数字。

第11章
公开消息里的线索

349层和生活区大部分楼层不同，房间搭建得不是那么密集，甚至可以说稀疏。蒋白棉刚出电梯，看到的就是一个小型广场。

广场中间有填满泥土的花坛，里面种着不同种类的绿色植物。而这片区域天花板上洒落的光芒更接近地表的自然光，并非常见的日光灯的光芒。

蒋白棉看了一眼或凋零或盛开的花朵，拐入左侧街道，进入了C区12号。

入门之后，首先是一个摆放着沙发、茶几、椅子、收音机等物品的客厅，客厅往左，与厨房相连的地方，还隔出了一个餐厅。客厅深处则有更多的房间。

此时，一位半百的老者正坐在窗户旁的躺椅上，借着外面路灯的光芒，翻看手里的书。

这位老者黑发还很浓密，只是夹杂了一些银丝。

他眉毛如剑，眼睛较大，如果倒退几十年，肯定也是不比基因改良一代差多少的帅小伙。

蒋白棉瞄了这老者一眼，微皱眉头，按下了门旁墙壁处的开关。

"啪！"屋内灯光亮起，照得里面宛如白昼。

"爸，你怎么又不开灯？"蒋白棉关切地责怪了一句。

蒋文峰放低手中的书，笑呵呵道："路灯这么亮，何必再开灯呢？要懂得节约能源，想我年轻那会儿……"

蒋白棉忙抬手摸了摸耳朵："啊？爸，你在说什么？反正要注意保护眼睛！"

蒋文峰穿着胸前两边都有口袋的黑色衣服，他放下手中的书，站了起来。

"你这耳朵，比你爷爷死前还背！"他刻意走到蒋白棉旁边，大声说道，"还不快去做个手术，植入生物式耳蜗后效果比你现在这个至少好三倍！"

蒋白棉张了张嘴，干笑道："我这不是害怕动手术嘛，凑合着能用就行了。"

"有什么好怕的？"蒋文峰说着不知重复过多少遍的话语，"你当初做基因改造，移植生物义肢的时候，不也没怕过？"

蒋白棉又好笑又无奈地争辩道："我当时都昏迷了，哪还知道怕不怕？"

"动手术不也要上麻醉吗？"蒋文峰愈加觉得小女儿不让自己省心。

蒋白棉默然几秒，抿了下嘴唇道："我就是害怕那种什么都不能掌控的感觉。"

不等爸爸再说，她快速环顾了一圈："我妈呢？"

"公司发了两箱苹果，她拿一箱去你哥家了。"蒋文峰无奈地回答道。

"哦哦。"蒋白棉故作恍然，"要我帮你削个苹果吗？"

"不用了，刚吃过晚饭没多久。"蒋文峰摇了摇头。

蒋白棉旋即指了指书房："我用用你的电脑啊。"

"去吧，去吧。"蒋文峰一脸嫌弃。

蒋白棉脚步轻快地走入书房，打开父亲的电脑，登录了他的公司内部账号。

盘古生物内部搭建了一个局域网，有电脑又有权限的人可以登录上去浏览一些公共消息，处理相应层级内的事务。当然，不同权限的人员能看到的内容、能使用的功能，肯定是不一样的，甚至在不同的地方登录，也会有不同的限制。而对盘古生物绝大部分员工来说，电脑是个稀罕玩意儿，只有在工作单位才能看到，并且数量不多。

蒋白棉借助父亲的账号，按照时间顺序，一条一条地看起各种保密级别很低的内容。她没有急躁，就像平时浏览一样。这上面的消息可比整点新闻丰富、深入多了。

终于，蒋白棉看到了一个标题"D8级员工王亚飞死亡事件例行性调查报告"。她当即点了进去，认真地阅读：

"……前后一小时，电梯口的监控未发现有外来者进入事发楼层……

"……多位员工证实，当时并没有人靠近王亚飞……

"……尸体解剖结果显示为心源性猝死……

"结论——排除他杀，以自然死亡处理。"

蒋白棉微微点头，小声地感慨了一句："公司的各种制度还是很成熟的嘛！"

这说明公司建立以后，在防备包括觉醒者在内的各种人为破坏方面是有一定经验的。

蒋白棉没有长时间停留在当前页面，她迅速关掉它，转而浏览起别的内容。等看完大量不相关的东西后，她才进入医疗页面，查起各种保健知识。

在这个过程中，她状似随意地搜索了一下"最近五年心源性猝死案例"。很快，结果显现了出来，整体概率在正常区间内。

蒋白棉一条一条地往下看着，眉毛突然动了一下。最近一年，478层已出现过两例心源性猝死。而478层就是王亚飞在此担任物资供应市场主管的楼层，也是他猝死的地方。他是第二例。

从人口比例上来讲，这样的发病率不算太高，完全可以接受，但在抱着猜疑心态的蒋白棉眼里，就显得很可疑了。

再往前的记录里，478层发生心源性猝死的概率恢复了正常，每年一例，有时也没有。

蒋白棉关上这个页面，开始浏览别的内容。不过，她的思绪有些纷飞：这说明那名觉醒者是478层的居民？而且是最近一年才觉醒的？从心理学角度来讲，一个人得到了这么强大的力量，很难不去试一试，有不小概率会报复自己痛恨的敌人。而且，这也能说明为什么生命祭礼教团这次要处决王亚飞……按理来说，每次的，呃……烦恼分享会上，总会有成员指责谁谁谁，但之前商见曜并没有见过谁因此而死亡。正是因为王亚飞工作的楼层有一名教团的觉醒者，他可以很好地操作，不会留下被公司发现的线索，所以生命祭礼教团这次才决定要实行神罚，让495层的信徒们更加敬畏司命，更加虔诚和服从？那沈度感染无心病又是怎么回事？有这么方便的办法，为什么还要让觉醒者出手杀死王亚飞？让他也感染无心病不就好了？这样会更加隐蔽，效果也更好。难道那不是无心病，而是觉醒者的某种能力造成的类似症状？

蒋白棉脑海内念头翻来滚去，但她表面却不动声色地继续浏览。

凌晨五点多，轻轻的敲门声里，商见曜醒了过来。这一次，他没有刷牙，只是洗了个冷水脸，让自己更加精神。然后，他披上和沈度同款的暗绿色厚棉大衣，拿着粗笨的电筒出了房门，走向A区。走着走着，他抬头看了一眼天花板。那里有一个红点在闪烁，代表一个监控摄像头。

许多员工都认为，除了几个关键区域，大部分监控摄像头应该都已经损坏，无法使用，公司也只是把它们安在那个地方摆摆样子，震慑大家。

可商见曜之前听蒋白棉说起过要检查监控设备，因此他感觉还在发挥作用的摄像头应该比想象的更多。他忽然抬起手臂，用电筒照了照那个摄像头。然后，他贴近墙边，进入监控的死角。没过多久，商见曜抵达了位于A区的李桢家。按照流程对完暗号后，他进了房间，找了个位置坐下。

和往常不同，这次的聚会大家似乎都很压抑，在引导者任洁出来前，竟无人说话，无人闲聊，不知在想些什么。这里面，简辛和卓正源夫妇时不时改变坐姿，显得很不安稳。

终于，引导者任洁从内屋出来，走到了衣柜、橱柜与大床之间。

她环顾了一圈，表情严肃地说道："今天召集大家聚会，是有一件事情要通报。"

说话间，她的身体微微有些战栗，仿佛在害怕什么，但脸上却露出了狂热的神色。停顿了一下，任洁沉声说道："沈度想要出卖教团，已经遭遇神罚。"

第 12 章
长夜教团

李桢家里，昏黄的灯光不均匀地洒落在每个人身上，形成了明暗交错状。

在近十秒钟里，没有任何人说话，甚至连呼吸声都仿佛不存在。整个房间，就像是被人按了暂停键。

终于，引导者任洁打破了这种沉默，她屈起双臂，做摇晃婴儿状："赞美您的宽容！"

她话音刚落，房间内就响起了一道道急促且粗重的鼻息，他们似乎已经憋了很久。

"赞美您的宽容！"所有的教团成员跟着行礼。

他们比以往任何时候都要虔诚。

商见曜混在里面，一丝不苟地做着摇晃婴儿的动作，声音没有半点波动。

引导者任洁转而又道："罪人王亚飞也遭遇了神罚。"说完，她缓慢地环顾了一圈，看得每个人都低下了脑袋。

任洁不再提沈度和王亚飞之事，她开始讲解。

这一次，她讲的是司命的崇高和神圣。临近尾声，她再次用目光一一扫过每位成员："我主是宽容的，也是威严的，他始终注视着世间，而圣师也一直在关注我们，没有谁能瞒过他的眼睛。"

刚才，任洁第一次提及生命祭礼教团的内部结构：刚加入是新生者，有一定贡献、发展了不少信徒后，可以晋升为引导者，引导者之上则是圣师。至于圣师往上还有没有职位，是什么称谓，她没有说。

"赞美您的宽容！"众位新生者再次做出摇晃婴儿的动作。因为这次是临时聚会，没有圣餐礼，所以他们迅速起身，分批离开。

商见曜刚准备出门，却被任洁叫住。

这位引导者微笑着对他说道："不要太害怕，司命执岁是宽容的。只要不亵渎神灵，不出卖教团，他只会给予祝福，而不是神罚。"

任洁对商见曜的态度比以往亲切了许多。

"赞美您的宽容。"商见曜状似虔诚地回应道。

出了李桢家，他拿着电筒，靠近墙边，不快也不慢地前行着。目光所及的地方，他看见了简辛和卓正源夫妇。

他们电筒的光芒很微弱，似乎需要更换新的电池了。昏黄摇晃的光芒里，这对夫妻走得很急切，似乎在害怕黑暗里会扑出什么怪物。

商见曜的步伐略有加快，然后就恢复了正常，他目送着简辛和卓正源的那团黯淡光芒消失在拐角处。

上午七点五十分，647层14号房间。

商见曜没等龙悦红一起，先行来到了公司分配给旧调小组的这个房间。不出他意料，蒋白棉已经抵达，正坐在位置上，拿着钢笔发呆。

感应到商见曜进门，蒋白棉招了招手："有些收获。"

商见曜唰地一下就跃了过去。

"动作不用这么夸张。"蒋白棉的表情有点呆滞。

"脑子一抽。"商见曜认真地解释道。

"好吧，我知道你是有医生证明的。"蒋白棉无奈地叹了口气。

她转而正色道："初步的线索是，那个觉醒者很可能是478层的居民，或者是在那里工作。"

抢在商见曜开口前，她大概解释了一下线索的来源和判断的依据，末了道："你可以试着去问一问那个叫简辛的当事人，看她是否注意到王亚飞死亡当天，本楼层哪位居民没去上班，或者问问活动中心、小学、秩序督导室这些地方的员工，在王亚飞死亡前后谁靠近过物资供应市场。"

"如果都没有呢？完全没有。"商见曜反问道。

蒋白棉笑了笑："那说明那位觉醒者很可能就是478层物资供应市场的一员，到时候找个住在那个楼层的朋友，在吃饭的时间过去转一转，观察一下那些员工有没有异于常人的地方。这一点，你也能通过简辛来了解。"

说到这里，她叮嘱道："但最近不要去，最好等几天，在活动中心这种地方，在周围人很多的情况下，找个僻静的角落去问。还有，委婉一点，不要那么直接，否则会吓到对方的。

"我知道你不害怕给自己引来危险，可你要考虑到这会不会给对方带去危险，你应该不希望再出一次沈度的事情吧？"

商见曜坦然说道："我也害怕。只是有些事情再害怕也得去做。"

蒋白棉"嗯"了一声："好了，去看资料吧，这几天就忘记这件事情，不要再想。"

商见曜转了个身，又转了回来："我还有一个问题。"

"什么？"蒋白棉突然有点害怕，担心又是什么大事。

商见曜思考了一下道："一个人该怎么去战胜内心潜藏的恐惧？"

蒋白棉的眼睛霍然睁大，下意识地往后缩了缩身体。

她狐疑地看着商见曜："你为什么突然问这个问题？"

商见曜理直气壮地说道："你是不是忘记了？杜衡说过，进入起源之海需要面对内心的恐惧，并——战胜它们。"

"哦，这件事情啊，我还以为……"蒋白棉及时闭嘴，骤然醒悟道，"你进入起源之海了？"

商见曜点了点头。

"什么时候的事？能力有没有变化？"蒋白棉脱口问道。

商见曜非常坦白："没有。"

"也是，至少你还没战胜内心的一种恐惧。"蒋白棉若有所思地点了下头。

她犹豫了片刻，决定直接一点："你现在面对的是什么恐惧？只有了解具体的情况，我才能找到合适的办法。"

商见曜没有说话，他从衣兜里掏出了一张叠好的纸，递了过去。

蒋白棉伸手接过这张纸，迅速将它展开。

映入她眼帘的是许多无序的蓝色线条。

这些用圆珠笔画出的线条仿佛连成了一片阴影，将一个圆圈围在中间，并且"侵蚀"了进去。而在纸张的边缘，凌乱线条的上方，还有另外两个圆圈。除此之外，就是大片大片的空白。

蒋白棉仔细看了一阵，结合商见曜本人在盘古生物留的档案资料，她隐约有了一些想法。

她斟酌着说道："这两天我会努力想一想，希望能尽快给你一些建议。"

说完，她仿佛记起了什么，好奇地问道："这就是你在车上被乔初命令去画画的时候画的那幅画？"

"你还记得！"商见曜没掩饰自己的诧异。

蒋白棉脸上的笑容逐渐明显："我说过，我这个人一直都很小心眼，很记仇的。"

商见曜正要回应，白晨和龙悦红相继进入了房间。

蒋白棉随即站了起来，笑着说道："最多还有两天，我们就知道能拿回哪些物品，能有多少补偿了。"

这一天，商见曜等人在看资料和做各种训练中度过，平淡而充实。

吃过晚饭，回到家里，商见曜想了想，又去了活动中心。他一眼扫过，看见龙悦红正在角落里和一个短发的漂亮女孩聊天。

商见曜忍不住摇了摇头。

"你也觉得龙悦红傻乎乎的，和人家女孩子第一次见面，竟然就约在活动中心聊天？"这时，一道清脆的女声在商见曜耳畔响起。

商见曜侧头望去，发现是孟夏。

这女孩和商见曜、龙悦红、杨镇远他们都是同一个年龄段的，又住在同一个楼层，那必然有着同学关系，彼此相当熟悉。

孟夏个子高挑，面容干净精致，穿着一件长款的驼色大衣，比以往看起来成熟了不少。

孟夏的身旁还有一名男子，二十多岁的样子，身高一米七出头，与她一样高。男子长相还算端正，但皮肤晒得有点黑，脸上尽是风霜的痕迹，一双眼睛颇为锐利。

孟夏和这名男子手挽着手，似乎一刻都不想分离。

"是啊。"商见曜回应了孟夏对于龙悦红的评价。

孟夏顿时笑道："我老公刚才还说这很正常。真是的，这里多闹啊，去僻静的街上散散步多好。"

商见曜点了点头："他这样没用的。他应该一见面就唱首歌。"

孟夏不知该怎么回应。

还好，商见曜也没继续这个话题，看着孟夏身旁的男子道："你丈夫？"

他记得孟夏统一分配的丈夫是来自荒野的流浪者，目前已经是D4级的员工。所以，孟夏已经搬到了对方所在的622层，平时很难在这边遇到她。

"嗯，张磊。"孟夏介绍道，"这是我同学，商见曜，刚去过地表那个。"

张磊上前一步，伸出右手道："你好。"他习惯性地将孟夏挡在了身后。

"你好。"商见曜与对方握了握手。

"怎么回来了？"商见曜转而又问起孟夏。

"这不是沈叔叔出了事嘛，回来看看爸妈。"孟夏叹了口气。

商见曜想了想，突然说道："借你老公用一下。"

"啊？"孟夏一脸茫然。

商见曜礼貌地解释道："有些事情想请教。"

孟夏笑了起来："去吧，不要借太久。"

和张磊来到活动中心无人的角落，分别坐下后，商见曜直接问道："你对执岁和觉醒者有没有了解？"

张磊挑了下眉毛："夏夏说你去过地表，看来知道不少事情啊。嗯，我在荒野上流浪了很多年，还算了解一些。"

　　商见曜思索了一下道："那你遇到过能影响别人心脏的觉醒者吗？"

　　张磊表情逐渐严肃："有，但不是我，而是我一个朋友遇到的。在野草城的时候，他和一个长夜教团的成员打赌，掰手腕定输赢。结果，他快要赢的时候，心脏突然狂跳，差点就缓不过来。"

　　商见曜想了想道："长夜教团信仰哪位执岁？"

　　张磊左右看了一眼，沉声说道："司命。"

第 13 章
奖励

商见曜沉默了一阵，转而问道："你对长夜教团有什么了解？"

张磊摇了摇头："我不喜欢和这些教派打交道，感觉他们很疯狂又很危险。

"我只听人说过，长夜教团认为每一个夜晚都很危险，只有获得司命庇佑，才能活着看到天亮。

"所以，他们喜欢在天刚黑时祈祷，在深夜聚会，称自己的大弥撒为狂欢舞会……"

说到这里，张磊有些无法理解地说道："我不知道狂欢舞会是什么样子，但总觉得这作为一个宗教的弥撒仪式有点奇怪。"

"你要是听过育儿讲座和机械修者说法，就不会这么觉得了。"商见曜用见怪不怪的口吻说道。

张磊没问什么是育儿讲座和机械修者说法，回头看了一眼正和几名朋友聊天的孟夏，对商见曜道："你还有什么想问的？"

"除了司命，你还了解哪些执岁？"商见曜摆出了一副逮到机会就要问个清清楚楚明明白白的样子。

张磊回忆着说道："不多，十二月的司命，一月的菩提，还有，我在野草城时听最初城来的人提过，他们那里有些贵族在暗中信仰执掌九月的曼陀罗。"

商见曜回忆组长蒋白棉的描述，诚恳地评价道："在最初城，也许能凑齐所有执岁的信仰。"

"那不是一个好地方。"张磊点了点头，"对大部分人来说。"

他指了指孟夏那边："没什么问题的话我就过去了。"

商见曜突然问道："你为什么不问我突然问这些的原因？"

张磊站起身来，缓缓说道："知道得越多越危险。"

说完，他没再停留，转过身体，走向了孟夏。

商见曜继续坐在那里，一动不动，仿佛已被周围的热闹气氛隔绝。他静静地注视着来来往往的人们，毫无不自在的感觉。

第二天，商见曜同样提前了近十分钟抵达旧调小组所在的647层14号房间。

没有任何意外，蒋白棉已坐在了位置上。

"我昨天遇到了一个外来的员工。"商见曜走了过去，直截了当地说道。

"嗯？"蒋白棉表示自己在等待下文。

商见曜拉开椅子坐好："他对执岁和觉醒者有一定的了解……"

他将张磊讲述的内容重复了一遍。

"果然，与心脏直接相关的觉醒者能力在司命的领域。"蒋白棉若有所思地感叹道，"也不知道是不是信仰了哪位执岁，在觉醒时就会获得相应领域的能力……那在还没有确定信仰前就觉醒又是靠什么来确定能力的呢？嗯，杜衡说过，不同的代价会模糊地映射不同的领域，难道是根据付出代价的不同来划分的？"

说到这里，蒋白棉忽然又提了一句："那乔初的代价又是什么呢？杜衡和伽罗兰的代价又是什么呢？"

商见曜回答道："不是所有的代价都能轻松看出来。

"净法要是自己不说，不会有人直接就想到他的代价是色欲增强。

"我当初差点就用一辈子单身来换能力了，结果不行，这种代价没用。"

蒋白棉顿时诧异："不是说只要付出代价就行？难道还得是符合某种规则的代价？"

"不知道。"商见曜非常诚实。

蒋白棉"嗯"了一声："从单独的案例很难看出什么，除非你试过很多次后找到了正确的代价。"

"三次，第二次是想用没有朋友交换，还是不行。"商见曜如实说道。

蒋白棉轻轻颔首道："等多认识几位觉醒者，了解了他们失败和成功的案例才能总结出规律啊。"

"他们不会说的。"商见曜指出。

"万一他们的代价就是不能撒谎或者有问必答呢？"蒋白棉笑着杠了一句。

接着，她回忆道："回来之后，我越想越觉得乔初的魅惑不像是能力，反而更像是代价。"

商见曜眼眸微动，立刻说道："到目前为止，我见过的所有觉醒者中，除了他，其他人的能力都是可以自控的。"

也就是说，哪怕能力会带来一些不好的结果，但觉醒者至少可以选择使用或者不使用。

而乔初被梦魇马追了一路，说不定还因此丢了一辆车，直到使用诡计把对方骗过河，炸掉桥，才真正摆脱。

正常的觉醒者，遇到这种情况应该早就停止施展魅惑能力了。

当然，商见曜也不能肯定执岁赐予的能力里一定没有无差别的被动魅惑这种东西。

"对。"蒋白棉表示赞同，"这么看来，乔初的魅惑可能是付出的代价。"

说到这里，她突然笑了起来："乔初刚成为觉醒者，在能力还比较弱小的时候，这种无法消除的被动魅惑不知道给他带来了什么，啧……"

"惨。"商见曜跳过可能的案例，直接给出了结论。

接着，他补充道："没进入起源之海，没有战胜内心的恐惧之前，乔初的魅惑能力不会有这么大的范围，效果也不会这么强。"

"你在想什么？"蒋白棉促狭地笑道，"我本来打算说的是，乔初肯定很受蚊子这些东西的喜爱，和他待在一起，就不怕被叮咬了。啧，你们这一届，生理教育的边界又拓展了吗？"

不给商见曜做出明确回答的机会，她转而又说道："正常而言，没有人会用魅力增强作为代价，这在普遍的观点里，根本不是代价。所以，乔初当时应该是用魅力换取的能力……

"结果，他也没想到会变成万人迷。嗯……根据我的体验，随着时间推移，我爱他的冲动会逐渐强烈，可以预见，如果再待一两天，甚至几个小时，我们就会主动地、暴力地侵犯他。这果然是代价啊，惨……"

"你们那一届的生理教育也不差。"商见曜认真地评价道。

"啊？你说什么？"蒋白棉摸了摸耳蜗，正色道，"而且我们之前也讨论过了，从当时的情况看，乔初如果表现出敌意，表现得恶毒，相应目标被魅惑的状态就会解除，他的同伴们也会受到刺激，在一定程度上摆脱影响，呃，动物和无心者除外……看来限制还是不少的。"

蒋白棉想了一下又道："如果真是这样，乔初第三种觉醒者能力还没表现出来。我们当初谨慎得好啊。"

他们目前已知乔初有让人沮丧和使人专注地做某件事情的觉醒者能力，前者是范围型的，后者似乎只能单对单。

两人说话间，龙悦红、白晨相继走了进来。

蒋白棉见状起身拍了拍手，她笑容满面地说道："上面给回复了！"

听到奖励下来，不管是龙悦红，还是白晨、商见曜，眼睛都发亮了。

"停，不准唱歌，不准跳舞！"蒋白棉提前制止了商见曜，不让他做出任何行为。

商见曜顿时流露出了遗憾的表情。

蒋白棉清了清喉咙，笑眯眯地说道："奖励和补偿算在了一起，分成两个部分。第一个部分是：每个人的员工等级额外提升一级，也就是说，我现在是D7级了，货真价实的组长，商见曜、龙悦红本来要升为D2级，现在直接到了D3级，白晨本来是转为正式员工，D1级，现在到了D2级。"

"D3级？"龙悦红惊喜出声，"那每个月岂不是能多1000个贡献点？"

这就意味着，他的月薪将是2800个贡献点。而且，等他明年结婚，能够分房的时候，更高的员工等级分到的房间更大。

"多少级能申请做基因改造，如果自己支付贡献点的话？"白晨脸上喜色一闪，很快就消失不见。

蒋白棉微笑着回答道："我帮你问过了，你这种情况，到了D4级就可以。如果你愿意参与很危险的那种项目，现在都行，不过我不建议，不管你想做什么，活着才能去做。"

白晨微微点头，表示自己不会这么鲁莽。

蒋白棉又望向商见曜："你不高兴？"

"高兴啊。"商见曜一脸严肃。

"算了，我就不该问你。"蒋白棉继续说道，"第二个部分是，每人10万个贡献点补偿。"

"10万？"龙悦红这辈子都还没见过这么多贡献点。

蒋白棉笑呵呵道："不算多，我们可是抢……不，弄回来一辆装甲车、一挺重机枪、一张黑沼铁蛇的皮和两车物资的。

"这些东西，如果拿到野草城那种地方去卖，价值绝对能超过40万个贡献点好几倍。但你们也要想一想，我们的武器是公司提供的，我们的吉普车是公司给的，我们的人是公司养着的，公司拿大头很合理。再说，不是还有员工等级提升和补偿吗？这可比单纯拿贡献点好啊。"

"不少了，不少了。"龙悦红表示自己一点也没有怨言。

他想帮父母、弟弟、妹妹换个大的房间，也就3万个左右贡献点。

对于白晨而言，实力最强的那方拿最多的战利品是颠扑不破的真理，所以她也没觉得这有任何问题。

商见曜倒是想说点什么，但大家都不想听。

接着，蒋白棉打开桌子的抽屉，拿出了三个文件袋："上面都标有名字，这是经过审查，你们可以直接占有的收获。呵呵，公司把手表都还给我们了，这都是机械手表，比电子手表有价值得多，至少值五六万个贡献点，嗯，破损的地方，公司都帮我们修好了。

"对了，之后记得去更新一下电子卡，如果贡献点数目不对，记得和我说。啊，还有，900个贡献点的外勤补贴这次也直接发了。"

蒋白棉说话间，商见曜拿过写着自己名字的文件袋，将里面的物品倒了出来。有一副黑色的墨镜、一块深色的机械手表、一个镶嵌黄色花瓣的透明玻璃球、一支来自黑鼠镇的录音笔和一个差点撑破文件袋的巴掌大小的蓝底黑面音箱。

白晨没顾得上看自己的文件袋，她望着蒋白棉，关切地问道："组长，水围镇的事情是什么结果？"

第 14 章

病历

面对白晨的问题，蒋白棉低头笑了笑："不用这么着急。这得等下次董事会开会才能定下来。不过，据悉虞副部长说，董事们在这件事情上，态度还是比较开明的，目前唯一的争执点是给什么待遇。"

"嗯嗯。"白晨明显松了口气。

蒋白棉想了一下，拿起桌上一张纸，道："商见曜从钢铁厂废墟拿回的那几张纸，实验室已经给出了报告。其中有两张存在印下来的笔迹，经过复原和对比，可以确定那几张纸是一份病历。这份病历并不完整，主体部分是这样的——

"姓名，范文思；性别，女；年龄，52岁；婚姻，已婚；住址，家属区2区4号楼302室。患者自述行动能力正常，精神状况正常。

"现病史：近七天以来，每天至少会看见儿子的身影一次。患者儿子在几年前出了车祸，成了植物人，目前作为志愿者在北方某地接受新型治疗……"

蒋白棉念完之后，环顾了一圈道："怎么样？有什么想法？"

"一份没太大问题的精神方面的病历。"白晨加入公司这段时间，也算弄明白了什么叫病历。

龙悦红跟着说道："那个钢铁厂的医院能治精神方面的疾病？"

在他看来，那就是比盘古生物每个楼层医务室大一点的地方。而且，就算是盘古生物内部，三家大医院里也只有一家能治疗精神疾病。

"患者可能不认为自己有精神疾病，怀疑是眼睛出了问题，就随便找个门诊看一下，反正医生会考虑让她转到别的医院的，不需要她操心。"蒋白棉尝试着用盘古生物内部的情况来解释。

安静听着他们讨论的商见曜突然说道："如果患者既没有精神问题，眼睛也不存在疾病，但就是每天都能看到自己儿子的身影呢？"

龙悦红顿时"咝"了一声："别讲鬼故事了，她儿子可是植物人！退一万步讲，即使她儿子真被治好了，醒过来了，也没道理躲着妈妈不见，只每天在她周围出现那么几次啊？"

商见曜的猜测让龙悦红莫名地觉得身体有点冷，就仿佛被来自地狱的阴风悄然吹过。

阴风……

风……

龙悦红顿时瞪大了眼睛："你什么时候把电风扇打开了？"

他这才发现，商见曜默默地把组长蒋白棉桌上的静音电风扇掉了个头，按下了开关——盘古生物的白天，有时候会比较热。

"你们讨论的时候。"商见曜笑着回答道，"多有气氛啊！"

"别浪费能源！"蒋白棉"啪"的一声把电风扇关上了。

她转而说道："虽然这么一份孤零零的病历看不出什么，但既然是旧世界遗留下来的，那还是放入我们小组的档案吧，说不定什么时候就能派上用场，说不定和别的线索串联起来能揭示出一些东西。"

"好了。"她拍了一下手，"今天的资料是之前那个旧调小组搜集来的口述史。"

"口述史？"白晨大概能理解这是什么意思，但还是觉得这名词很陌生。

蒋白棉看了商见曜一眼："口述史就是当事人口头讲述的、自己经历过听闻过的历史。过去那个旧调小组前期的主要工作就是搜集这个，后面他们又做了什么，有什么收获，则伴随着他们的失踪沉没在历史的长河里了。嗯，来往电文显示，他们还有一批重要口述史没来得及上报。

"我们拿到的这批口述史，主要来自当时公司内部还存活着的、经历过旧世界毁灭的老人。这都是很宝贵的资料啊，这些人现在绝大部分都已经过世了。等反复阅读完这些，提取有用的线索和信息，我们再换第二批口述史。它来自附近区域的旧世界幸存者，类似田镇长那种。

"至于之后，就没有第三批了，只能靠我们自己。总之，我们接下来的行动目标得从这些资料里找，或者根据保存的电文，沿着之前旧调小组走过的路线再走一遍。"

听到这里，商见曜举了下手。

"不用说，我知道。"蒋白棉轻轻颔首，"你想选第二种。"

商见曜摇了摇头："两种选择也许没有区别。"

蒋白棉顿时恍然："你是想说，之前那个旧调小组选择的路线应该也是根据这些口述史提取线索的？"

"不是。"商见曜再次摇头，嗓音低沉中带着点磁性，"命运为我们确定的道路只有一条。"

蒋白棉横了这家伙一眼，侧头问龙悦红道："这是不是广播节目里的台词？"

龙悦红重重点头："是！"

蒋白棉没看商见曜，反而笑着对白晨道："刚才忘记说了，你可以搬到622层了。具体分配到哪个房间，到时候会有人和你交接。哈哈，你今晚就可以听广播了。"

白晨"嗯"了一声，神情略有变化又迅速恢复了正常。

蒋白棉不再多说，赶蚊虫般反向摆了下手："都去看资料吧。商见曜，别放音乐！"

"我管不住它！"商见曜高声回应道。

"那你好好和它讲道理。"蒋白棉没好气地回答。

商见曜的眼睛顿时一亮，似乎觉得这个办法非常契合自己的思维。

他坐了下来，对着那个蓝底黑面的小音箱絮絮叨叨地说起了话："我一把屎一把尿把你修好，你可要听话啊……"

"我现在相信，他真的有医生证明了。"龙悦红木然地看了几秒，自言自语。

"啊，你说什么？大声点！"蒋白棉侧了侧脑袋。

白晨对此已视若无睹，自顾自翻看起了资料。

"没什么。"龙悦红连忙摇头。

然后，他无声叹了口气："这究竟是什么小组啊……"

而他的调动命令还不知道什么时候能够下来。

吃过晚饭，商见曜没有立刻回到495层，而是乘坐电梯抵达了490层。

他熟练地绕过这里的活动中心和物资供应市场，来到了后面一排房间前。这些房间的中央，挂着一个白底黑字的竖匾——第十一孤儿院。

这是商见曜曾经住过三年的地方。

盘古生物内部，每十层或者二十层会有一个孤儿院，负责养育那些已没有直系亲属的孩子，直到他们年满十八岁。

此时，孤儿院有不少门都敞开着，但只有两三道人影在晃动。其他人都去前方食堂了。

商见曜走了进去，来到瘸腿的看门老头李家文面前。

"院长在吗？"商见曜声音平缓地问道。

李家文头发已是花白，坐在一张桌子后，一副昏昏欲睡的样子。

听到声音，他忙抬起头，端详了一阵："小商啊，院长吃饭去了，坐坐吧，她一会儿就回来。"

"不用了。"商见曜摇了摇头，走到了李家文的旁边。

那里的墙上有一台黑壳机器，可以用来进行贡献点交易。

商见曜依次看过还算宽敞的内部活动空间、较为陈旧的各种器具、相当简陋的陈设布置，拿出电子卡，在那台机器上刷了一下。

接着，他按出"50000"这个数字，选择第十一孤儿院为收款方。因为是大额交易，他又摁了下指纹确认键。

李家文看着商见曜的背影，笑呵呵道："来捐款啊？真是有心了，不是才开始工作吗？"

孤儿院的基本预算由公司负责，但这只涵盖房间、场地、员工薪水、每名孤儿的生活保障和相应能源配给。要想让孤儿院环境更好，孤儿们吃得更好，则更多依赖员工们的捐款。

商见曜回过头来，收起电子卡，笑着说道："帮我存起来。"

"啊？"李家文一脸茫然。

"没一声谢谢。"商见曜没再多说，轻轻点头，迈步走出了孤儿院。

李家文看着他远去后，慢悠悠地站起，他一瘸一拐地走到那台黑壳机器前，查看了一下交易记录。

"50000？"他惊呼出声。

他工作了这么多年，目前的存款也就和这差不多。

495层，物资供应市场。

商见曜买了一堆类似布匹这种单价高又便于出手的物品，抱着它们，走回了B区。他没回家，拐向了另外一边，走了一会儿，停在了一个敞开的房间前。

这是沈度家。

这比商见曜现在住的房间大一些，右侧隔出了一个狭窄的卧室，其余地方充当着客厅、厨房和餐厅。

沈度的妻子田静正在靠外侧的厨房区域忙碌，他们家的孩子绕着她不断跑来跑去。

"为什么不去食堂？"商见曜走了过去，突兀地问道。

田静三十来岁，脸庞虽然秀美，却显得很是憔悴。她苦笑道："还是需要避忌一下。虽然公司一直说无心病不会传染，但大家还是比较怕的。这不，都给我放假了。"

商见曜"嗯"了一声："沈叔叔之前一直都很照顾我。"

他边说边把手里那堆东西往沈度家里放。

"不行，不行，这太贵重了！"田静只是扫了一眼，就知道商见曜拿来的物品价值好几万贡献点。

商见曜停住动作，想了想道："如果不想收，你可以选择当我妈妈。"

田静整个人都呆了。

商见曜趁机把东西全部放下，挥了挥手道："看来你并不愿意当我妈妈。"

见商见曜态度坚决，田静嗫嚅了一阵道："以后有什么需要帮忙的，尽管说。"

商见曜点了下头，转身往自家走去。隐约间，他听见沈度的孩子在背后问他妈妈："妈妈，那个叔叔不怕我们把病传染给他啊？妈妈，爸爸的病什么时候能好啊？妈妈，爸爸什么时候能回来啊？"

商见曜的脚步顿了一下，随后加快了不少。

第15章
特别训练

隔了几天，旧调小组下午的训练快开始的时候，蒋白棉从外面走回房间，表情略有些复杂。

她来到龙悦红面前，沉默了片刻道："你的调动申请被驳回了。"

龙悦红身体顿时微微一晃，脸上的失望怎么都隐藏不住。

蒋白棉轻轻叹了口气："上面说对落后的组员要不抛弃，不放弃，不能因为在一次训练里表现出了心理上的不适应，就直接判死刑。而且，目前没人申请到旧调小组来，各个地方的人手都很紧缺，要想做出更换，只能等下一次分配工作。"

"我明白，我明白。"龙悦红低下头，自言自语般回应道。

蒋白棉"嗯"了一声，微笑着安抚道："这次我就不说'再大声点'了。"

龙悦红默然片刻道："其实，我也不是……那么失望和……痛苦。至少我现在觉得旧调小组的工作还是很有意义的。"

蒋白棉笑了笑："要不然我也不会组建旧调小组。"

说完，她拍了拍龙悦红的肩膀："好好锻炼，提高自己，争取能活到明年七月，到时候我就能申请新的组员，把你替换出去了。"

龙悦红笑得比哭还难看："组长，你这句话可不太吉利啊。"

这时，商见曜靠拢过来，笑着说道："组长，你应该说'等会儿好好揍你，提高你的生存能力！'。"

龙悦红脸色一白，莫名地觉得这比外出调查还要可怕。毕竟正式开始执行任务、面对各种危险得开春之后了，离开春还有好几个月，而现在距离训练只有十几分钟。

"等会儿好好揍你，提高你的生存能力！"蒋白棉重复了商见曜的话，但不是盯着龙悦红，而是望着商见曜说的。

她摆出了一副手很痒的样子。接着，她若有所思地对龙悦红道："有机会的话，我们再弄一套军用外骨骼装置，这能有效提升你的实力。"

"好啊，好啊。"龙悦红眼睛一亮。

蒋白棉想了想又道："其实，你也可以考虑生物义肢移植，这比基因改造安全多了。要是你有男人的浪漫，喜欢机械，那可以试一试把身体的某些部位替换成机器。有的大势力很擅长做这个。我记得有一款机械手臂，它的功能超多，真的让人眼馋。"

"这暂时没有必要吧……"龙悦红还是更喜欢自己原装的身体。

"唉，做了基因改良才一米七五，还不如换掉。"商见曜在旁边帮忙配音。

龙悦红脸庞的肌肉抽搐了一下，脱口而出道："你怎么不去换？"

"还没有机会。"商见曜认真地回答道。

龙悦红无言以对。

见气氛好转，蒋白棉侧头对正安静旁观的白晨道："刚才的建议也是给你说的。生物义肢移植和机械改造的技术都相对成熟，不是那么危险。要不要和我凑一对，做闪电姐妹？"

她话音刚落，白晨还没来得及说话，商见曜就评价道："组长，你取名好难听啊，一定是广播节目听得太少了！"

"我看你是被电得太少了。"蒋白棉磨了磨牙齿。

白晨则缓缓地吐了口气，轻轻点头道："我会考虑的。"

"唯一的问题，谁是姐姐，谁是妹妹？"商见曜又一次帮白晨配起了音。蒋白棉一时竟不知该怎么回答，因为白晨的年纪确实要比她大，而且心理年龄也很成熟。可要是让她自认妹妹，她拉不下组长这张脸。一直以来，她都把自己定位在小组的庇佑者、保护者这种身份上。

很快，蒋白棉醒悟过来，瞪了商见曜一眼。在这个过程中，她哈哈笑了两声，岔开了话题："今天的训练结束后还有一个特别训练，那就是练胆量。"

"怎么练？"龙悦红有点害怕。

蒋白棉微抬下巴，笑着说道："今晚一个人留守这里，不能带电筒等任何照明工具。"

"听起来有点可怕啊……"龙悦红由衷地感叹道。

蒋白棉点了点头："这个训练只能一个一个轮流来，要不然就没有效果了。商见曜，今晚是你；白晨，明晚是你；龙悦红，你后天晚上。"

见自己不是第一个，龙悦红稍微松了口气："是，组长！"

商见曜略显严肃地跟着说道："是，组长！"

等到白晨也做出回应，商见曜抬了下手，开口问道："留守的时候能够睡觉吗？能够开音箱听歌吗？"

"都不能！"蒋白棉斩钉截铁地回答道。

吃过晚饭，蒋白棉、龙悦红、白晨相继离开了14号房间，返回了各自居住的楼层。同时，蒋白棉还收走了所有的电筒和电池。

商见曜就着房间内的灯光阅读起厚厚的口述史，还时不时听一听广播里的整点报时。到了九点，整个楼层所有的灯同时熄灭了，他的眼前变得一片漆黑。这里没有半点自然光源，周围都是桌椅和墙壁，以至于他连自己的手指都看不到，更别提各种物品的轮廓了。

他下意识地想按亮台灯，可"啪"地摁下后，却发现没有亮起来。

这里不比生活区，路灯熄灭后，还可以使用自己的能源配给，让自家重新获得光源。这里一旦到点，每个房间都会断电，除非有相应负责人提出申请，要加班到很晚，或者通宵工作。

商见曜收回手，又一次打量起四周。映入他眼帘的只有浓郁的黑暗。

这样的黑暗里，他不知道边界在哪里，也不知道熟悉的物品里是否还藏着点别的东西。而且，这里和生活区不同，生活区房间密集，隔音效果又一般，每当夜深人静，商见曜总能听到一些聊天的私语声和嗯嗯啊啊的动静。有的时候，也会有小孩的哭闹、成人的争吵和不知谁发出的呼噜声。所以在商见曜睡着前，夜晚往往并不是那么安静。

而这种工作的地方，白天还算热闹，过了七点，整个楼层都未必有十个以上的活人，等到熄灯了，则几乎不存在人类。

所以，此时此刻，商见曜只觉得这里异常安静，安静到仿佛空气都凝固了。

吱嘎的声音突兀地响起——商见曜主动挪移凳子，打破了这种让人心里发毛的安静。可是，挪移无法持续，声音迅速消散，仿佛被周围浓郁的黑暗吞没了。

商见曜坐在那里，睁大眼睛，瞪着黑暗深处，想要看出个子丑寅卯来。这样的漆黑，这样的安静，让他连自身的存在都无法确定，有种随时会被黑暗侵蚀吞没的感觉。

不知过了多久，商见曜突然开口唱起了歌："回忆过去，痛苦的相思忘不了……"

唱着唱着，他换了更激烈的类型："起来，饥寒交迫的奴隶；起来，全世界受苦的人……"

他吼得声嘶力竭，仿佛要打破当前的极端黑暗和极端寂静。

吼着吼着，商见曜停了下来，略微喘起粗气。整个房间、整个楼层再一次变得安静起来，黑暗更是从未改变。

商见曜平复了一阵，又唱起了歌。他唱唱停停，却怎么都得不到回应，打不破黑暗。

又过了好一会儿，商见曜突然开口高声喊道："有没有人啊？有没有人啊！"

他得到的只有他自己的回声。

"呼——呼——"不知不觉间，商见曜的呼吸加重了。他仿佛是在用这种方式证明自己还存在着。

就在这个时候，他突然侧头，望向房门所在的地方。轻微的脚步声从旁边传来，迅速靠近。一道偏黄的光柱随之照入了房间。这光柱旋即上扬，照出了一张亮白的脸。

"我可不可怕？"幽幽的女声回荡在房间内。

商见曜看了一眼正用电筒照着脸庞的蒋白棉："你好幼稚啊！"

蒋白棉觉得好气又好笑地回应道："我这是关心你，调节气氛！"

不等商见曜开口，她撇了下嘴："你唱歌真的不好听。"

"你一直躲在隔壁？"商见曜直接问道。

"隔壁的隔壁。要不然会被身为觉醒者的你发现的。"蒋白棉笑着解释了一句，走到商见曜旁边，拉开椅子坐下。她摇晃着电筒，看着光芒乱窜。

过了几秒，她状似随意地说道："这个特别训练，主要是给你设计的。你对封闭性黑暗和极端安静的恐惧应该是在你父亲失踪之后，你母亲住院那段时间产生的，对吧？那个时候你才十三四岁，半夜醒来，家里没有人，周围也没有了声音……然后，你会用唱歌来壮胆？"

商见曜沉默着没有回答。

蒋白棉笑了一声，继续说道："这种问题，得一步步来，一步步地适应，开始的时候不能太刺激，否则反而会加剧恐惧。所以前面几次，我会陪着你，或许会和你聊几句，但不开电筒。等你适应了这种情况，我就不说话了，也会坐在更远的地方。这个阶段过去了，你要是没产生什么心理压力，那我会去隔壁的隔壁，待在那里，让你看不到、听不见，却知道有个人在附近。到时候，也许哪一次，我就悄悄回家了，但不会告诉你。"

商见曜安静地听完，在电筒的光芒里点头："好。"

蒋白棉笑了笑，关上了电筒。

整个房间又一次变得异常黑暗，但比起刚才，多了一道呼吸的声音。

近乎凝固的黑暗里，商见曜和蒋白棉相对而坐，彼此都不说话，似乎谁先开口谁就输了。

终于，蒋白棉打破了这种沉默，自嘲一笑道："我和你较什么劲？"

说话间，她站了起来，捂住嘴巴打了个哈欠："我去沙发那里躺一下，睡一会儿。你嘛，可以数一数心跳，认真地感受一下身体每个部位的运转；也可以将之前看过的口述史在脑海里全部过一遍，做个简略的整理和审视，看能不能抓到一些灵感；或者把王亚飞、沈度之事从头到尾再梳理一遍，看有没有遗漏什么重点；另外，还可以起来走一走，散散步。只要你能看得见，跳舞都没问题。"

叮嘱完毕，蒋白棉迈开步伐，于黑暗里轻巧地绕过不同的障碍物，顺利抵达了沙发区域。

商见曜颇为遗憾地开口了："你竟然没被绊倒。"

蒋白棉顿时笑道："很配合嘛，知道提这件事情。我刚才开着电筒的时候，就把周围环境观察了一遍，记住了绝大部分物品的准确位置。同时我还能感应自己运动的电信号，从而调整方向，不偏离预定的落脚点。记住啊，不管身在哪里，都得迅速掌握附近的布局和地形。关键时刻这能救命。"

显然她很得意这件事情。教育完组员，蒋白棉坐了下去，缩起了双腿："我睡了。"

话音刚落，她又笑了一声："如果你害怕，可以叫醒我，但不能用唱歌的

方式！"

商见曜涌到嘴边的话语，一下被堵了回去。

蒋白棉故意装睡，等了一会儿，见商见曜确实没再表现出之前那种状态，心里逐渐松了口气。

装着装着，她就真的睡着了。

蒋白棉是被骤然亮起的灯光照醒的。她猛地起身，掀开盖在自己身上的厚棉大衣，略有点茫然地左右看了一眼："几点了？"

"六点三十分。"商见曜的声音从他原来所处的位置附近传了过来。

蒋白棉下意识地望去，发现这家伙竟然在背贴墙壁倒立。

"你……在干什么？"虽然蒋白棉最近总能把握到商见曜要做什么回应，提前把他想说的话堵了回去，但这一次，她真的没法理解对方这么倒立是什么意思。

商见曜保持姿势不变。

他平静地回答道："改变思维方式，换一个角度看问题。"

"这个角度确实非比寻常。"蒋白棉违心地赞扬道，"那你有什么收获吗？"

"没有。"商见曜腰腹用力，手臂一撑，站了起来。

蒋白棉决定不再继续这个话题，无声地呼吸了两次，转而问道："昨晚后来还好吧？"

"就是没法上厕所。"商见曜坦然回答道。

蒋白棉心情一松，笑着说道："你可以去啊。这里的公共厕所晚上也有感应灯的。"

"主要是出门前容易撞到东西。"商见曜认真地解释。

蒋白棉正要回"撞就撞呗，又不会撞死你"，突然念头一转，勉强挤出笑容道："是担心制造出动静把我吵醒？"

"这不礼貌。"商见曜一点也没有被看破心思的表现。

蒋白棉旋即赞了一句："这还不错。"

她活动起腰身和手脚，笑着说道："你适应得还不错，今天上午继续看口述史，下午就可以回去休息了，不用参加训练。之后嘛，轮到你再来守夜，不要太着急，一步一步地往前走。只要每一步都能走得稳，相信我，你这种恐惧不是什么大问题，肯定能战而胜之。"

说到这里，蒋白棉思索着道："我看过一本旧世界的书，上面有这么一句话——凡不能毁灭我的必使我强大。"

商见曜郑重地点头，表示记住了。

蒋白棉一边走向门口，一边随口说道："我去洗漱了。嗯……今晚得好好休息一下。不行，万一白晨也有类似的恐惧呢？万一龙悦红比你更怕黑，更怕没有声音又比较封闭的黑暗环境呢？唉，我这两晚都得看着，不能出什么差错。做组长真累啊！"

商见曜安静地听完蒋白棉的抱怨，主动请缨道："我可以帮你看着他们。"

蒋白棉皱了下眉头，颇为警惕地反问道："你是不是想吓唬他们？"

"既然训练的是胆量，怎么能少了这个环节？"商见曜理直气壮。

蒋白棉眼眸微动，笑着说道："这个建议可以考虑，但不能一开始就这么做，吓坏了怎么办？"

嘿嘿，到时候谁吓谁还不一定呢。

商见曜没再说什么，急匆匆出门去了公共厕所。

晚上七点，睡醒后的商见曜先行去了647层的小食堂吃晚饭，然后回到了495层的活动中心。

他照例找了个无人的角落，坐在那里观察着来来往往的每一个人。

不出意外，商见曜看到了龙悦红和他的相亲对象。

而和之前不同的是，这一次龙悦红花费巨资去隔壁物资供应市场购买了糖果、南瓜子和玻璃瓶装饮料。拿到补偿和奖励的他最近过得风生水起。

"奢侈……"商见曜小声评价了一句。他移动视线间，发现留着齐耳短发秀秀气气的简辛在那里看丈夫卓正源打牌。

过了这么多天，这个在王亚飞死后忧虑不安、惶恐紧张的女士似乎恢复了正常，脸上又有了血色，和周围的人聊得很是开心。同样的，因沈度成为无心者带来的悲伤、恐惧好像也不再存在了。

过了一阵，简辛低头跟自己丈夫卓正源说了一句，便转过身体，走向了门口。她看起来像是要去公共厕所。

商见曜忽然起身，几步走了过去，与简辛在接近门口的区域"偶遇"。

这里没什么人。

简辛看到是商见曜，表情显得略有些复杂，勉强笑道："听说你和龙悦红在地表找回了很多好东西？"

说话的时候，她情不自禁地看了一眼商见曜左手手腕处的机械手表。

"这些东西满废墟都是。"商见曜如实说道。

不等简辛再次开口，他直截了当地问道："那一天，你在478层看到了什么不该看到的人吗？"

他没有直接说"王亚飞死亡当天"这几个字。

简辛脸色微微一白，声若蚊蝇，道："我这几天都在回想这件事情。我当时忙着清洁，没注意周围的情况。"

她顿了顿，加快语速道："后来王亚飞死了，我很不安，很害怕，更加没心情观察。"

说着说着，她左右看了一眼，抿了一下嘴唇："唯一让我感觉奇怪的人是熊鸣。我是中午在食堂吃饭的时候碰到他的，正常情况下他应该在内生态区上班才对，可能是请了病假吧……"

商见曜表情没什么变化，略显突兀地问道："你为什么对他印象深刻？"

说到这件事情，简辛倒是不那么害怕了，她的音量恢复了几分："他本身就很容易让人记住。你不知道，他的眼睛有点问题，眼珠好像不怎么会动，就那样直愣愣地看着你，旁边来了什么也发现不了……"

"这样啊。"商见曜点了点头，忽然说道，"这件事情已经过去了。"

"希望吧。"简辛微微叹气，指了指外面，"我出去了。"

商见曜没有阻拦，他走向了另外一边。两人就像途中偶遇，在周围没什么人的情况下闲聊了几句。

翌日清晨，商见曜提前许久进入了647层14号房间。他等了一阵，蒋白棉终于抵达了。

"我先到。"他仿佛赢得了什么重大胜利。

蒋白棉"呵"了一声："我都不想刺激你，我在家里自己做早饭。"

她时不时会给父母做一顿饭。因为担心这个话题会让商见曜不舒服，蒋白棉打量了对方两眼，转而问道："你这么早，是有事吧？"

商见曜点了点头："我昨天遇到了简辛……"

他把熊鸣本该在上班却在所住楼层吃午饭的事情原原本本讲了一遍，还不忘提到目标人物的眼睛异于常人的细节。

蒋白棉听得神色微动，微微点头道："这个人的嫌疑确实很大啊，有付出代价的痕迹。接下来就是怎么不着痕迹地从他那里去证实，获得线索。"

说到这里，蒋白棉看着商见曜，笑了起来："考验你交朋友能力的时候到了！当然，也可以是考验你认干亲的能力。"

第 17 章
新人类

又一次值夜后的当天晚上，商见曜乘坐电梯，抵达了478层。

在此之前，他和蒋白棉没有向任何人打听过熊鸣长什么样子，下班以后最常去什么地方活动，家住哪区哪号。他们这是担心贸然询问会撞到生命祭礼教团的隐秘成员，引来不必要的麻烦或者过激的反应。

沈度成为无心者就是前车之鉴。

蒋白棉因此怀疑当时的几名秩序督导员之一是生命祭礼教团的觉醒者。可惜的是，经商见曜暗中观察，本楼层的秩序督导室没有谁存在明显的异常——为换取能力付出的代价往往会在表面上有迹可循。

既然没有重点寻找对象，商见曜也就没去考虑这方面的问题。他直奔478层的活动中心，打算在这里待到整点新闻快要开始时。

和495层一样，这里的活动中心也是夜晚最热闹的地方，有人打牌，有人闲聊，有人聚在一起织着毛衣。

商见曜目光一扫，并没发现特征较为明显的熊鸣，他只能找个没什么人的角落进行更加细致的观察。

过了十几二十分钟，他的腰背悄然绷紧。

此时，从门口进来了一个男子。

他二十五六的样子，穿着剪裁不错的黑色呢子上衣，头发理得很短，每一根都仿佛竖直朝向天花板。他的脸部颇为干净，胡茬只有浅浅的一点，五官都还不

错，有种雕刻的美感。

一看此人就是从胚胎开始接受基因改良的新生代。

不过，这男子的眼睛似乎有些问题，毫无活力，仿佛由木头做成，固定在那里，似难向左右两侧转动。

商见曜站起来走了过去。

"熊鸣？"他试探着喊道。

那男子停下了脚步。

他明明与商见曜只是稍微错开了一点角度，眼珠微动就能将对方看得清清楚楚明明白白，但他却直接侧过了脑袋。

"你是？"这年轻男子间接承认了自己是熊鸣。

与熊鸣对视之后，商见曜更加直观地感受到了他眼睛的异常。

这让商见曜彻底确定了对方的身份。他左右看了一眼，见没什么人注意这边，于是微微笑道："我是专程来找你的。"

"嗯？"熊鸣眯了下眼睛。

商见曜笑容和煦地说道："你看，你有特殊能力，我也有特殊能力……"

一听到这句话，熊鸣的表情就沉了下去，眼神变得极为凶险。

这一刻，商见曜忽然有了一种呼吸不过来、心脏即将停止跳动的感觉。

他勉强保持着笑容，继续说道："你是秘密组织的成员，我也是秘密组织的成员。所以……"

熊鸣眼珠一动不动地看了商见曜几秒，神情逐渐缓和。

他微微点头道："原来你也是执岁的眷者，是教团的同信。"

他转头看了一眼喧闹的环境，用下巴指了指外面："出去走走吧。"

"好。"商见曜颇有点失望。

他还以为双方关系都这么"亲近"了，对方会请他嗑点南瓜子，喝瓶橘子味的汽水什么的。

出了活动中心，两人散步般走向了比较僻静的角落。

天花板上的白色光芒照耀中，双手插兜缓慢前行的熊鸣突然问道："你是什么时候觉醒的？"

"今年。"商见曜非常坦然。

熊鸣轻轻颔首："我是去年年初。"

他的表情逐渐变得严肃："即使有司命的庇佑，每次也只有那么一两个人能成功觉醒，甚至没有。我们这种能觉醒的人，毫无疑问是神的眷者，是独特的、出类拔萃的生命，所以我才愿意和你说这么多，其他人根本不配。"

熊鸣转过身体，指着活动中心道："看见那些人了吗？我要他们死，他们立刻就会死。他们是那样的平凡、普通、愚蠢、庸俗，唯一的作用就是衬托我们。"

说到这里，熊鸣挂着很淡的微笑，侧头对商见曜道："新的世界是为新的人类准备的。"

"曾经有个机械修者也是这么说的。"商见曜笑着回应道，"但他至少不用依赖普通人类的劳作，也不会撒尿、放屁、拉屎……"

熊鸣皱了皱眉头："不用说这些。机器人终究会替代旧人类的。"

他转而问道："你进入起源之海了吗？"

"刚进。"商见曜一点也没隐瞒。

"天赋还不错。"熊鸣转过身体，继续走向僻静无人的街道角落。两侧的房间密密麻麻地挨在一起，如同一个个饲养鸽子的小笼子。

熊鸣看了一圈，微抬下巴道："我们新人类不该只住在这种地方。放心，我们用不了多久就会回到属于自己的位置。我们的头顶有且只能有司命。"

商见曜看了熊鸣木雕般的眼睛一秒，问道："你的能力是心脏骤停？"

熊鸣没立刻回答，目光幽深地打量了商见曜好一阵。

这让商见曜的心跳都显得似乎不正常了，一种窒息的感觉涌上心头。

"你是从王亚飞之死上猜到的？"熊鸣终于开口打破了窒息般的压抑。

"很明显，不是吗？"商见曜微笑着反问了一句。

熊鸣笑了笑："其实我可以用更加隐蔽的方式，但没有必要。他不值得我浪费心思。"

商见曜点了下头，也不知道是表示赞同还是随便点一下。接着他又问道：

"是圣师让你去杀王亚飞的？"

熊鸣"嗯"了一声："那个人平时就不怎么样，卖东西时喜欢让员工缺斤少两，喜欢把只有少量供应的东西藏起来，等你去求他才卖给你。所以，我就接下了这个任务。

"为了杀他，我提前请好了病假，吃完早饭就进了活动中心，待在物资供应市场的墙壁处。我之所以这么做，是因为我听战略委员会的一个员工说过哪些监控还能用、还在用。"

在盘古生物内部，监控系统是划归战略委员会管理的，为的是限制秩序督导部的权力，避免失衡。

"战略委员会……"商见曜重复了几遍这个名字。

他记得495层的引导者任洁也是战略委员会的。

熊鸣没在意商见曜的重复，继续说道："等到九点多，我听见了王亚飞的声音，确定了他就在隔壁。确定了他准确的位置之后，我就开始杀他，只用了那么几秒，非常简单。那边很快变得慌乱，我趁机换了个位置，远离了墙壁。然后，我借了本书，一直看到中午才去食堂吃饭。"

熊鸣说得很详细，似乎很得意这一次行动的成功，一直想找人分享。

商见曜安静地听完，笑着说道："教团一直宣称是神罚。"

"这难道不是神罚？"熊鸣微侧脑袋道，"这种手段，难道不配称为神罚？而且这本身就是由神灵的眷者亲自执行的。"

商见曜想了想，认真地问道："神灵的眷者亲自跳的舞是不是叫神舞？"

"你在说什么？"熊鸣皱了下眉头。

商见曜没去解释，转而问道："像我们这样的人还有多少？"

"不清楚。"熊鸣摇了下头，"每位圣师手下都有少量觉醒者，彼此间未必知道对方的存在。"

"每位圣师？"商见曜抓住了重点。

熊鸣略感诧异地看了他一眼："你不知道？在公司内部，有好几位圣师。"

他顿了一下又道："我们也是圣师位置的有力争夺者。"

说到这里，熊鸣略显狐疑地看向商见曜："你追随的是哪位圣师？"

商见曜一点也不惊慌，严肃地回答道："始终关注着我们的那位圣师。"

"他啊，他是几位圣师里最神秘的一位，我也没有见过他。"熊鸣恍然大悟，"难怪你知道得很少……追随他的人是不是很久才能等到一条命令？"

"至少我是这样。"商见曜"如实"说道。

不等熊鸣回应，他抢先问道："让你杀王亚飞的是哪位圣师？"

熊鸣的表情变得有些微妙："所有的圣师都是用旧世界的某些词语做自己的称号。我追随的那位叫'头七'。"

第 18 章
汇报的技巧

"头七……"商见曜重复起这个略显怪异的名词，好奇地问道，"这词语来源于哪里？"

熊鸣微不可见地撇了下嘴道："据说是旧世界的婴儿出生或者人去世时某个环节的仪式。这是我主司命执掌的领域。"

商见曜似乎觉得这很有趣，连忙追问道："除了'头七'，还有什么？哪些是空着的？等我成了圣师，就可以给自己选一个。"

"志向不小嘛，不错，这才是我们新人类该有的气魄。"熊鸣轻轻颔首，表示了自己的认同。

他仿佛早已思考过这个问题，木雕般的眼珠略微放光："目前已知的有'满月''百日''入殓''守灵''出殡''五七''哭丧'……其中，'入殓''哭丧''百日''出殡'还空着，你可以考虑这四个中的一个，也可以想办法把其他圣师的称号夺过来。"

商见曜认真地和熊鸣讨论了一下哪个名号更好听，然后才问道："头七圣师是哪个部门的？"

熊鸣用那似乎无法转动的眼珠看了商见曜几秒，低笑了一声道："这种事情，你应该去问守灵圣师，我不应该也不能越俎代庖。"

"守灵圣师……"商见曜没有发出声音，默默地记下了这个名字。

这应该就是几位圣师里最为神秘的那位。

"那我回去再问。"商见曜没有强求。

他看了一眼天花板上的日光灯，状似随意地又问道："沈度是怎么死的？谁让他得了无心病，或者说，看起来像得了无心病？"

"沈度是谁？"熊鸣皱眉反问。

"啊……那没事了。"商见曜露出了笑容。

熊鸣想了想："目前我没见过哪个觉醒者的能力是让别人成为无心者，看起来像的也没有。"

商见曜点了下头，不想耽搁时间，他匆匆说道："我该走了。"

他这是担心问得越多越容易露马脚，让推理小丑失去效果。这么近的距离下，"心脏骤停"可是能直接要人命的。而且他也拿到了最关键的情报，没必要再逗留。

身穿黑色呢子上衣的熊鸣笑着抬手挥了一下："再见。"

"再见。"商见曜笑得阳光而灿烂，手掌挥舞得热情而有力。告别熊鸣，他进入相应电梯，刷卡摁亮了"647"这个数字。

因为这才第二轮胆量训练，所以蒋白棉依旧自虐式地躲在隔壁的隔壁。一有什么不对，她立刻就会出现，安抚组员。

不过，现在还没到八点，距离熄灯还早，蒋白棉颇为放松地靠躺在一张沙发上，翻看着提前拿过来的资料。

"我这个人啊，就是太爱操心。"看见商见曜进来，蒋白棉大声嘟囔了一句。

她旋即收起随意摆放的双腿，坐得端端正正："怎么样？有收获吗？"

她知道商见曜今晚会去找熊鸣交朋友，这也是她今晚留在647层的原因之一。如果不这样，商见曜万一拿到了关键且紧急的情报，则没法第一时间提交。

有的时候，机会稍纵即逝。

"他承认自己是杀死王亚飞的人。"商见曜先说了重点。然后他坐到沙发对面的椅子上，将熊鸣的话尽可能完整地重复了一遍。

蒋白棉原本听得一脸严肃，可"头七圣师"这四个字就像有某种魔力，瞬间击中了她的笑点，让她难以遏制地笑出了声音："哈哈，你们教团，哈哈，取名真是天才！我在一些旧世界遗留的书上看到过对葬礼的描述，谁知道竟然有人拿其中的环节做自己的称号。哈哈，太逗了，哈哈，你不觉得这充满违和感吗？"

笑了一阵，蒋白棉捂着肚子，正经地说道："熊鸣对葬礼了解得还是不够多啊，我觉得有一个称号你肯定会喜欢，唱灵圣师，专门在葬礼上唱经文。"

商见曜专注地听完，摇了摇头："组长，这是很严肃的事情。"

这个瞬间，蒋白棉仿佛又有了双方拿错剧本的感觉。

"啊？你说什么？"她习惯性地摸了一下耳朵，"嗯，这件事情牵涉两条人命，我们不能偏离重点。"

商见曜认真地回应道："取名号是很严肃的。"

蒋白棉猛地吸了口气，上上下下打量了商见曜好几眼，仿佛在寻找该在哪个地方动手。

隔了几秒，她吐出一口气，正色说道："既然熊鸣已经承认，我们的猜测都得到了证实，而且他明显不愿意透露背后圣师的真实身份，那我们还是尽快把事情上报吧。再继续调查下去，危险很大，很容易暴露，也没这个必要。"

商见曜没有坚持："好。"

蒋白棉身体略微后仰，右手握拳，撑在了嘴鼻间，摆出思考的姿势："现在的问题是，该怎么上报，上报给谁。我可不想变成无心者。"

沈度就是前车之鉴。

不等商见曜开口，她又自嘲一笑道："对方就像被笼罩在迷雾里，隐藏在黑暗中，我们完全没法知道周围谁是他们的成员，谁又不是。"

"我是。"商见曜非常肯定地回答。

蒋白棉无奈地道："我的意思是，现在我甚至不能确定安全部高层或者董事会里有没有生命祭礼教团的成员。要是上报到了他们手里，那麻烦就大了。"

商见曜想了一下，信心十足地说道："我有办法。"

"什么办法？"蒋白棉做好了得到奇怪答案的准备。

她没有阻止，是因为觉得这也许能带来灵感，毕竟商见曜思考问题的角度确实和正常人不太一样。

商见曜跃跃欲试地说道："潜入广播站，控制住后夷，在整点新闻中间插播这条消息。到时候所有人都能听到，那些不是生命祭礼教团的高层立刻就会采取行动！"

蒋白棉认真地听完，仔细一琢磨，脱口而出道："嚯，这办法还挺像模像样嘛。这个思路真的不错，很不错！

"既然生命祭礼教团还没控制公司，还不敢大摇大摆地传教，那就说明他们是少数派，哪怕高层里有他们的人，也绝对不多。只要我们把这个消息公开出去，让多数高层知晓，他们捣乱的难度就会直线上升，甚至不得不断尾求生。"

商见曜立刻起身："我现在就去！"

"停！"蒋白棉及时喊住了这家伙。

她没好气地说道："我只是说思路不错，没说办法可行啊！"

"我可以很轻松就混进广播站。"商见曜表示计划的可行性很高。

"我知道，你有推理小丑能力嘛。要不是还有别的用法，你真可以把这个能力改名为'交个朋友'。"蒋白棉无奈地吐了口气，"问题在于这么做会有什么后果。"

她扳起手指，挨个给商见曜分析："这确实能解决生命祭礼教团之事。可这么广播出去，让大家都知道了，公司对于底层的教团成员们就没法重重拿起轻轻放下了。而这些底层的教团成员不正是你想保护的人吗？你让这些人怎么去承受周围员工异样的眼光？

"这是大的方面。往小了说，你觉得公司事后不会查广播站的事吗？到时候，他们轻易就能确认你是觉醒者。这不是你一直想隐瞒的吗？然后帮你瞒下了觉醒者秘密的我肯定也是要挨处分的，或者得到一个'识人不明'的批评。"

商见曜默然几秒，重新坐了下去。

"我现在不是太害怕被公司知道我是觉醒者，只担心被调离旧调小组。"他陈述了一下自己现在的想法。

蒋白棉"嗯"了一声："放心，暂时不需要你暴露。你的思路让我有了一个更简单也更完善的办法。"

"什么？"商见曜配合地问道。

蒋白棉笑了笑："那就是给每一位董事会成员、每一个安全部高层都发一封邮件，讲述整件事情。"

"电子邮件？"商见曜在教科书上学过这个名词，并且于大学里有过实践。

"对。"蒋白棉点了下头，"我会说我的组员商见曜因王亚飞之死幡然醒悟，向我举报了生命祭礼教团；接着我根据例行性调查报告和医疗统计，推断出了有觉醒者参与，并且就在478层；然后我的组员商见曜通过询问当事人和实地探访，确定了嫌疑者是熊鸣。"

说到这里，蒋白棉叹了口气："这就是我将要发出的邮件内容。可如果熊鸣被抓住，交代了你的事，你的觉醒者身份还是会暴露啊。还好，你也不是太介意了。"

商见曜一脸认真地说道："啊？我只说他有特殊能力，我也有特殊能力。他的特殊能力是眼珠不会动，我的特殊能力是精神有问题。"

"你以为公司会相信熊鸣这么轻易就和你交心吗？"蒋白棉扶了下额头。

她旋即起身："我现在就回去发邮件。你今晚做好被询问的准备。"

商见曜点了点头，没再多说，乘坐电梯回到了495层。在路灯的光芒照耀下，他散着步来到了B区196号。

他正要掏出钥匙，走向门口，眼角余光突然看见了一道人影。

第 19 章
错进错出

那道人影站在188号和190号的房门之间，与商见曜有接近十米的距离。他戴着一顶深色的鸭舌帽，穿着蓝色上衣和黑色长裤，一双皮鞋略显陈旧。此时，这个人正背靠墙壁而立，帽子压得很低，几乎遮住了双眼。帽檐产生的阴影笼罩了整张脸孔，商见曜只能看清对方嘴里叼着一根银黑色金属细管。这金属细管只有一根手指长，如同简陋卷烟的某种替代品。

商见曜心中一动，放弃了掏钥匙，膝盖略弯，腰腹用力，瞬间进入了蓄势待发的状态。

就在这个时候，他眼前骤然一黑。

这不是他晕厥了过去，而是周围的光芒仿佛被什么东西全部吸走了。不仅如此，他的耳朵也听不到一点声音了。商见曜现在的状态就仿佛回到了起源之海，回到了自己遇见的第一座岛。

完全的黑暗，完全的寂静，除了自己，再没有任何同伴存在。

熟悉的恐惧再次从他的心底喷涌而出，让他微微战栗起来。

靠墙而站的岳启凡随即站直，转过了身体。他飞快抬起头，让嘴里叼着的那根银黑色金属细管对准了商见曜。

这是一管吹箭。

与地表的荒野流浪者们用树木制作的简单吹箭不同，它有着相对复杂的机械结构，靠弹簧和机关驱动。它很小，隐蔽性很高，且不需要真正地吹气，舌头用力顶住按钮就能发射。

从某种意义上来说，这其实不能叫吹箭，因为靠手指也能使用。

它真正的名字叫暗箭。

岳启凡之所以用最不方便的嘴巴和舌头，是因为圣师告诉过他，目标有让敌人双手无法做出动作的觉醒者能力。既然如此，那他就不用手。

同时，他还知道目标另外两个觉醒者能力的特点：一个类似催眠，但必须有对话，而且作用范围很小；一个能让人做出一些不理智的行为，生效的距离在四到八米之间。

基于这些情报，岳启凡严格控制着双方的距离。

他目前离商见曜的房间接近十米，让自己处在了"对话催眠"和"不理智行为"两种觉醒者能力的有效范围之外，而"影响双手动作"的那个觉醒者能力则靠吹箭来规避——这里每个房间都有两米宽，借此他可以轻松地计算出距离。

他之所以不选更远的地方，是因为他的三个觉醒者能力里，覆盖范围最大的梦幻之旅也就只能影响不超过十一米距离的人类。

岳启凡的计划是：在最合适的距离下，抢先用梦幻之旅这个能力激发对方某些记忆，让对方产生一定幻觉，陷入恐惧、迷茫或痴呆等状态之中，从而短暂控制住对方。

然后，他再吹出小箭，麻醉对方，将对方拖入196号房间。最后，他有条不紊地使用片段记忆擦除这个觉醒者能力，抹去对方记忆中的所有线索。

这是岳启凡根据自身能力和手头物品整合出的最好方案。毕竟事发仓促，圣师的命令来得太快太突然，让他没有时间去做额外的准备。至于他为什么会常备吹箭，是因为他靠这个在一定程度上能减少自身付出的代价。

其实，岳启凡心里是有点疑惑的。在他看来，这件事情交给熊鸣更好，一个"心脏骤停"简直是杀人灭口、销毁线索的绝佳能力。

或许是圣师们不想再造成死亡，怕引来公司高层的特别关注，所以才动用我这个可以擦除记忆的觉醒者……岳启凡念头闪动间，预判了商见曜及时醒悟后可能闪躲的方向，他将舌头抵向了吹箭底部的机关。

就在这时，身体略微佝偻并轻轻颤抖的商见曜突然笑出了声音："好弱的能力。"

这个瞬间，岳启凡听得有点呆住了：他为什么会说话？这种时候，就算被梦幻之旅影响得不够，及时回过了神，那也应该往旁边闪躲或就地翻滚，避开接下来的袭击。他为什么要把这么宝贵的时间浪费在说话上？这完全不是正常人该有的反应。该死，他为什么要说话！

岳启凡的舌头刚抵住吹箭的开关，还没来得及用力，就失去了后续动作。他额头见汗，张着嘴巴，无法自控地回应道："怎么能叫弱？"

"当"的声音里，那银黑色的金属细管落在了地上，跳了几下。可岳启凡的话语却没有因此停住："它会诱发你的某些记忆，让你沉浸在过去的某个场景里。如果设计得当，环节紧密相扣，甚至能让你分不清真实和虚假。"

商见曜听得怔了一下："你为什么要回应我的嘲讽？我就是脑子一抽而已。"

不等岳启凡开口，他突然明白了过来，哈哈笑道："你付出的代价是无论别人说什么，你都必须回应？"

"你觉得会这么简单吗？"岳启凡反问道。他额头的汗水已是沁出了密密麻麻的一层。

岳启凡当初付出的代价是自律。但实际上，代价没有这么严重，他只是在某一方面缺失了自律能力。

那个方面叫"争辩"。只要有人展开话题，他就会忍不住去争执，去辩论。某些时候，哪怕他赞同对方的观点，也会无法自控地抓住一两个小细节，强行争辩。他原本还不觉得这有什么问题，要不然当初也不会以自律为代价。可随着时间的推移，他发现这非常危险。毕竟，不是任何时候都适合与对方争辩。

紧急关头，一两秒的时间或许就能决定生死，分出心思和对方辩论简直是嫌自己死得不够快。而且这还会让他的人缘变得很差。

为此，他通过教团定做了这根金属细管。

只要叼着它，借此不断提醒自己，岳启凡就能在一定程度内控制住自己。而需要做隐秘的行动时，吹箭又能当作武器。

当然，代价是无法彻底规避的。岳启凡仅能保证，只要别人不说与自己相关的话题，他就能勉强闭上嘴巴。

他设计的这次行动，毫无疑问没给目标说话的机会。他也相信，没有人类可以在面对危险时不躲避，不反击。

谁知道，今天他就遇上了这么一个奇葩。

而这个奇葩还在嘲讽他。

这怎么能忍？

这个时候，面对岳启凡的反问，商见曜做出了第二轮回应。

"难道嘴硬也是你的代价？"商见曜说话间，脚踝、膝盖、腰背同时发力，猛兽般扑向了岳启凡。他要拉近双方的距离。

突然，商见曜感觉身体于刹那间失去了平衡。对他来说，类似的动作根本是小菜一碟，做一百次都不会有一次失误。

谁知今天他莫名其妙地在半空失去了平衡。

"砰！"商见曜摔在了地上。

"真理不需要口舌。"岳启凡从衣兜里拿出了另一管"暗箭"。他准备了不止一件武器！

说话间，岳启凡带着笑容，按动了机关。他的第三个觉醒者能力是平衡障碍！有效范围六米！商见曜这么扑过来，正中他的下怀。

当然，他最开始并不希望有这样的发展，因为这个距离下，对方的觉醒者能力也能发挥作用了。好在这次的变化非常有利于他。"嗖"的一声，一根金属小箭激射而出，直奔地上的商见曜。

商见曜只来得及略微改变位置，避开了头部要害。

"噗！"那根金属小箭插在了他左肩靠近胸口的位置。

商见曜随即一个鲤鱼打挺，站了起来，完全没有被麻痹的迹象。面对岳启凡诧异的目光，他拔下小箭，丢到地上，笑着说道："我这段时间一直都穿着防弹衣！"

虽然王亚飞、沈度的死都明显不属于枪击，但蒋白棉为了安全起见，还是在商见曜正式介入这件事情之后，给每名组员都申请了一件防弹衣。

盘古生物内部，枪械和子弹是受到严格管控的。蒋白棉组织实弹训练都必须提前上报，且遵守烦琐的流程。但防弹衣这种没什么杀伤力的物品，不仅好申请，而且只要队伍里配备有，分配给谁组长就能说了算。

"胆小鬼。"岳启凡强行争辩了一句。

说话间，他猛然转身，就要狂奔而去。

现在这种情况下，他觉得自己已经没有任何胜算。至于之后该怎么收尾，就交给圣师去烦恼！

可是，岳启凡刚转过身体，心里就涌现出了一股强烈的情绪：怎么能落荒而逃呢？怎么能就这样放弃？怎么能这么丢脸地离开？思绪浮动间，他又转回了身体，扑向了商见曜。他那双深褐色的眼睛仿佛变成了纯黑的。

几乎是同时，商见曜只觉脑海内有无形的东西膨胀开来。它们如同繁星，布满了周围所有区域。而每一颗星星内，都有商见曜经历过的一段人生。

这时，一道光芒从外钻入，带着一颗星星，划过天际，坠入了虚幻的起源之海。商见曜的眉头顿时皱了起来，似乎不知道自己现在在做什么。

岳启凡同样清醒了过来，瞳孔骤然放大：糟糕，我为什么没逃？还反过来用片段记忆擦除这个能力进攻？这就是让人做出不理智行为的那个觉醒者能力？

岳启凡瞬间明白刚才发生了什么，一颗心扑通乱跳起来。他的片段记忆擦除能力根本就不是战斗能力，因为必须预先查看记忆，标记好需要擦除的、不超过三分钟的片段，才能达到完美的效果。这得花费不少的时间，而且双方的距离必须在三米以内。

刚才他只是凭着本能，随意擦除了一段记忆，他根本不知道会产生什么效果。这对目标来说，也很难造成实质性伤害，毕竟三分钟的记忆片段能涵盖的内容太少太少。

商见曜皱眉看着将鸭舌帽压得很低的岳启凡，没有说话，也没做任何动作。

岳启凡心中一动：刚才不会把我们交手的这段记忆擦除了吧？他不记得我们是敌人了？甚至不记得我袭击过他？

想到这里，岳启凡喜上心头，挺直了腰背。他故作轻松地哼起了歌曲，弯腰将地上的金属细管和一根小箭捡了起来。

做完这件事情，他把鸭舌帽压得更低，不让商见曜看清楚自己的模样。一步，两步，三步，岳启凡哼着歌曲，慢慢往远处走去。

"喂。"就在这时，商见曜突然转身，开口喊道。

岳启凡瞳孔变大，背生冷汗，想都没想就狂奔了起来。

看着他的背影消失在街道拐角处，商见曜"呃——"了一声，自言自语："他不能接受对他唱歌水平的评价？"

349层C区12号。

蒋白棉登录自己的账号，认真地写了一封邮件。确定好要发送的对象后，她移动鼠标，"啪"的一声按下左键。

第20章
不安静的晚上

等待了一阵，见邮件显示已发送成功，蒋白棉松了口气，随即靠在了椅背上。接下来，就不是她的事情了。

"只希望公司快点处理好，别留下什么隐患。"蒋白棉自言自语了一句，侧身弯腰拿起旁边的蓝壳热水瓶，准备把自己的杯子倒满。她提着热水瓶的手晃了两下，发现重量比预计的轻了不少。

"没水了啊……"蒋白棉摇了摇头，拿着热水瓶走出书房，进了客厅。

"怎么一回来就躲房间里？"妈妈薛素梅一看到她，立刻就唠叨了起来。

蒋白棉毫不在意，笑着回应道："这不是爱岗敬业吗？"

说完，她话锋一转道："妈，你这个新发型真不错啊。"

在349层有专门配备的理发场所。当然，349层以上的生活区的其他楼层也都设置有类似的场所，只是相对简陋，平时仅做最基本的理发、剃头，逢年过节才会推出卷发等项目。

薛素梅下意识地抬手摸了摸鬓角，面带笑意地问道："是吗？我今天下午就弄好了，你刚回来都没看到啊？"

她脸上皱纹很少，整个人收拾得干干净净，头发卷成了波浪，看起来比实际年龄小好几岁。

"我是给我爸一个机会，不能抢在他前面发现。"蒋白棉睁眼说起了瞎话。她成功把话题引到了爸爸蒋文峰身上。

果然，薛素梅开始说家长里短，抱怨老蒋最近一个月天天泡棉田里，回来一身的味道。

讲着讲着，薛素梅眼睛一瞪："我怎么和你说起这些事情了？我给你讲啊，人家小赵很满意你，你怎么就不积极一点？"

"我等公司统一婚配，公司什么时候统一婚配我就什么时候结婚。"蒋白棉抬起了"挡箭牌"。

"你们可以先结婚，不急着要孩子啊。"薛素梅据理力争。

"咚咚咚！"

就在这时，敲门声响了起来。

"谁啊？"蒋白棉高声回应。她趁机摆脱老妈奔向了门口。

门外是一个穿着灰绿色制服的男子。

他三十来岁，没戴胸章，皮肤呈古铜色，脸上有风霜的痕迹。他的眼角有一道明显的疤痕，看起来颇为凶恶。

"陈信言！"蒋白棉认出了来访者，旋即笑道，"管理层开始行动了？"

他是她刚加入安全部认识的朋友，当时同样做过基因改造的陈信言是在特别行动组。

后来，他因为在几次行动里表现出色，被调到了管理层直属行动集群，目前是其中一个行动大队的队长，D8级。

陈信言点了点头："对。我给自己分配的任务是保护重要证人。"

说到这里，他笑了起来："虽然你也不太需要保护。"

"主要是不能合法配枪。"蒋白棉略微侧头，试探着询问了一下，"你带了一个小组啊？"

虽然管理层直属行动集群的人员配置肯定比对外行动的要少，但一个小组怎么也超过了十个人。

"也是为了防止混乱。"陈信言略做解释道。

蒋白棉笑着让开了位置，指了指客厅："那你进来坐吧，我等着从你这里了解行动的进展。"

薛素梅望了这边一阵，虽然很好奇发生了什么事情，但还是主动回避，去了卧室。

某个房间内，散开的电筒光芒中，岳启凡拿起深蓝色的有线电话小心翼翼地拨通了一个号码。

"喂。"对面传来了熟悉的声音。

岳启凡连忙汇报道："圣师，行动失败了。目标很警惕。"

对方沉默了两秒道："你暴露了吗？"

"没有。我刚好擦除了我跟他接触和战斗的记忆，他不记得我袭击过他，只以为我是路过的员工。而且我压低了帽檐，对长相做了一定的处理。"岳启凡语速颇快地说道。

电话那头的圣师又一次沉默了，但很快就压着嗓音不快不慢地说道："你不要再采取任何行动。接下来的事情我会处理。"

"是，圣师。"岳启凡悄然松了口气。

478层，A区和B区交界的地方。

两个隶属于管理层直属行动集群的小组分散开来，隐隐控制住了这片区域。为首者确认好心脏起搏器的情况，估量了一下与熊鸣的房间的距离后，下达了命令："立刻展开行动，最短时间内解决，不给目标反应的机会。"

他话音刚落，四名戴着防毒面具的行动组员立刻就弯腰冲向了前方。

也就是几秒钟的工夫，他们抵达了熊鸣房间外面。然后，一人撞开门，一人投掷出装有麻醉气体的手雷，接着两人用枪瞄准着里面，准备做第二轮攻击。

略显沉闷的轻微爆炸声里，气体在相对狭小的空间内弥漫开来。扑通一声，里面传出了重物倒地的声音。

两名行动组员又等待了几秒，小心翼翼地进入了房间。很快，他们抬出了昏迷过去的熊鸣。

认识熊鸣的人上去看了一眼，飞快地直起身体道："报告，目标无误！"

为首者微微点头，挥了一下手，道："带回去审问。"

紧接着，他环顾了一圈，有条不紊地下达了后续命令："生化班处理残余的麻醉气体，支援班安抚本区域居民，其他人即刻撤离！"

地下大楼第五层，管理区某个房间内。

熊鸣醒了过来，发现自己正坐在一张桌子后面，双手被铐在了座椅两侧的扶手上。桌子的另外一边站着一个沉稳的中年男子。

他上身脱得干干净净，戴着各种各样的便携式医疗器械，仿佛传闻里做过电子改造的人类。

而就在旁边，还有专业的抢救设备。

"你们这么怕我？"熊鸣惊慌憋屈的心情突然有所缓解。他没想到自己这么一个神灵的眷者会如此容易就被抓住。当时，他什么都还没来得及做。

看着熊鸣木雕般的眼睛，中年男子平静从容地回答道："俗话说得好，有备无患。"

熊鸣沉默了两秒，忽然笑道："你们想知道什么？"

"嗯？"那名中年男子表达了自己的疑惑。

熊鸣本想往后靠，却被手铐限制住了行动，只能姿势不变地笑了笑："我想，没有任何一个组织会拒绝一位新人类的投诚。我的能力和我获得能力的过程，对你们来说肯定很有用。"

那名中年男子默然一阵，道："你很清醒。作为教团的成员，你不是应该很狂热吗？"

熊鸣笑道："我只信奉司命。其他教团成员和我没什么关系。"

中年男子缓慢地吐了口气道："那你说吧，头七圣师是谁？你还知道哪些圣师的真实身份？"

不等熊鸣回答，他补了一句："不要撒谎。你不会以为公司这么大一个组织没有别的觉醒者吧？"

熊鸣脸色微变，严肃了下来："既然做出了决定，我就不会再有任何隐瞒。"

349层C区12号，蒋白棉家，悦耳的铃声响了起来。

陈信言抢在蒋白棉起身前说道："这应该是给我的电话。"

"看来有好消息。"蒋白棉微微一笑。

陈信言随即拿起旁边小桌上的有线电话，简单报了下身份。静静地听了一阵后，他放下电话，侧头对蒋白棉道："已确定头七圣师的身份。战略委员会监控主管张子聪，D9级员工。"

"监控主管？果然……"蒋白棉竟一点也没有诧异。她早就怀疑监控部门有生命祭礼教团的成员潜伏，而且级别不低。

要不然熊鸣不可能清楚地掌握监控的运行情况和设计出看起来颇为完美的方案，要不然沈度的举报也不可能那么快就被发现。而商见曜和她的对话之所以没出问题，是因为每次都在旧调小组房间内，在没有监控的地方。

现在唯一的问题是，生命祭礼教团是怎么让沈度及时发病的。

陈信言看了一眼蒋白棉的表情，含笑问道："你早有预料？"

"有一定猜测，但不敢肯定。有太多无法解释的事情。所以我才没让组员继续往下调查，这太容易暴露了。"蒋白棉眼眸微转道，"难怪引导者会说'圣师始终在看着我们'，这句话真是意味深长啊……"

说到这里，她突然想起了一件事情："商见曜去找熊鸣的时候，是在外面聊天的，周围肯定有摄像头！"

陈信言"嗯"了一声："放心，我过来的时候，已经有同事去保护他了。"

商见曜坐在窗边的书桌后，借着外面的路灯光芒，低头审视着自己的衣服。

"什么时候弄破的啊？"他按了按左肩靠近胸口位置的一个小孔，自言自语。

突然，他有所感应，抬起了头。

他随即看见一道人影蹿了过去。

这是一个中年女性，穿着涤纶衬衣，脸部极度扭曲，身体严重佝偻。她的眼睛浑浊，布满血丝，如同一只发狂的野兽。

任洁！

引导者任洁！

战略委员会下属的监控部，主管办公室内。

"砰"的一声，管理层直属行动集群的成员们撞开了大门。借着里面的灯光，他们看见了一道人影。

这人影穿着黑色上衣、黑色长裤和黑色皮鞋，挂在天花板上，因撞门的动静而轻轻摇晃了起来。

第21章
断尾

349层C区12号，陈信言又拿起有线电话听了一阵。

见他表情变得沉重，蒋白棉若有所思地问道："有了不好的变化？"

陈信言点了下头："495层的引导者任洁感染了无心病，已经被控制住了。头七圣师张子聪用物理方法销毁了许多监控文件，在自己的办公室内上吊自杀了。"

蒋白棉眉毛一挑："挺快的嘛。"

陈信言继续说道："张子聪留下了一封遗书，自称拥有能让人发狂、看起来像是感染了无心病的觉醒者能力，并亲手处理了沈度和任洁。他自知事情已经曝光，难以幸免，遂决定为教团殉职。"

蒋白棉安静地听完，追问了一句："他有说是从哪里接受的司命信仰吗？"

"他的遗书里说是在安全部服务，经常到地表活动那十年。这一点和他的履历吻合。"陈信言的表情已缓和了下来，恢复了之前的镇定。

他想了一下，反问道："对于张子聪的死亡和遗书，你怎么看？"

蒋白棉微不可见地鼓了下腮帮子，然后她飞快地停止了这个动作，让自己保持住形象。她微微一笑道："遗书写得太详细了，好像要把所有事情都交代清楚，把所有的罪名都背到身上。"

"英雄所见略同。"陈信言竖起大拇指。

他顿了顿又道："不过，等把熊鸣交代的那些相对重要的教团成员都抓捕住，今天的行动就差不多结束了。张子聪的死和监控资料的毁坏确实掐断了我们进一步调查的方向，只能以后再根据口供来了解他平时的人际交往情况，做更加细致的排查，同时也得看技术部门能抢救回来多少有用的监控视频。"

蒋白棉严肃地点头："有什么需要配合的尽管找我。"

许下承诺后，她立刻堆起笑容说道："有什么进一步的消息也第一时间告诉我啊。"

陈信言为之一笑："没问题。"

495层B区196号。

商见曜坐在书桌后，望着伸手就能触碰到的玻璃窗，目光有些发散。这时，《故事杂谈》栏目的广播，突然出现了盘古生物员工们都非常熟悉的甜美嗓音："各位员工，现在插播一条重要新闻，我是播音员后夷。经过严密的侦查，公司于今晚抓捕了一伙破坏分子……"

商见曜的眼睛动了一下，向后靠着椅背。

这条新闻之后，盘古生物内部又恢复了正常。

第二天，商见曜提前一刻钟进入了647层14号房间，不出意外地看见了等待在这里的蒋白棉。

他走了过去，拉开椅子坐下，不等组长开口，抢先说道："我可能被人袭击过了。"

蒋白棉本来要说的许多话一下被堵在了嘴里。她难掩愕然地问道："什么叫可能？"

商见曜指了指左肩靠近胸口处的位置："这里有个新鲜的破洞，到防弹衣为止。"

他随即抬了一下右臂："这一边的手肘、肋部，还有腿部侧面，突然多出来一些瘀青和擦伤。"

说到这里，商见曜补了一句："不是在格斗训练里造成的，我昨天根本没参加训练。"

"很仔细嘛。"蒋白棉轻轻颔首，思索着道，"是什么时候出现这些痕迹的？"

商见曜早已想过这个问题："和你告别后，进入我房间前。我只记得刚走到B区，然后就发现自己已经在门口了，中间可能有两三分钟的空白。当时有个奇怪的人路过，我没看清楚他的长相。"

"有多奇怪？"蒋白棉追问道。

商见曜非常严谨地回答道："他唱歌很难听。"

"这倒是一个特征。"蒋白棉无声地叹了口气，"除此之外呢？"

"他戴了一顶鸭舌帽，帽子压得很低，听到我喊他，跑得跟兔子一样快。"商见曜如实描述道，"他还捡了地上的金属细管和别的东西。我怀疑那是袭击我、造成破洞的武器。"

"你对兔子印象倒是挺深刻的嘛。"蒋白棉随口说了一句，"你当时怎么不追？"

商见曜坦然回答："那个时候我以为他是怕我评价他的唱歌水平才跑的。"

蒋白棉动了一下嘴角："你的精神病式思维跳脱看来有利有弊啊。某些时候它能让你不受相应状态影响，跳出桎梏，某些时候它又会让你错过一些显而易见的线索。"

不等商见曜回应，蒋白棉再次问道："你为什么能确定中间空白了差不多两三分钟？"

商见曜奇怪地看了组长一眼："你第一次拿到手表的时候难道不会时不时看一眼？"

蒋白棉心里不得不承认商见曜说得很有道理，但又不愿意口头表示："可你得到手表已经有好多天了，都去了祈丰镇，又回了公司。而且你那块手表是好的，虽有一点破损，但一直都在走，你没看厌吗？"

商见曜面无表情地说道："不经常看一看怎么能让公司的员工知道我有一块机械手表？"

"有道理……"蒋白棉被说服了。

她没有再问，边想边分析道："也就是说，你大概遭遇了袭击，但自身没有了相关的记忆，只能根据身上的痕迹做出推测。最近会袭击你的，也就是生命祭礼教团的人。嗯，头七圣师多半知道了你和熊鸣的对话，所以立刻做出了反应。他们的目标肯定是抹去相关的线索，让调查中断。这个目标可以靠杀掉你、让你感染无心病来完成，也可以通过抹去相关记忆来实现。后者和你缺失了被袭击的记忆这点能串联起来。"

自言自语般说到这里，蒋白棉看向商见曜，用猜测的口吻道："生命祭礼教团来不及谋划周密的杀人方案，只能派有抹去记忆能力的觉醒者第一时间来找你。在这个过程中，大概发生了一场战斗，但他最终没有成功，不得不靠抹去最新的记忆来终止行动，安全脱离……"

"啪啪啪！"商见曜鼓掌表示了赞同。

蒋白棉横了这家伙一眼："他们怎么不直接让你感染无心病？这是破罐子破摔的办法。袭击你之前，头七圣师张子聪还没有牺牲自己的想法？"

不给商见曜开口的机会，蒋白棉问道："你遗忘了与熊鸣的对话吗？遗忘了与生命祭礼教团相关的任何事情吗？"

商见曜认真地回答道："没有，那些记忆都很完整，前后左右都能彼此印证。"显然，他昨晚就完成了梳理回忆这个工作。

"看来那抹去记忆的能力，限制也很多啊，说不定只能针对两三分钟的内容，且一次只能一段……可惜啊，头七圣师毁掉了许多监控资料，要不然就能找到袭击你的那个人的踪迹了。嗯，我等一会儿就汇报上去……"蒋白棉转而说起了昨晚行动的情况，非常详细。

末了，她道："原本有一点我很奇怪。熊鸣的口供里完全没有提到你，没说和你聊天的事情。我之前还以为他在包庇同为觉醒者、新人类的你，觉得他在某些方面还是挺有人情味的，只是被他认可为'人'的并不多。现在看来，他也许比你更早遇到那个人，也被抹去了相关的记忆。"

商见曜表示不解："为什么要抹去他的记忆？知道就知道啊。"

"我也想不明白，可能是生命祭礼教团的高层担心熊鸣建起一个新人类派系吧……当时，他们应该还比较有信心，处理得很细致。可是你的战斗力超乎了他们的想象，让他们的计划不得不中断，我也就没有遭遇后续的袭击。"蒋白棉随口说了两句，"接下来只能看公司调查出什么了。呵呵，至少到目前为止，你觉醒者的秘密是保住了。"

商见曜点了下头，突然说道："我就觉得监控摄像头有问题。"

"是啊……难怪生命祭礼教团有信心不让秘密泄露，并且神神道道地说些'司命始终在注视着我们，圣师始终在看着我们'之类的话语。"蒋白棉由衷地感慨道，"谁能想到，整个监控部门的主管就是教团的圣师呢？这也解释了他们为什么能秘密传教多年没被发现。"

商见曜想了一下，表情变得有点古怪，道："组长，你说那些监控资料能恢复吗？"

"目前给我的反馈是很难很难。"蒋白棉心中一动，笑着问道，"你之前不会对着监控摄像头脱裤子羞辱它吧？"

商见曜上下打量了蒋白棉几眼："组长，你好变态啊。"

蒋白棉咬紧了牙齿。

商见曜认真地说道："我也就扮过鬼脸吓唬它，用电筒照过它，对它比过侮辱性的手势。"

蒋白棉紧闭着嘴巴，幅度很小地摇了摇头，表情颇为复杂。过了几秒，她才吐了口气："你的生活真是多姿多彩……"

她话音刚落，旧调小组的房间里唯一的有线电话响了起来。蒋白棉边示意商见曜不要说话，边拿起了听筒。

"喂？啊，部长……让我过去一趟？"蒋白棉很快放下听筒，对商见曜道，"悉虞副部长有事找我。我估计不是生命祭礼教团的事，就是水围镇的答复下来了。"

第22章
友好合作条款

646层，副部长办公室。

蒋白棉敲门进入后，笑着坐到了顶头上司的对面。

悉虞是个外表看上去只有三十来岁的女性，留着一头栗色的长发，有一双栗色的眼睛。她里面穿着一件白色的衬衣，外面披着一件深黑色、剪裁颇为精致、只腹部位置有两颗纽扣的短上装。

仅从打扮而言，悉虞看起来干练利落，略微弯曲的栗色长发和挂在脸上的浅淡笑容让她平添了几分温和，使人感觉容易亲近，可以信赖。

这位安全部副部长端起天青色的陶瓷茶杯，轻轻抿了一口，她不紧不慢地对蒋白棉笑道："找你过来主要有几件事情。"

开好了头，她才拿起桌上的一份文件："这是你们之前上报的那些情况的审查结果。你们需要关注的是不同信息的不同保密等级，确定好哪些可以拿来和普通员工聊天，哪些只能用于一定层阶的交流，哪些只能内部讨论，或者告知有相应权限的高层。"

蒋白棉本能地伸出右手想要接过文件。悉虞却没有往前递，她拢了一下耳边的垂发："不过嘛，这份文件你们暂时也用不上了。"

"呃？"蒋白棉闻弦歌而知雅意，隐约有了猜测。

悉虞没有立刻解释，把文件交给蒋白棉后，双肘轻轻撑到了桌面上："生命祭礼教团的事情，你们做得很好，相应的奖励也会在初步结案后发放下来。什么时候能拿到取决于之后的调查进度，未必会很快，不要太着急。"

她想了下，补充道："转告你那个叫作商见曜的组员，接下来两三天内，配合好各种询问。这件事情由管理层直属行动集群负责，我也没办法插手太多。"

行动集群总监和她这个副部长是平级的，都属于M1级管理层。

"好，我会叮嘱他的。"蒋白棉回答的时候，莫名地有点心虚。她完全无法保证商见曜在接受询问时不会脑子一抽。别说她没法保证，就连商见曜自己也没法保证。

悉虞明显没听出蒋白棉语气里的那一丝异常，转而说道："董事会昨晚紧急开了一次临时会议，顺便把水围镇那件事情也确定了下来。"

"结果怎么样？"蒋白棉没有掩饰自己的关切。

悉虞笑容温和地说道："先签一个友好合作条款。"

蒋白棉闻言，稍微松了口气。友好合作条款是官方语言，翻译成简单易懂的话就是——建立附庸关系。虽然这肯定比不过整体接纳水围镇的方案，但也在蒋白棉可以接受的范围内。

悉虞没有急着往下说，端起天青色的陶瓷杯子，吹了一下水面漂浮的茶叶，浅浅喝了一口。湿润了嘴唇后，她保持着刚才的笑容道："我们会和水围镇展开一系列交易，也会派遣一个行动小组过去，帮忙训练他们的武装人员，重新建立起一个更加有效的指挥体系。如果他们提出申请，我们也会抽调文职人员，协助他们理顺内部管理机制，将许多矛盾消弭在还没有爆发之前。之后我们派过去的人会慢慢筛选好苗子，给他们提供正式加入公司的机会。等过个十年，如果水围镇和我们的友好关系还在继续，他们的表现也得到了认可，那就可以考虑整体接纳他们了。"

蒋白棉微微点头："这样挺好的。"

这是一个稳妥的方案，也更利于水围镇那边接受。

不等悉虞开口，蒋白棉似有所明悟地反问道："部长，你是想派我们去水围镇交涉？"

所以，那份情报审查文件才暂时派不上用场。

"和你说话就是省心。"悉虞笑着夸了一句，"你们是这件事情的牵线人，当然得让你们去。等过个三五天，你们带上一台无线电收发报机和相应的电池过去。如果能谈得拢，就把机器留下，给出频段让水围镇给我们发电报，你附署一个约定的密码做证明；要是谈不拢，你们就带着电报机去野草城。"

"野草城？"蒋白棉有些诧异了。

这是位于乌社荒原边缘的最初城的边境城市，是一个相对开放，活跃着诸多遗迹猎人的地方。旧调小组之前遇上的吴守石、安如香团队就来自野草城。

悉虞点了下头："这是你们的第二个任务。你知道的，除了你们还有别的旧调小组。其中一个小组在进入野草城，发回一次电报后就失去了联络，目前已经有接近三周了。我们让公司在野草城的情报人员做了追查，但暂时还没有反馈。你们的任务是配合情报人员弄清楚那个小组失踪的真相，适当做出对等报复，或者沿那个小组发掘出来的新线索做本职调查。"

本职调查就是"旧世界毁灭原因调查"。

"这会不会太高看我们了？"蒋白棉压制住跃跃欲试的冲动，"我们小组才组建三个多月啊。再说，上次任务结束才多久？"

悉虞看着蒋白棉，微微笑道："我相信你。而且公司在那边有一定的力量，你们可以调动。"

"为什么非得我们这个新建立的旧调小组去做？不能派别的小组或者其他情报人员吗？"蒋白棉依旧有点不解。

说着说着，她突然醒悟过来："部长，你这是想让我们暂时离开公司？"

悉虞轻轻颔首，笑着赞道："不愧是你。"

她收回杵在桌上的手肘，略略解释了一句："对生命祭礼教团的调查不是那么顺利，很多线索都中断了。这不是一时半会儿能解决的问题，我们担心潜藏的邪教徒会在事情稍微平息后做出一定的报复。而最有可能被报复的，你觉得是谁？"

"商见曜和我。"蒋白棉没有一点犹豫地回答。

悉虞"嗯"了一声："虽然可以把你们作为诱饵，但我觉得不能让你们冒这个风险。你相对还好，住在管理层区域，那里人员的进出都有严格的管控，你父母也一直被暗中保护着，商见曜就比较危险了。另外，也存在迁怒其他组员的可能。"

说到这里，悉虞往后一靠，无声地吐了口气："所以我们决定做最简单的选择，把你们打发到地表，远离这个旋涡。相信我，生命祭礼教团的事情绝对比你想象的还要麻烦。去吧，在地表待上几个月，等开春再回来，那个时候问题应该就解决了。"

蒋白棉认可了这个方案，但还是有点担心地问道："那其余组员的家人呢？"主要指龙悦红。

"那倒不用太担心，这都隔了多少层了，迁怒也轮不到他们。当时执行追捕任务的都比他们更危险。而且我们也会进行一定的看顾。"悉虞简单解释道，"如果他们毫无理智地报复，那我们很快就能把他们的根挖出来。"

见蒋白棉不再有问题，悉虞拿起一份文件，结束了话题："这是那个小组的资料，你们这几天看看，然后拟一份任务计划书给我。呵呵，虽然执行任务的时候，计划永远赶不上变化，但该走的流程还是得走。"

蒋白棉接过文件，脸上堆起了笑容："可以申请军用外骨骼装置或者仿生智能盔甲吗？"

"你说呢？"悉虞笑着反问道。

蒋白棉顿时蔫了下去。

悉虞见状，补了一句："你们要是能自己搞到军用外骨骼装置或者仿生智能盔甲，那我可以做主，把它留在你们小组。"

"好！"蒋白棉的笑容顿时变得灿烂。

这让悉虞有点怀疑她刚才的蔫是假装的。

蒋白棉拿着两份文件回到647层14号房间时，龙悦红和白晨都已经到了。

她故意让表情变得严肃，环顾了一圈道："两件事情。"

白晨的脸色随之凝重了一点，缓缓从座位上站了起来，龙悦红则感觉背部的肌肉瞬间紧绷起来。

这时，商见曤的声音响了起来："组长，你在偷笑。"

蒋白棉再也无法绷住表情，笑骂道："我哪里偷笑了？"

"我猜的。"商见曤一脸认真。

蒋白棉吸了口气又缓缓吐出，转而对白晨道："水围镇的批复下来了。"

蒋白棉的脸上不见一丝阴霾，白晨暗自松了口气，迫不及待地问道："什么结果？"

蒋白棉把悉虞副部长的话重复了一遍，末了道："接洽的任务交给了我们，三天后出发。"

对于先建立附庸合作关系，考察后再接纳的方式，白晨没有异议。她难得主动地说道："就算不把任务给我，我也会申请参加，要不然没法放心。"

"这样挺好的。"龙悦红也感慨道。他对水围镇那群孩子读书的场景记忆犹新。

商见曤则莫名地问道："这次可以多申请点罐头去交易吗？"

"你可以在自己的份额内多交易一些，但之后的路上就相对比较麻烦了。现在已经是冬天，食物很少。"蒋白棉把利弊都摆了出来。

龙悦红敏锐地问道："之后的路上？"

单从水围镇回来，也就一天多，甚至可能不到一天，怎么都谈不上需要额外寻找食物。

蒋白棉看了龙悦红一眼，叹息道："这不是还有第二件事情嘛。我们还得去野草城一趟。"

龙悦红脱口而出道："这得多久？"

他和刚认识的那个女孩相处得还可以，再有一段时间说不定就能确定关系了。

"短则一个多月，长则三四个月。"蒋白棉露出和蔼的笑容，没有把话说死了。

第 23 章

准备

"一个多月……三四个月……"龙悦红怔怔地重复起这几个数字。

蒋白棉打量了他几眼："你这不像是害怕啊？到底有什么为难的地方？说出来大家参详参详。也许有解决的办法呢？"

龙悦红还没来得及开口，商见曜已帮他说道："他这段时间靠着机械手表、糖果点心、玻璃瓶装饮料过得风生水起，走路都似乎快要飘起来了，怎么舍得离开公司？"

"哪有？"龙悦红下意识地反驳。

商见曜当即问道："那扣掉给你爸妈换房间的贡献点，之前发下来的补偿还剩多少？"

这个问题正中要害，龙悦红支支吾吾不敢回答。

拿到补偿后，他确实过得非常潇洒，每斤价值60个贡献点的普通点心那是经常吃，偶尔还会换成一斤720个贡献点的高档货。至于糖果、南瓜子、玻璃瓶装饮料这些，那更是家常便饭。这让他成了弟弟妹妹心目中的英雄，成了朋友们羡慕的对象，和女生相处也似乎容易了不少。

实在不好意思透露余额的龙悦红只好主动说道："我妈前段时间刚给我介绍了一个女孩子，我们见了几次面，彼此感觉都还好。现在要是出去一两个月才回来，那黄花菜都凉了。"

蒋白棉点头赞同："这也是。你和那个女孩子现在顶多算熟人，说是朋友都勉强，一下两三个月没有音讯，她怎么可能等你。"

"组长，有办法解决吗？"龙悦红抱着最后一丝希望眼巴巴地问道。

他知道上面派发的任务是没法拒绝的，只希望组长能传授一些实用技巧，让自己能尽快确定关系。不管怎么说，组长也是年龄不大的女性，应该能很好地把握住同龄人的心态，而且她脑子很好。

蒋白棉认真地想了想："没有。就算现在想办法把你们撮合在一起，没有深厚感情基础的情况下，你两三个月后回来恐怕伤得更重。"

"唉……"龙悦红叹了口气。

蒋白棉见状，随口安慰了一句："这未必是坏事。"

"啊？"龙悦红突然有些期待，不知道组长会怎么说。

蒋白棉见龙悦红这么认真，只好干笑道："下一个可能更好。"

这时，白晨没给龙悦红难过的机会，开口问道："组长，为什么要去野草城？"

"去参观乌社教团的琉璃净土。"商见曜抢答道。

龙悦红的脸色瞬间发白。

"这哪里跟哪里啊！"蒋白棉没好气地解释道，"是这样的……"

她把有个旧调小组在野草城失踪的事情讲了一遍，说清楚了自己等人的任务。

"这会不会很危险啊？"龙悦红脱口问道，"又路过乌社荒原，又是能让一个旧调小组全员失踪的事件。"

他对机械修者净法忌讳甚深，担心下一次碰上，自己就成为"有缘人"了。而且，那些机械修者都有怪癖，都有发狂的点，万一自己下次遇上的是听到不好的名字就要杀掉的类型呢？传闻乌社荒原是藏着乌社教团琉璃净土的地方，因经常有乌社教团的机械修者在那片区域活动而得名。

听到乌社荒原，商见曜的思维顿时跳跃了一下："不知道净法有没有给乔初好好说一下佛法……"

蒋白棉被逗笑了："这种罪孽深重的男人就该送去当机械修者。

"你们想一想，一只老鹰、一群鬣狗、一堆野兽围在一个金属制成的机器人旁边，拼命地靠近他，磨蹭他，而那个机器人毫不在意，端坐在石头上，用电子合成音认真地念着经文，讲着佛法，啧啧……"

畅想了一下，蒋白棉及时收回了思绪，宽慰起龙悦红："不用担心，我们会规划一下，绕过乌社荒原从另外一边进入野草城。虽然这会远不少，但胜在安全。等到了野草城，我们有公司的情报人员配合，有一定的资源可以调动，其实不会那么危险。而且……"

说到"而且"两个字，蒋白棉露出了笑眯眯的表情："这是最适合商见曜发挥的场合。他的能力在枪械战场上是受限制的，在相对平和且人与人时常得接触的情况下则近乎无敌。"

说完，蒋白棉拍了下商见曜的肩膀："到时候好好交朋友！"

白晨专注地听着，下意识地想了想商见曜进入野草城后疯狂"交朋友"的场景。这让她莫名地打了个寒战。她很担心野草城会出现一个叫"商见曜兄弟会"的组织。

想到这里，白晨本能地扭头，望向商见曜，发现这家伙眼睛炯炯有神，一副跃跃欲试的样子。

"组长，我们今天就出发吧。"商见曜提议道。

蒋白棉瞪了他一眼："别想了。你这三天内还得配合调查。"

"调查？"龙悦红听得有些迷糊。

蒋白棉这才提了一下生命祭礼教团的事情，着重讲了商见曜的贡献。

"沈叔叔的无心病竟然是这么来的！"龙悦红这才明白自己过得风生水起的这段时间里，公司内部竟暗流汹涌。

自言自语间，他猛地看向商见曜："你什么时候加入教团的？"

"七月。"商见曜坦然回答。

"你为什么会主动加入他们？"龙悦红不解地问道。

商见曜挑了下眉毛："好玩，同时可以发现线索并举报。"

"那为什么还要参加那么多次？早点举报不就什么事都没有了？"龙悦红总觉得这里面有什么问题。

商见曜的表情一下变得沉重："因为好吃。圣餐特别好吃。"

之后应该再没有免费的圣餐了。

龙悦红对这个回答的唯一反应就是表情呆滞。

蒋白棉则安慰起商见曜："野草城肯定有不少教派，或公开或隐秘。到时候，你想加多少就加多少，想蹭多少家的圣餐就蹭多少家。我想，这对你来说没什么难度吧！"

"组长，我们今天就出发吧。"商见曜异常诚恳地再次提议。

蒋白棉根本不屑于回答他，侧头对白晨道："等会儿看完资料，你配合我规划几条去野草城的路线出来。"

然后，她又对龙悦红道："这几天除了尽量玩，多陪陪家人，也得做好身体和心理上的准备。"

"是，组长！"龙悦红和白晨同时大声回答。

"不错，很精神。"蒋白棉满意地点头，接着说道，"那个特别训练照旧，等离开公司就没这么好的环境了。嗯，顺序会调换一下，表现好的就不用参与了，比如说白晨。"

说这句话的时候，她是看着商见曜的。

商见曜认真地点头。

蒋白棉眼眸微转，仿佛在思考什么般道："我自己也得多做点准备……"

不给龙悦红发问的机会，她双掌一拍道："好了，看资料吧。"

第二天晚上九点，已经乌漆墨黑的旧调小组的房间内。

蒋白棉看着对面连轮廓都显现不出来的商见曜，关切地问了一句："怎么样？刚才的调查问话没出岔子吧？"

"没有。"商见曜非常自信。

蒋白棉不是太放心地追问道："他们怎么说的？"

"说我说话好听。"商见曜转述道。

"还有呢？"蒋白棉微微皱眉。

商见曜一点也不磕巴："夸我有精神。"

"这……似乎都不是什么好话吧？"蒋白棉狐疑地说道。

商见曜回忆了一下道："应他们的要求，我给他们看了一下我的医生证明。然后他们就表示没有问题了，还说，如果有什么需要进一步了解的情况会再找我谈话。"

蒋白棉一下想象出了当时的场景。

"没问题就好。"她放心地吐了口气。

接着，她站了起来，对商见曜道："我去隔壁的隔壁了。"

她语含笑意地补了一句："这一次，我可能会悄悄离开，也可能不会。"

"好。"商见曜没有阻止。

蒋白棉在黑暗里轻轻松松地走到了门口，然后转过身，斟酌了下语言道："我本来想说人最终能依赖的只有自己，但这种时候说这种话，呵呵，有点站着说话不腰疼。"

她沉默了一下，在伸手不见五指的环境里，声音轻缓地继续说道："其实，没有人纯粹靠自己就能生存。在我们小的时候，更多是依赖父母，等我们长大之后，则可能依靠亲戚、配偶、朋友和孩子。我们四个也算是共同经历过好几次生死的同伴，在绝大部分情况下，我想我们都是可以信赖的，可以为彼此保护侧翼和后背，可以一起冲锋。依靠别人并不羞耻，你也在让别人依靠，你也在保护着同伴。雏鸟终究会离开父母，和同伴一起翱翔于蓝天。"

商见曜看不到蒋白棉的身影，但能听见她的话语，一时沉默，思绪翻涌。

这时，蒋白棉自嘲般笑了笑："哈哈，不小心说得太文艺了。总之，我就是想告诉你，你是有同伴的，不管在任何情况下，你都不会孤单前行。"

黑暗中，两人又一次变得无言。但蒋白棉很快又将沉默打破："停，你不要说话，我怕煞风景。"

她随即笑道："如果害怕，记得喊我，不过我有可能不在哦。"

她的声音渐远，消失在了走廊上。

第24章
又一次出发

旧调小组所在的14号房间又恢复了凝固般的安静，只有呼吸的声音隐约可听到。现在这种情况，商见曜上次已经经历过，只是当时蒋白棉表示会一直停留于隔壁的隔壁，不会离开。

连自己的手指都看不到的黑暗里，商见曜仿佛已适应了不少，竟没有一点恐惧。他想了下，离开自己的位置，绕过记忆中的桌角，来到了较为空旷的沙发区域。然后，他动作缓慢地坐了下去，在冰凉的地上盘起了双腿。

在凝固了一样的黑暗中，商见曜维持着这样的姿势，抬起右手，捏了捏两边的太阳穴。很快，他脑袋垂下，就这样坐着睡了过去。

这肯定没法保持平衡，他的身体一点点一点点向旁边倾斜，靠在了沙发上，脑袋随之倚住了沙发的扶手。

闪烁着微光的虚幻大海内，商见曜又一次看见了那座泥土深褐、怪石嶙峋的小岛。

如果他坚持不下去，因恐惧而醒来，那他下次进入必然不是在岛上，而是在起源之海的入口处。

商见曜早已习惯现在的环境，他飞快地低头看向虚幻的水波映照出来的模糊的自己。

他嗓音低沉地说道："岛上很黑暗，14号房间也很黑暗；岛上没有来自我之外的任何声音，14号房间也没有来自我之外的任何声音，所以……"

商见曜停顿了一下，回答了自己的问题："所以，小岛就是14号房间。"

话音刚落，他抓住岛的边缘，翻了上去。没有任何意外，他的眼前又变得一片漆黑。

商见曜毫不犹豫地坐了下去，坐到了冰凉的地上，盘起了双腿。

这与他睡着前的姿势一模一样。

周围的黑暗和无声的环境一下让他找到了熟悉的感觉。他似乎都能指出右手边有一个单人沙发，斜前方有茶几，有靠背椅，有长凳和矮凳。而隔壁的隔壁，蒋白棉正在等着他高喊有没有人。

商见曜的心情瞬间平复了下去。与之前两晚一样，他开始思考最近遭遇的各种事情，猜测着其他教团组织都有什么类型的圣餐。这让他时不时抬起右手抹一下嘴角，只有想到乌社教团的圣餐大概是机油、电池时，他才摇一摇头，深表惋惜。

时间飞逝，商见曜好几次想要站起来大声唱歌，或者询问有没有人，但他都强行控制住了自己。

反正蒋白棉在隔壁的隔壁。

当他一次又一次控制住自己，又没有别的意外发生时，他开始觉得这样的黑暗、这样的寂静好像也没什么可怕的，它们根本毁灭不了自己。

他甚至轻声唱起了歌，怡然自得。

不知过了多久，商见曜真的有点困了。于是，他无所谓地闭上眼睛养精蓄锐，然后他真的睡着了。

突然之间，一道纯净的光芒照入了这里，照得他眼前一片火红。

商见曜睁开眼睛，看见周围的黑暗被快速驱散，听见了来自虚幻大海的轻微哗啦声。岛上深褐色的泥土和嶙峋的怪石大片大片呈现了出来。

那光芒随即刺入了他的眼睛，刺得他下意识地抬起右手，挡在前方。

眼睛一闭又一睁后，商见曜看见了散发光芒的日光灯，看见了偏灰白的天花板。他才发现，自己正靠在单人沙发扶手位置，睡觉的姿势怪模怪样。

因为14号房间有了灯光，不再符合预设条件，所以他的推理小丑失效了。

商见曜旋即翻腕看了下手表。上面的指针显示，现在是六点三十分。这是路灯恢复供电的时间。

商见曜重新闭上眼睛，不知在感应什么。然后他撑着扶手侧身望向门口。

也就是几秒钟的工夫，轻微的脚步声靠近，蒋白棉衣服皱巴巴地出现在了门口。

她一边揉着眼睛，一边看着地上的商见曜，又好奇又感到好笑地问道："这是在做什么？"

"保持内外姿势的统一。"商见曜说着绝大部分人听不懂的实话。

蒋白棉先是一愣，旋即醒悟过来："你又在尝试直面起源之海内的恐惧了？赢了吗？"

"算是赢了吧。它虽然没认输，但也没再出现。"商见曜想了一下道。

蒋白棉顿时变得兴致勃勃："那你的能力有什么变化？"

说完，她忙补了一句："不方便回答可以不用回答。"

商见曜坦然说道："这次好像只有范围的改变。比之前提升了一些，但也不是太多。你离我十二三米远的时候，我就能发现你的存在，并且感觉可以让你的双手缺失一个动作。"

"双手动作缺失……这个能力之前的影响范围是多大？"蒋白棉追问道。

"十米。"商见曜没有隐瞒。

"那提升了差不多百分之三十……这才战胜第一个恐惧，等战胜多了，再找到自己，你的能力说不定能提高一倍，甚至三四倍。"蒋白棉若有所思地笑道，"原来你的感应范围就是能力的影响范围。"

"根据范围最大的那个能力来。"商见曜指出了蒋白棉说法不严谨的地方。

蒋白棉好奇，又问："其他能力的影响范围小于十米？"

"推理小丑原来是三米，矫情之人原来是五米。"商见曜认真地回答道。

蒋白棉顿时有些不好意思了："停停停，这是你的秘密啊，不能说得这么详细。"

商见曜看了她一眼，嗓音沉而不低地说道："我们四个也算是共同经历过好几次生死的同伴，在绝大部分情况下，我想我们都是可以信赖的，可以为彼此保护侧翼和后背，可以一起冲锋……"

"停！你是复读机啊！"蒋白棉忍不住笑骂道。这是她昨晚用来化解商见曜内心的恐惧的说辞。

不给这家伙思维跳跃的机会，蒋白棉连忙问道："既然都已经赢了，你怎么还不起来？盘腿坐地上很舒服吗？"

商见曜诚恳地回答道："因为腿麻了。"

蒋白棉笑了起来，"需要我搀扶吗？"

"不用。"商见曜一点也不在意地回应道。

蒋白棉正想说不要逞强，就看见商见曜双手一撑，身体一翻，整个人直接倒立了起来。然后，他以双手为脚，轻松愉快地走向了门口。

蒋白棉无言。

又过了一天，上午九点，盘古生物地表区停车场内。

"还是老搭档。"蒋白棉指着那台空间充足的灰绿色吉普车道，"已经修过了。"

她依次扫过兴奋的商见曜、安静的白晨和神色间充满低落情绪的龙悦红，开口问道："都看过任务计划书了吧？对我们的路线还有什么疑问？"

"没有！"商见曜和白晨大声回应。后者刚加入旧调小组时的拘谨已少了大半。

"没有。"龙悦红今天有点中气不足。

蒋白棉没去管他，打开后备厢，指着里面的物品道："还是之前那些武器——冰苔手枪、联合202、橘子步枪、狂战士突击步枪和暴君榴弹枪。

"嗯，为了弥补重火力的不足，这次我还申请了可以反装甲的肩扛式单兵火箭筒，它的外号是'死神'。相应的弹药很充足，另外还备了一些常见规格的子弹。

"食物比之前预备得多。我们去了水围镇后，就得尽快赶去野草城，途中最好不要耽搁。虽然那边一直有情报人员在调查，缺少我们也没大问题，但还是得尽一份心嘛，救人如救火。而且快要入冬了，野外很难找到足够的食物……"

交代完各种事项，蒋白棉问道："你们还有什么想问的？"

白晨和龙悦红摇头时，商见曜上前一步提出了问题："什么时候出发？"

"现在！"蒋白棉磨了下牙齿。

他们就像之前那样，吉普车由蒋白棉开着，通过层层检查后，出了沉重的金属大门，进入了灰土。

而和上次不同，他们都提前戴上了墨镜，没被上午的阳光刺到。蒋白棉静静地开着车，其他人欣赏着周围的景色。

脱离公司的实控范围后，蒋白棉突然打了个方向盘，改变了路线。

"组长，是不是走错了？"龙悦红看了一眼太阳，确定了下方向。

"没有啊。"蒋白棉笑着回应。

龙悦红疑惑道："可是，这和任务计划书上的不一样啊。"

蒋白棉勾起嘴角，笑得很是得意："那是骗副部长他们的。"

"为什么啊？"龙悦红愈加不解。

蒋白棉通过后视镜，看了一眼商见曜："生命祭礼教团在灰土上肯定还有别的成员，他们毕竟是由外面传进来的。

"我担心公司内部潜伏着的教徒，偷偷拿到我们的任务计划书，然后想办法通知地表的同伴，让他们设下埋伏，阻击我们。

"所以，我从一开始就没打算按照任务计划书上的路线走。呵呵，询问你们是要表现得更真实一点。"

副驾驶位置的白晨听得若有所思："组长，其实你还在担心高层里有生命祭礼教团的人，这次的任务是个陷阱？"

蒋白棉笑了笑："有备无患嘛，多算胜少算。"

龙悦红不自觉地又开始用崇拜的眼光看向组长的背影，商见曜则哼起了歌曲，似乎一点也不在意。

灿烂的阳光下，吉普车又拐了个弯，继续奔驰于荒野。

盘古生物公司，某个无人的走廊内。

有片段记忆擦除能力的岳启凡戴着鸭舌帽，蹑手蹑脚地开门进入。

这里没有灯光，但并不暗，因为周围的墙上有一块块不大的液晶显示屏，它们连在一起，分别显示着不同楼层不同区域的情况。

光芒变化间，岳启凡对着占据这里至少三分之一空间的机器，低头喊道："圣师。"

没有感情的电子合成音通过喇叭响了起来："你告诉没有暴露的成员，这三个月不要做任何事情。"

"是，圣师！"岳启凡毫不犹豫地回答道，然后抬起了头。

突然，他看见周围墙壁上难以数清的液晶显示屏的画面跳跃，呈现出了自己的身影。上面：

有戴着鸭舌帽与熊鸣接触的他；

有乘坐电梯抵达495层的他；

有和商见曜对峙的他；

有哼着歌曲故作正常的他；

有匆忙逃离的他；

有潜入某个地方拨打电话的他……

岳启凡的瞳孔骤然放大，整个人紧绷得仿佛要炸开，竟忘了要怎么处理。

几秒之后，那些液晶显示屏上又出现了许许多多个商见曜：

有的正在试验能力；

有的对着摄像头做鬼脸；

有的用电筒照向上方；

有的和熊鸣在角落里聊天；

有的比着不雅的手势；

有的倒立行于走廊……

"圣师……"岳启凡头皮发麻地低喊了一声。

那没有感情的冰冷的声音再次响起，回荡于整个房间："我说过，我始终在注视着你们。"

（本册完）

《长夜余火3》即将上市，敬请关注！